星空的呐喊

李军君　著

春风文艺出版社
·沈阳·

图书在版编目（CIP）数据

星空的呐喊 / 李军君著. -- 沈阳 : 春风文艺出版社, 2025. 5. -- ISBN 978-7-5313-6933-2

Ⅰ. I267

中国国家版本馆 CIP 数据核字第 20255KK731 号

春风文艺出版社出版发行

沈阳市和平区十一纬路 25 号　　邮编：110003

成都市兴雅致印务有限责任公司印刷

责任编辑：	韩　喆　平青立	责任校对：	陈　杰
装帧设计：	四川悟阅文化传播有限公司	幅面尺寸：	145mm × 210mm
字　　数：	325 千字	印　　张：	13.5
版　　次：	2025 年 5 月第 1 版	印　　次：	2025 年 5 月第 1 次
定　　价：	89.00 元	书　　号：	ISBN 978-7-5313-6933-2

如有质量问题，请拨打电话：024-23284384

目　录

CONTENTS

沉默的写作

“感觉你的文章真的很抒情，善于在点滴间发现。”

“你一下子说到我的心坎上了。对我来说，深深地抒情是一种很美好很陶醉的感觉……”

“呵呵，感觉到你的陶醉了。这种美好的感受就是我们愿意一直坚持下去的原因。”

“哇！为你这句话点赞！你说得真好！”

“是呀，我以前就是觉得要先养活自己，文学是无法作为职业的，因为赚不了多少钱，是不靠谱的行当。现在我会觉得其实写作时带给自己的那种美好的感受已经是一件很幸福的事情。那与能不能赚钱，会不会有人喜欢自己写的文字又有什么关系呢。”

“姑娘啊，你说得真是太好了！能不能赚钱、会不会喜欢，常常都无所谓！只因为这是我们内心深处的挚爱痴爱呀！”

“是的，其他都无所谓了，自己喜欢，自己觉得幸福，才是真的好。”

“好姑娘啊，今晚听到你这些说到心坎上的话，我今天就没有白过……我现在每天都坚持写 1000 多字，也许就是为了这种美好的幸福感觉，自己默默地写着，自己默默地陶醉着，自己默默地坚持着……”

“加油哦，我相信未来的自己一定会感谢现在的坚持。向你学习，我现在也规定自己每天写3000字，因为长篇小说嘛，一章就需要3000字，每天至少更新一章，没时间也要坚持默默地写。”

这是我和深圳大学的一个研究生——一个文学写作者之间的一些对话。这些对话，不经意地道出了沉默的写作者内心深处最真诚的话。我自然理解她的坚持，它源于灵魂的热爱、它源于心灵的幸福，为此，哪怕是忍受长久的沉默，也是心甘情愿并毅然无悔的！

这个世界上总会存在这样一些写作者，他们常常待在一个安静的角落，忍受着身心的孤寂，显得沉默而清高。他们淡出世俗的喧哗，回归火热的内心，为自己、为幸福而进行一场旷日持久的沉默的写作。

法国伟大的作家普鲁斯特就是这样的沉默者。在对爱情深感绝望的时候，他决定从事文学创作，写出自己一生经历的悲欢苦乐，从1908年开始写作《追忆似水年华》，怀念和追记自己已经逝去的青春。

从此，他坚守着沉默。他只在自己的精神世界里遨游，这差不多成为他存活的全部意义。他将自己仅有的一次生命全部押在了这部长篇小说上。而这注定是一场无声无息的漫长的孤独的写作。他没有渴望获得相应的物质上的酬谢。这种沉默的写作本身所带来的巨大的幸福感，便是对他最好的恩赐。他夜以继日地写作，历时17年，终于在逝世前将作品全部完成。而作品的最后一部是在他死后5年才发表的。

这样的沉默的写作是让我们尊敬的。这样的沉默的写作者更是让我们敬仰的。他们的写作似乎纯粹是为了自己的心灵，为了寻找一种生命的安慰，使生命的光芒得以恣意燃烧。

他们只是默默地燃烧。他们似乎规避了这个时代，自甘做一个沉默的人物，为了抵挡生命中永恒的烦恼，他们甘愿在一个僻静的角落里咀嚼、聆听，编织着自己的锦绣华章。他们很孤独，所以他们从写作中汲取生命的快乐。

在这种沉默的写作中深情陶醉，享受生命的美好，他们强盛的生命力必将绽放出璀璨的光芒！

深沉的孤独

——致德国哲学家尼采

你停下来，呆若木鸡
你回眸远视，任凭时光流逝
难道你真的丧失了理智
要在冬天来临之前，将这个世界回避

这个世界犹若一扇开启的大门
门外却是无垠的荒寒大漠
那个和我失去同样东西的人
已无法找到立足之地

你停下来，面如土色
你注定要在这寒冬中迷失方向
如同那直上的炊烟
在不停地寻找更加寒冷的空间

我聚精会神地吟诵着这些诗句，久久地，一遍又一遍。处在这南方的炎热酷暑中，我的身心却忽然如同掉进冰窟。哦，这些勾魂摄魄的诗句呀！这是德国哲学家、诗人尼采吟唱在《孤独》里的诗句。

一整天，我一直沉浸在尼采的精神世界里。我的灵魂在那里奔腾不息：时而沉醉，时而忧伤，时而狂热……他的强大的精神力量掀起一次又一次突如其来的龙卷风，呼啸着裹挟着人世间的一切真善美让我难以自拔而流连其中。而等到一切重归如初，我的内心深处只留下了深沉的孤独！我不由得抬起头凝视着门外，“却是无垠的荒寒大漠”“那个和我失去同样东西的人／已无法找到立足之地”了！哦，亲爱的兄弟呀——我灵魂的朋友！你却仍然“在不停地寻找更加寒冷的空间”！

童年的你经历着人事的变故，早已经开始对人生进行思索。大自然是你的殿堂，你常常独自一人徜徉，面对云彩或雷电而沉思冥想。大自然的种种美好和神秘孕育着你写诗的欲望。你孤独地吟唱着那通向永恒的理想！

从此，孤独便与你同行！你曾经深情地吟唱：“啊，孤独，你是我的家乡。”只有灵魂饱蘸孤独汁液的人才会如此地钟爱孤独如同钟爱自己亲爱的家乡。

怀揣着对家乡的热爱，你开始了背井离乡的漂泊生活，你这个流浪者一直“在路上”。你的足迹遍及意大利、法国的一些城市和乡村。没有职业，没有妻儿，没有朋友，你孑然一身。你常年租一间简陋的农舍，经常煮一点简单的食物充饥，一连数月竟然见不到一个可以说话的人。哦，你是如此地热爱着沉默：“有一天有许多话要说出的人，／常默然把许多话藏在内心；／有一天要点燃闪电火花的人，／必须长时期做天上的云。”你在沉默的孤独中磨砺着坚强的灵魂。

你开始在精神的广袤世界里尽情遨游！你是如此热爱孤

独这种具有形而上意味的人生境遇和体验。远离人群，远离城市，远离主流社会，你的酒神精神在一次次的创作中昂扬得更加激情澎湃！《权力意志》《查拉图斯特拉如是说》《偶像的黄昏》《悲剧的诞生》《尼采诗歌》……那奔涌的思想如同瀑布般浩浩荡荡地流向大地、飞向天际！

听！你又在《孤独者》里像孩子一般纯真地歌唱："我喜爱的是：像森林和海洋动物那样 / 有好大一会儿工夫茫然自失，/ 在轻轻的迷误之中蹲着沉思，/ 最后从遥远之处唤回自己，/ 把自己引诱到自己这里。"哦，你是自己的王！你是真的猛士，敢于选择孤独，敢于直面孤独！然而，我不得不为你惋惜！为了你永恒的追求，你失去得太多太多："作为一个哲学家，我必须摆脱职业、女人、孩子、祖国、信仰等而获得自由。"你在自由中的吟唱是那么壮美，但又是那么孤立……

其实，你终生都在渴慕着那美好人儿的爱情啊！爱情是你生命中神圣的理想，但你自卑而又高傲的心性让你与美好的爱情失之交臂。那美丽聪慧的莎乐美呀，是你痴迷的人儿，是你生命溺水中的最后一根稻草。这最后一根稻草的随水消逝，成为你对美好爱情最绝望的祭祀。

你喃喃自语："我孤单极了，只有三件事成了我生命最大的安慰：叔本华，舒曼，还有孤独的散步。"你沉浸在叔本华的悲观世界里，你聆听着舒曼浪漫主义的音乐，你陶醉在孤独幽静的散步里。当高贵的灵魂在这个人世间遭受着一次又一次的打击，你只有向那"高处不胜寒"的精神境地里寻求最深沉的爱意。总是独自一人，你的思想是你最不离不弃、相亲相爱的可人儿！到了晚上，你只是吃上几块饼干，喝上一杯清茶，便立即又全身心地投入那漫长无际的孤独的思想中。

你在“这儿自由眺望，精神无比昂扬”，但“当我到达高处，便发觉自己总是孤独。无人同我说话，孤寂的严冬令我发抖。我在高处究竟意欲何为”。你的自由的心灵面对浩天的旷野也不由得发出孤寂的悲鸣，“在这儿，我最大的痛苦是孤独……这种孤独归因于个人无法与世界达成共识”。哦，孤独有七层皮，厚重得令人窒息！你是这个人世间诞生的最独特的灵魂，你给这个人世间创造出最独特的思想，你对这个人世间的一丝理解充满渴望。

然而，你的高远的思想啊，“远离人类和时间六千英尺”，没有人能识破其中蕴含的智慧。于是，一种恐怖的孤独残暴地向你肆无忌惮地袭来！那长期忍受的因用脑过度而引起的剧烈头痛又肆虐着折磨你！“孤独像条鲸鱼，吞噬了我。”你在孤独中苍凉的呐喊显得那么绵软无力，那么凄然无助。众人的沉默——那越来越深重的沉默吞噬着你那孤独的灵魂。

可是，在你的“超人”意志下，哪怕没有同类的归属感，你依然坚守着自己的信念，依然沉浸在坚强的孤独中！哪怕常年忍受着病痛，你依然在极度的孤独中反思着自我和世界！在《伞松和闪电》这首诗中，你高傲地吟唱：“我在人与兽之上高高生长；/我说话——没有人跟我讲。/我生长得太高，也太寂寞——/我在等待：可是我等待什么？/云的席位就近在我的身边，/我等待第一次发出的闪电。”对，你就是那空荡荡的沉甸甸的黑漆漆的天空中一道最闪亮最耀眼最壮美的闪电！

在你的内心里，生命必须是不停地自我超越！你以铁的意志和血的火焰，重估一切价值！你这孤独的哲人高昂着高贵的头颅，毅然决然地挺进精神的奥林匹斯山！

1889 年 1 月 3 日，终于降临了，那是一个令人刻骨铭心的日子。在都灵的卡罗阿尔贝托广场，你踽踽独行、落落寡合。这时，你看见一位马车夫正在狠命地鞭打一匹老马，你忽然不顾一切地冲上去，紧紧地抱住了这匹受尽欺凌的老马，顿时埋头痛哭，声震长空，直到昏厥。最终你彻底丧失了理智，从此迈入了“疯子”的世界。哦，那受尽欺凌的老马呀，就是你的化身哪！这个人世间举起一根根无形的鞭子无止无休地抽打着你。你就是那为了人类盗取火种而被惩罚缚在大高加索山上的普罗米修斯，日复一日、年复一年地被恶鹰啄食肝脏……你的深重的痛哭，倾诉着你的深沉的孤独……

1900 年 8 月 25 日，终于降临了，那又是怎样一个惊天动地的日子！你这轮辉煌的太阳缓缓地沉落到永恒的黄昏里，你这个生不逢时的思想大师在魏玛与世长辞；55 岁，成了你在这个人世间最后的记忆。“银白的，轻捷地，像一条鱼，我的小舟驶向远方。”

哦，这长期不被人理解的漫无边际的孤独哇，犹如没有光明只有黑夜的太古时期，你这个最伟大的思想天才终于在孑然一身中无声无息地坠入了永恒的漫漫长夜。

在《善与恶的超越》中，你自我安慰而又自视甚高：“我的时代还没有到来。”你的整个一生就是一出悲剧的独角戏。偌大的舞台，只有你独自搏击的身影。孤军奋战，承受苦难，你在思想的真空里呼吸得那么艰难。茫茫人海犹如一个巨大的黑洞，让你的一切声音湮没沉寂，毫无回声。那是多么可怕的、沉默的、没有回应的孤独哇——哪怕是咒骂反对的声音都不曾响起，犹如一只严丝合缝的玻璃罩，包围、压迫着你的思想，没有鲜花，没有掌声，甚至连心中的上帝都已死了！在这旷古的洪荒的孤独中，你一个人演绎了最波澜壮阔的一幕！

古希腊哲学家亚里士多德曾经说：喜欢孤独的人不是野兽，便是神灵。你便是上帝派来人世间的神灵。你在《查拉图斯特拉如是说》中对“孤独”毅然深情讴歌：“带着你的爱和你的创造走进你的孤独吧，我的兄弟；/以后正义才会跛足随你而行。/带着你的泪走进你的孤独吧，我的兄弟。我爱那愿意超越自己而创造并且如此灭亡的人。”你的孤独是强者的孤独！你的孤独里饱蘸着爱的汁液，引领着人类走向爱的美好世界！！

一切孤独都源于深沉的爱呀！最孤独的心灵，往往蕴藏着最热烈的爱！旺盛的生命力让你在孤独中熊熊燃烧。哦，你这个孤独中的孤独者，我最亲爱的兄弟呀——我饱尝苦难的远方的朋友！我深深地懂得，你的深沉的孤独里，始终喷薄的是对生命、对人类的最博大、最深沉的爱呀！

一意孤行

当清晨的第一缕曙光照耀整个大地时，你已经起床。在匆忙地吃过简单的早餐以后，你来到阳台。你的手中捧着一本厚厚的书，你全神贯注、悠然自得地遨游书海的身影便在这里定格。这时，外面的世界依然充满喧哗与躁动。

“半亩方塘一鉴开，天光云影共徘徊。”无限的旖旎风光在你的眼前次第绽放，你变得沉醉而痴狂。头顶一片天，心怀大自然。你远离尘世，漫步云端，你在寻找精神的家园。德国哲学家海德格尔认为：“人在现实中总是痛苦的，他必须寻找自己的家园。当人们通过对时间、历史、自然和生命的思索明白了家之所在时，他便获得了自由，变成了‘诗性的存在’。”你在精神的家园里摆脱了现实，享受着自由，沐浴着诗意——哦，诗意地栖居在大地之上，正是你的向往！

生活总是繁杂沉重，我们总是行色匆匆，灵魂总是漂泊流浪，犹如无根的飘蓬，没有归宿、没有希望。在生命的漫长历程中，人类的灵魂到底如何安居？只有投入精神的家园里，灵魂才能够感受到轻松与惬意。对所有追求自由、热爱生活的人来说，精神的家园是多么重要哇！奥地利著名作家茨威格对精神家园的热爱与依赖是那么深刻，一旦失去了精神家园对他来说就是致命的打击！他的绝命书是那么沉痛：

"与我操同一种语言的世界对我来说业已沉沦，我的精神故乡欧罗巴亦已自我毁灭，从此以后，我更愿在此地开始重建我的生活。但是一个年逾六旬的人再度从头开始是需要特殊的力量的，而我的力量却因长年无家可归、浪迹天涯而消耗殆尽。所以我认为还不如及时不失尊严地结束我的生命为好。对我来说，脑力劳动是最纯粹的快乐，个人自由是这个世界上最崇高的财富。我向我所有的朋友致意！愿他们经过这漫漫长夜还能看到旭日东升！而我这个过于性急的人要先他们而去了！"只有守护着精神家园，才能迎来旭日的东升，生命才能获得存在的意义！

为了守护你的精神家园，为了精神遨游的自由，你甘愿拒绝了现实的安逸生活。曾经，你拥有一份安稳的工作，吃着固定的餐饭；现在，你做着自己的事业，过着俭朴的生活。一切都充满了未知，你在茫茫黑暗中独自前行。然而，你是多么享受这样的生活啊！每天能够读书写作，尽情地遨游精神的浩瀚宇宙，这对你来说，是人世间最幸福的事呀！

这样的你注定是孤独的。除了周末上作文课时出门，其余时间几乎"深居闺中"，你每天过着与世隔绝的隐居生活。记得你和一个女作家谈到"孤独"，她提出孤独是写作者必过的一个坎。你并不需要跨过孤独这个坎，你天生就是一个孤独的人，从一出生直到现在都是喜欢孤独的。你可以长年累月一个人与世隔绝，不与任何人交流，只是一味地读书写作，就自得其乐了。灵魂的自由需要在孤独中参悟。一个独特的灵魂永远只能独自前行，在漫无边际的黑暗中自己点燃前行的灯。奥地利作家卡夫卡说："为了我的写作我需要孤独，不是像一个隐居者，仅仅这样是不够的，而是要像一个死人。”你每天与孤独共舞，拒绝了现实的一切诱惑，甘愿被这个时代所冷落。你的血液里流淌着文学的激情，你的生命就为写作而生！

这样的你注定是幸福的。每一个人来到这个人世间，都携带着与生俱来的特殊的天赋，在一个领域必然会做出伟大的成就。但这样的天赋常常被埋没，有的人终其一生没有施展自己的天赋。能够找到充分施展自己天赋的事业的人无疑是幸福的。人的精力是有限的，在有限的生命中，我们必须找到一件最适合自己做而自己又喜欢做的事。一件事，一辈子！你是幸运的，找到了你这一辈子要做的事，你就是幸福的！

“活着，就要一意孤行！”这是我国著名画家徐悲鸿纪念馆中的一句话。你的生命将会这样一意孤行地前进，向死而生！英国杰出的戏剧家莎士比亚在他的名著《李尔王》中写道：“他死了，但重要的不是结果，而是他从生到死的这段人生历程中，究竟绽放出多么璀璨的光芒。”只要你的生命绽放出这样璀璨的光芒，你的一生就是幸福而无悔的！！

我的写作之旅

写作，一直是我心里剪不断、理还乱的一个情结。很久以前，我与文学缔结良缘，从此，文学便如同滋养生命的汁液汩汩地流进了我的身体里，融进了我的血液里。我的生命潜移默化、自然而然地烙上了写作的印记。

然而，真正的写作对我来说，弥漫着晚年得子的意味——来得太晚，以至于让我的惊喜中难免掺杂着一丝失落。在很长一段时间里，我几乎是不写作的。上大学期间，我日日夜夜与书为伴，尽情地遨游书海，每当内心的感情无法遏制时，也只是偶尔洒下几朵文字的墨花。工作以后，为了生存，在现实的物质生活的压迫下，我南下深圳加入了打工一族；每天忙于机械式的工作，身心俱疲，哪有时间和心境来亲近写作？聊以慰藉的是，写作，始终是我没有放弃并且一直坚持的信念。

曾经我的好朋友李立（在辈分上，他算是我的侄儿）不无惋惜地询问我："你读了那么多书，怎么不写作呢？"我无言以对，唯有自责。说实话，不敢写作是我内心最主要的症结。在我看来，写作是一件神圣的事情，不是任何一个人都能够随意享受的。我不愿意过早地玷污了我纯洁的写作。如此一来，对于写作的深情，在我的内心深处悄无声息地压抑着、积聚着、疯长着……

长期的压抑是对内心的炙烤，必然导致剧烈的引爆。记得那是2014年冬天，面对生存和梦想，我再次陷入了痛苦的抉择中。冬天不懂春天的温煦，自己的路只有自己来走！我义无反顾地辞去了一份做了将近三年的作文培训工作。写作的激情燃烧着我，我必须安居一个僻静的角落。我的真正的写作便是从这个刻骨铭心的2015年年初开始的！辞去了工作，摆脱了束缚，独享着自由，我的写作之旅终于正式开始了！

那真是让我热血沸腾的2015年哪！长久积聚的写作激情终于忍无可忍地犹如火山一样爆发了！以日记的形式，我每天都在记录自己的所见所闻、所思所感以及周末给孩子们上作文培训课时带来的新鲜体验。同时，我在回顾着过去的经历，构思着创作着一部长篇小说。一天又一天，我独自待在深圳龙岗的一个僻静的角落里，静静地守望着，熊熊地燃烧着，孤绝地进行着一场旷日持久的写作之旅。每一天，我沐浴着晨曦，迎送着落日，像一个驻守边疆的战士，岿然不动地读书写作，在每晚临睡前都会至少写下一篇文章，从来没有间断，我在持之以恒的忍耐中欣赏着写作之旅上的一道道亮丽的风景！一天、一天，一年、一年……伴随着如同枯井般的沉默的写作，我的文集中已经默默地收录了成百上千篇文章以及一部正在创作的长篇小说。哦，那是我心血凝聚的结晶啊！那是源于我对文学的深沉的痴爱、对写作狂热的迷恋哪！

我行走在我的写作之旅上，梦想是我前进的灯，爱是我坚守的根。我把一篇篇文章分享给我的作文课的学生和家长们——哦，他们是我的第一批读者呀。在很长一段时间里，我的读者群体只是这些学生和家长们。面对他们来写作成了我心中绕不去的一个标准，我常常在构思一篇文章时，不经意地总会想到写出的文字是否适合他们阅读，是否能够给他们带来一丝一毫的好处——如果我的写作没有丝毫利于世道人心，那么它将是我最大的败笔！有利于世道人心，这是我坚持写作的一个重要原因！他们是我的读者，我必须对他们负责。他们的阅读，便是对我的一种督促和鼓励，让我战胜一个个写作时遇到的困难以及精神上滋生的懒惰，让我斗志昂扬地勇往直前、坚持不懈！对他们，我的内心充满着感恩。

我的写作也得到了很多家长朋友的支持和肯定，这是让我深深感动的。一个四年级男孩子的妈妈兴奋地告诉我："你辛苦了，我们每天都有好文章阅读，我们太幸福了！我每天都给朋友分享你的文章。"哦，这样的话真是让我受宠若惊！我连忙告诫自己："看来我每一篇文章都要认真写好了，不然让大家耻笑了——务必认真努力！"一个四年级女孩子的妈妈在聊天中关心着我："军君老师辛苦了！每天这么晚还在坚持您的写作，佩服！"哦，她的关心，犹如一股暖流，温暖着我孤独的心。多么感谢这些家长朋友，他们陪伴着我度过写作的每一天。虽然我在独自写作，但是我知道还会有那么一些人始终在默默地关注着我、陪伴着我。我并不是独自活着，前行的路上爱在并肩携手！

在我的写作之旅上，我的一篇篇文章常常会引起亲朋好友的担忧和关爱——那是多么让我感动的爱呀！沉默的我只能铭记于心。那个名叫"珂珂"的美好女孩看到我写的那篇文章《何以救赎》以后，在聊天时向我坦陈她的担忧：“你这篇文章我刚开始读时，以为你是在写自己呢——那么忧郁，担心死我了，读到最后看到括号里的文字时才确定是在写别人的，我才松了一口气。”我赶紧进一步解释：“肯定不是在写我，第二段首句明明写着‘他是一位作家’。我还在努力成为作家。”“你的梦想不是成为作家吗？以为你在想象着写未来的你呢。”

是呀，成为作家是我的梦想，是我的写作之旅上前进的灯！但目前的我离真正的作家还是那么遥远！在我的心里，真正的作家笼罩着一层神圣、伟大的光环。我一直在矢志不渝地向他们靠近。

那篇文章写的是一个流亡美国的作家的坎坷故事。我读了他写的书，才写了关于他的文章。我只是在记录别人的故事，从别人的故事里感受着生命的力量。长期以来，我总是活在别人的故事里。也许是因为我自己的故事太过平淡。我的生活阅历是那么匮乏。从小学到大学，我都是那种埋头读书的“书呆子”、老师眼里的好学生。大学毕业这几年大部分时间，我都是在深圳默默地、静静地度过的，深居简出，长期从事作文教学，只是整天与孩子们和书籍打交道，生活过得异常平静，没有经历过什么大风大浪。而丰富的生活阅历对写作者来说是至关重要的。这却是我写作上的短板。

与孩子们的交往成为我写作的主要内容，我在写作里记录着一个个孩子的生活。我的写作变得那么单纯。前段时间，我的一个侄儿李超给我发来信息：“我发现你这个公众号里面的作品大多是从学生开始的，何不尝试从其他方面着手呢？或许有所期待哟。”他的建议的出发点是善意的，他看到了我写作上的局限，他对我的写作充满着更多的期待。我自然感谢他的建议，我当然懂得我的局限。

为了我的写作，我懂得我必须潜心阅读，从大量的古今中外的名著里汲取写作的养料。我生活在深圳这个物质文明高度发达的城市，潜心阅读在这个充满着喧哗与躁动的城市里显得那么不合时宜。但我愿意化作那个呼啸着的风暴里的风暴眼，在极端的平静里独守精神的安静、写作的孤独。安静是我所喜欢的一种生活状态。静静地待在安静的角落里，细细地读书、思索，我的内心是格外欢悦的。我把欢悦的感情注入那些作家们所流传下来的千古文章里，沉浸内心，聆听心灵的声音，追寻生命的足迹，探索人类的奥秘。

为了我的写作，我懂得我必须经历世事，从更多人的生活体验里汲取写作的养料。我会以一颗热爱生活的心，积极地投入生活的大洪流里，深入各种各样的生活，通过不同的方式进入生命的世界，把人类生活的诸多经验用独特而迥异的方式进行诠释，把人类内心深处最隐蔽的角落用真诚而勇敢的方式进行揭露。守护人类的精神世界，探索生命的终极价值，将是我神圣的使命！我怀念着、远行着……

我的写作之旅将继续义无反顾地前行。我将会真实地直面自己内心的明暗，无情地剖析自己灵魂的善恶——敢于揭露自己才能勇敢地揭露黑暗。出于内心的需要，我将会忍住创伤、耐住寂寞，坚守“淡泊以明志，宁静以致远”。我将要像农民种地一样，勤勤恳恳地劳动，坚持不断地写作。

文学是民族精神的火炬，人类进步的阶梯。我愿意贡献我的一生点亮这把火炬，照亮人类进步的阶梯！我这一辈子最大的梦想就是做一个自由自在写作的人，这是我生命的大欢喜。行走在我的写作之旅上，我将以一种殉道者的执着与痴迷锲而不舍、坚持到底！这是我最痴的乐趣，这是我最大的幸运，这是我最深的幸福！

坚守内心

“一切障碍都在摧毁我。”文学家卡夫卡的这句话长期以来都蠕动在他的内心深处。它像一条贪婪的毒虫，蛰伏在他的身体里，每时每刻都在一点一点吞噬着他的身心。

他出生在陕西渭南一个民风淳朴的农村，在少不更事的岁月里，人世间的一切在他最初的印象里，都是那么美好——美得赏心悦目，好得惊心动魄。他沉醉在一切的美好中，享受着作为人的高贵、明亮，内心欣喜若狂。然而，随着年龄的增长，随着生活的深入，他越来越敏锐地感到周围虎视眈眈的目光——有形的和无形的目光，仿佛置身于枪林弹雨中，他随时随地都在受着内伤。他的内心裸露在光天化日之下，明枪暗箭防不胜防，让他无力阻挡。

他深深地懂得，人世间的一切原本就是这样，从来没有改变——变得更美好或者更糟糕。只是因为他的与众不同，一颗太过敏感的心，促使他与外部世界显得格格不入。他无力改变世界，他只能坚守内心。小心翼翼地守护着敏感的内心，他在忧伤中寻找突围的出路。

也许是冥冥中上天的偏爱，“文学”这个陌生而神奇的字眼悠悠然飘落进他的内心。从来不懂文学，一旦接触文学，他就一发不可收地痴恋上文学。在文学的天地里，一颗伤痕累累的心得到细致入微的照顾，他随心所欲地畅游在文学的海洋里，如痴如醉，不知归路。阅读与写作成为他生活的全部内容，他觉得这是他最好的生存方式。

他用文学写作来抵挡这个世俗世界的侵害，他在我行我素中逐渐呵护着内心的脆弱，不断塑造着内心的强大。

他是一个听从心灵的召唤，遵循自己内心的渴求来生活的人，只要沉浸在自己的内心世界里，他便与整个内心世界亲密无间地融为一体。他并不拒绝外部世界，但他与外部世界始终保持着一定的距离。也许他常常被别人视为怪人，但他宁愿义无反顾地昂首前行。不知是写作选择了他，还是他选择了写作，一直以来，他都是一个人默默地写着，或歌或哭，在一片文学的自由天空中尽情尽兴地飞舞，寂寞而满足，孤独而幸福。

他的确是孤独的，一个孤独的理想主义者，通过写作来创造一个独特的自足的世界。虽然他的外表看起来柔弱，但是内心却日益变得强大。现在，无论现实给予怎样的打击，他都从来没有想过要放弃自己独特的精神创造。在成年累月、持之以恒的写作中，他已经为自己营造了一个不同于世俗的精神世界，这是生机盎然、诗意丰盈。在这个精神世界里，他在坚守内心、重塑内心，他是自己王国的王！

生活在世俗社会里，他依然不可避免地遭受到来自外界的压力。生存是多么艰难，为了生存，大多数人都深陷在物质世界的泥潭里，难以自拔，不愿自拔。他当然不可能完全出淤泥而不染。这几年，他在深圳这个物质文明高度发达的城市里摸滚爬打，一边挣扎在现实里，一边翱翔在理想中。他庆幸自己从事的工作——给孩子们培训作文，这是与文学最亲近的工作。当他在闲谈中无意间和朋友谈起自己的文学写作时，朋友却不厌其烦地鼓励他赶紧赚钱，不要想着那些虚无缥缈的事情。亲朋好友的提醒与警告时时回响在他的耳畔。他理解他们的心情，他也理解生存的压力。那些压力也许正好可以化作写作的动力。他想要在生存与理想之间找到一种平衡。有得必有失，他必须坚守内心，像夸父一样义无反顾地去追逐太阳的方向。作为文学家，卡夫卡的一生也面临生存与理想之间的选择：他既是办公室的小职员，又是文学的献身者，在两者之间视死如归。但他以一种大无畏的勇气反思生存的荒诞，抵抗精神的苦难，坚守内心，重塑灵魂。

他的写作是源于内心，那是灵魂的文学。驻守在内心里，他自然而然地与所处的世俗社会产生不可调和的矛盾。在中国根深蒂固的文化氛围里，特立独行的心灵探索从来都是一个天方夜谭、不可思议的行为。不被理解，成为边缘人是他意料之中的待遇。他懂得，他接受。他不愿意将自己的精神消耗在那些剪不断理还乱的人际关系里。他必须给自己保留一份内心的自留地——这是他面对世俗社会的一种自我救赎的方式。独立与自由，是内心的底线，伴随着默默无闻的磨砺，他在淬炼内心的质地。当一个人的内心足够强大时，外界的欺凌与损害对他又有多少影响呢？

在世俗的意义上，他一直没有得到相应的认可。每天坚韧不拔地写作，往往犹如投入深不可测的古井里一颗小小的石子，激荡不起一丝一毫的回响。他并不是不在乎，他只是矢志不渝。仿佛长期在黑暗中行走，他已经习惯了黑暗——拥抱黑暗，才能更好地迎接光明！怀着对光明强烈的向往，通过写作，他希望把内心的执着与狂热、痴迷与痛苦统统宣泄出来！“我将摧毁一切障碍！”法国文学家巴尔扎克的名言萦绕在他的脑际。

他坚守着自己的内心，始终是自己灵魂的守望者。德国哲学家尼采的话突然在他的耳畔响起：“你今天是一个孤独的怪人，你离群索居，总有一天你会成为一个民族！”也许，他在内心深处就是一个不折不扣的狂人！！

缅怀杨绛

晚上，我打开电脑上网，一点击360浏览器搜索，就看到今日热搜的头条醒目地悬挂着“杨绛逝世”四个大字。心中轰然一惊，随即黯然神伤。一位才女飘走了，一个时代远去了……

我默默念着“杨绛”的芳名，内心久久不能平静。她的文章，她的为人，她与爱人钱锺书之间的伉俪情深顷刻间都浮现在我的脑海。难道她就这么悄无声息悠然飘走了？“挥一挥衣袖，不带走一片云彩。”人间热闹非凡，众生喧嚣依然。

前段时间陕西作家陈忠实去世的当天早晨，一位朋友忙不迭给我发来信息：“一代文学巨匠陈忠实于今晨去世。”这句话虽然激起我的叹惋，但没有掀起我感情的波澜，我只是淡淡地回复：“可惜。白鹿原上的亡灵。”接着，几个爱好文学的朋友也表示了哀悼，有人建议我写篇纪念文章。我不置可否，唯有沉默。然而，作家杨绛的逝世竟然没有换来朋友们的任何一点信息。一股彻骨的悲凉不禁袭上我的身心。难道杨绛不足以引起普遍的关注？难道杨绛没有在文学上取得辉煌的成就？不，不是的！也许众人的沉默是对她最好的缅怀，也许这正是她所期望的。我忽然醒悟：这位世纪老人终生追求的不就是隐逸淡泊、默默无闻吗?

杨绛和钱锺书经常像是一对调皮的孩童一起玩玩闹闹,他们异想天开地希望得到“仙家法宝”——隐身衣,各披一件,同出遨游,摆脱羁绊,四处游历。杨绛在生活中就是以“隐身”的方式度过着每一日。她无意于争名夺利,只求隐于世事喧嚣之外,守护内心平静天地。词人苏东坡吟哦的“万人如海一身藏”是她的期许,道家庄子推崇的“陆沉”是她的企慕。她梦想像是天空中的一只飞鸟或是池沼里的一条游鱼,无拘无束,自由自在。“消失于众人之中,如水珠包孕于海水之内,如细小的野花隐藏在草丛里……安闲舒适,得其所哉。”她只愿潜心在文学创作里,专心致志地完成自己力所能及、魂牵梦萦的事。她曾经借翻译英国诗人兰德的诗歌,来表达自己内心向往的境界:“我和谁都不争,和谁争我都不屑;我爱大自然,其次就是艺术;我双手烤着生命之火取暖;火萎了,我也准备走了。”这种对艺术的热爱、对生命的淡泊的崇高境界让我不由得肃然起敬。这才是真实的杨绛!这才是杨绛留给所有知识分子的一笔巨大的精神财富!这岂是随便哪个作家能够相提并论的?!

我喜欢杨绛是源于喜欢钱锺书。上大学时,钱锺书的长篇小说《围城》是我不厌百回读的心爱之物,钱锺书无处不在的幽默驱散了我内心深处日积月累的忧郁。正因为喜欢钱锺书,爱屋及乌,所以我不由自主地对他的爱人杨绛也充满了好奇。阅读了一些关于他们夫妻的文章以后,我被他们两人之间那种情投意合、琴瑟和鸣的爱情深深感动,并且由衷渴慕。如同前世今生的注定,她和他相遇在清华大学,共同的兴趣爱好,使他们相守书斋,相爱一生。杨绛对钱锺书的爱超越一切，让这个柔弱的女子变得那么刚强。翻译家叶廷芳在回忆“文革”时提到一件事情，杨绛的大义凛然让我倾慕不已。那时有人写钱锺书的大字报，杨绛就勇敢地在这张大字报的边上糊了一张小字报，逐条澄清事实。“我们这些所谓的走资派都低着头不敢吭声。只有杨绛，当揭发批斗到钱先生时，她迅速起身为钱先生辩护，和别人争得面红耳赤，甚至跺着脚，就是不服，执着地澄清：‘你们说的这不是事实。’当时她真的如同一只母狮，难以想象看起来那么柔弱的女子居然可以这么刚强。”这该是怎样深沉的爱才能激发出的勇气呀?！叶廷芳如今感慨：“真的是相濡以沫。感觉他俩的关系有三层——夫妻是承担义务，情人是真的感情好，朋友则是一直互相交换观点。而且她也真的是维护丈夫，那时候批判，她居然站出来不服，据理力争，真的是不敢想象。身边哪见过其他这样的事？”

钱锺书的婶婶称赞过杨绛：“季康啊，你是‘上得厅堂，下得厨房，入水能游，出水能跳。’”对于杨绛的贤良淑德，钱锺书心知肚明。“我见到她之前，从未想到要结婚；我娶了她几十年，从未后悔娶她；也未想过要娶别的女人。”这是钱锺书内心最真切的呼声。“最贤的妻，最才的女”更是钱锺书对杨绛最深沉的爱的表达。能娶到杨绛这样的佳人，对钱锺书来说真是痴人有痴福！

女儿钱媛和爱人钱锺书相继提前离世，作为一位世纪老人，杨绛独自一人回首前尘、思念“我们仨”。她在《我们仨》一书中深情写道：“我们这个家，很朴素；我们三个人，很单纯。我们与世无求，与人无争，只求相聚在一起，相守在一起，各自做力所能及的事。碰到困难，我们一同承担，困难就不复困难；我们相伴相助，不论什么苦涩艰辛的事，都能变得甜润。我们稍有一点快乐，也会变得非常快乐。”难道这个人世间还有比“我们仨”更美满的家庭生活吗?!

她孤独地走在人生的边上，怀着对“我们仨”这一辈子的美好回忆，飘走得那么轻盈、那么幽静、那么幸福……

寒冷与温暖

她忧心忡忡地询问："你最不能接受我的什么缺点呢？"

你意味深长地回答："我最不能接受的你的缺点是你不爱我。"

你的回答出乎她的意料，你深沉地娓娓道来："只要你爱我，我就能接受你的一切缺点——即使是在常人眼里不能接受的缺点。"

你是为了爱而活的，只要能够拥有一份真爱，你宁愿选择大多数人无法接受的，你宁愿付出生命中最难能可贵的。没有人理解你是多么孤独，你的内心深处是多么寒冷，你一直在渴望一份真爱，希望它像阳光一样温暖你的身心。

"我不奢望别人能够理解我，我只希望你能理解我，有你的爱，我就知足了……"你对未来充满着无限憧憬。

你在这个人世间已经生活了三十年，你真诚地热爱着这个人世间，你却饱尝着人世间的种种寒冷。一颗敏感的心啊，总是从平淡的生活中体味着生命的冷暖。也许是为了躲避生活的伤害，你回归自己的内心。也许是自我安慰，你坚守着"质本洁来还洁去，强于污淖陷渠沟"的信条。

你的内心始终燃烧着一团熊熊烈火，你只有不断地疯狂燃烧，你的灵魂才能得到一时的安宁。你借助文字来温暖自己日渐寒冷的心灵。你必须不停地写，不然你就无法生活。

“不得不写、不写难受，也许是内心太孤独、太荒凉的缘故……”你对一个关注你的热心读者解释。

“内心孤独、荒凉，应该还有别的原因，才会滔滔不绝，别人没法完全理解你，所以写可以宣泄，是吗？”

“你说得很对。写作是阳光，能温暖寒冷的心灵……”

“反过来可以吗？如果内心寒冷，写出来就温暖些了。”

“是这样的，越寒冷，越需要温暖——现实没有，只好自己去创造。”

“写出来的东西温暖着别人，但你还是会觉得很寒冷很孤独。这也是创作的源泉。”

“这就是矛盾，人生就是如此。——真正的作家既是痛苦的，也是幸福的……”

“如果一个人过得舒适温暖、一帆风顺，思维又正常，那就不会有异于常人的创作能力。”

“这句话说得很好。”

“内心是痛苦的，精神则处于痛苦与幸福的两个极端。”

“是的，两个极端。”

“那是什么？”

“爱与愁。”

为什么你会那么多愁善感呢？记得一个朋友不解地问：“你是缺吃的还是少穿的，整天怎么那么忧愁呢？”

你沉默不语，你觉得这样的问题无法回答，你与生俱来便是如此。

“你的一些想法有点悲观，你应该乐观一些。”朋友宽慰你。

你懂得正因为悲观，你才渴望乐观，才狂热地寻找乐观。你的内心是寒冷的，但正因为寒冷，你才懂得温暖的可贵，你才希望播撒温暖给更多饱受寒冷的人。一个灵魂只有真正地浸透过寒冷，才能绽放出温暖如春的光芒。

忽然想到了德国音乐家贝多芬。这位精神英雄被法国文学家罗曼·罗兰所推崇和赞赏，在《名人传》里，罗曼·罗兰以知己的身份推心置腹地写道："世界不给他欢乐，他却创造了欢乐来给予世界。他用他的苦难来铸成欢乐。"贝多芬就是这样一个灵魂饱蘸寒冷汁液的英雄，他咀嚼寒冷，他铸就温暖。

生以沉痛吻你，你用深情歌之。你必须锻造自己的内心，让它越来越强大。你要在寒冷的苦难里，给这个世界散布温暖的欢乐。只要你的生命能够给别人带来一些温暖，这对于你来说，就已经满足了。

执 着

“厉害。”朋友忽然在QQ上发来这简单的两个字，在看了我写的一些文章以后。

“没你文学天赋好，我这只是小意思了。”我贵有自知之明，并非谦虚，只是诚恳地说道。与生俱来的天赋是一个人生命中的最大财富——后天的勤奋是无法望其项背的。朋友具有极其高远的文学天赋，早已表现出超凡卓绝的写作才能，这是我一直羡慕并钦佩的。

“我不行了……”他的语气里难掩深深的落寞与悲叹。我知道他目前的处境：我知道他在现实生活中是怎样挣扎，我知道他在心灵世界里是如何抗争。那该是多么绝望而无助哇！一想起他的才华以及他的遭遇，我的内心刹那间充满着痛苦的忧伤、折磨。

“你努力。”紧接着他又轻轻地递送来这寻常的三个字。而这三个字却如同铁锤一般重重地砸在我的内心上，我的心情顷刻间变得异常沉重，带着一丝悲愤，我几乎失声呐喊：“我一直都在努力！每天都在努力！每天都在坚持！——希望你也可以努力！”

“努力而无果。”伴随着短暂的沉默，他缓缓地发来这五个字，显得漫不经心，显得毫无所谓。

此刻，一股无名怒火“嗖”地蹿上了我的心头！尽管我懂得他不是一个随意否定自己的人，但我还是被他的这句柔软无骨的话给深深地激怒了！“无果仍努力!! 难道我现在不是一样的‘无果’吗?‘无果’给我带来的绝望并不比你感受到的少一些！每天，我的身心都弥漫着荒寒的孤独，但同时我依然坚守着执着的努力——执迷不悟、矢志不渝！”结合自己的精神处境，我的情绪骤然像山洪暴发一般，显得异常激动，热血沸腾，我在告诫着他，也在激励着我，“想想那些文学上的天才吧！他们在相当长的一段时间都是努力而无果，然而他们仍在坚持！仍在努力！最终他们证明了自己！他们迸射出了万丈的光芒！——最不济也能够像天才画家凡·高一样，生前虽然只卖出一幅画，但死后一幅画却值几亿元！”滔滔不绝的话语铺天盖地，我想激发他的昂扬斗志！我想让他驾驭天赋纵横驰骋！我想掀起滔天巨浪，扭转乾坤……一片浓得化不开的可怕的黑色的沉默突如其来，向我排山倒海般轰然奔涌……

“努力而无果。”我喃喃自语。朴实的五个字，可怕的一句话！它是一个逐渐吞噬人的精气神的怪兽，娇小玲珑，潜藏在人的体内，一天天让一个身体健康壮硕、灵魂自由翱翔的人，在不知不觉中，虚弱无助，绝望幻灭，轰然倒塌！它是多么可怕呀！

但是，它真的那么可怕吗?!没有什么东西可以摧毁一个强大的灵魂的！一个强大的灵魂是无所畏惧的！一个强大的灵魂是敢于直面最彻骨的绝望并绝地反击而屡败屡战的！

这时，一个最现实而残酷的问题立即摆在我们的面前：面对这条“努力而无果”的路，我们当下应该怎么行走?

在苍茫无际的大海中，在波涛汹涌的航船上，我们只能升起执着的云帆！对！执着！

我刚才还是情不自禁地提到了他——凡·高！他的执着漫天卷地地袭来。他是一个用全身心来拥抱艺术的画家！为了更有力地表现自己，他在色彩的运用上更加随心所欲、恣意妄为！为了更加执着地追求艺术的完美，他日复一日地奔波劳碌，即使一幅幅完美的画作得不到世人的认可，即使一天天贫困的生活时不时地袭击着他的身心，但他依然我行我素、执着到底！他执着深爱的东西就是色彩——那辉煌的、未经调和的色彩呀！

凡·高——这棵执着的向日葵用他的全身心、一辈子阐释了他一生痴爱的艺术追求哇！正是执着陪伴了、抚慰了、升腾了一颗狂躁而无望的孤独的心灵……

我不由得又想到了鲁迅，这个“两间余一卒，荷戟独彷徨”的斗士面对众多的中国人民，尽管“哀其不幸，怒其不争”，但依然在绝无窗户而万难破毁的铁屋子里拼尽全力地呐喊，以他的韧性精神和大无畏的智慧执着地进行着一场静悄悄的存在变革——这又是怎样荒凉透骨而坚定不移的变革呀！

鲁迅在《华盖集》杂感中义愤填膺地写道：“无论爱什么，——饭，异性，国，民族，人类等等，——只有纠缠如毒蛇，执着如怨鬼，二六时中，没有已时者有望。”正是这种如怨鬼般的执着——执着现在、执着地上的精神才让鲁迅知其不可为而为之地挣扎着，反抗着最彻骨的绝望！这个困顿倔强、疲惫孤独的过客，没有悲观，没有颓唐，毅然坚忍不拔、孑然一身地在这个人世间跋涉，跋涉，跋涉！

像法国伟大的文学大师巴尔扎克呐喊的一样，“拼着一切代价，只奔你的前程！”是的，能够拯救这种“努力而无果”的堕落的，只有那永不妥协的执着！执着！执着！

超 脱

没有执着的人生，是无意义的人生。而一辈子只是一味追求执着的人生，却是无趣味的人生。执着于人生，这是每一个热爱生命的人所必需的，但人生是丰富多彩的，我们也不妨向法国大思想家蒙田学一学“收拾好行装，随时准备和人生告别”，跳出执着，暂得超脱。

超脱历来被中国知识分子所重视、宠爱，古代文人里懂得并享受超脱的不乏其人。老子应该是超脱的鼻祖。一部《道德经》玄之又玄，通篇都是与天地之间缥缈虚幻的精神进行对话，让世人叹为观止。老子之后，传人多矣。

庄子便是最深谙此中真味的人。他大鹏展翅，逍遥神游，哪怕饥肠辘辘，依然出世不谐，超脱独立。庄子给后人留下了一个个超脱的故事，引人入胜，令人神往。

一日，庄子一如既往地正在濮水岸边钓鱼。这时，楚王派来的两位高级官员前来聘请庄子去楚国做大官。濮水岸边，蒹葭深处，两位官员风尘仆仆地找到庄子，连忙作揖祝贺：“恭喜！恭喜！敝国楚王有旨，要以朝政烦劳庄先生啦。请上车吧！”

庄子心平气和，不动声色，坐持钓竿，眼盯浮子，只淡淡地说：“我听说贵国的御苑养过一只灵龟，三千岁啦，前不久死了。楚王吩咐，用白绸裹着遗骨和遗甲，隆重殓入宝箱，荣衰备至，供在庙堂之上。设想一下你们两位如果就是这只灵龟，此时此刻会怎样想？是甘愿死去，遗留尊贵的骨甲，享受崇拜的香火呢？还是宁肯苟活，拖着尾巴，爬行在污泥中呢？”

两位官员连忙赔笑，都说：“当然宁肯苟活，拖着尾巴，爬行在污泥中。”

庄子悠然地说：“请你们回楚国去吧。我可要拖尾巴爬污泥去啦，恕不奉陪。”

这样的比喻，这样的思维，也只有庄子才能想到。他超然物外的人格追求，让我们不禁肃然起敬：庄子呀，超脱得快成神了。

超脱成神，我们在敬佩的同时，自然要远之。而北宋文学家苏轼的超脱则让我们感到更多的亲切。

苏轼既作为一名朝廷命官，我们不免以为他官运亨通、生活安逸，然而这位天生的诗人一肚子的“不合时宜”，便常常被一贬再贬，颠沛流离。他大半生总是跋涉在荒野古道上，无休无止地行走在贬谪的道路上。

也许是生活的磨难教会了他超脱，使他能够“谈笑生死之际”。他在惠州谪居时，有一天，在山间行走，已经十分疲劳，而离家还很远。他突然领悟到人本来应该是大自然之子，在大自然的怀抱里，何处不能歇息呢？“由是如挂钩之鱼，忽得解脱”。在前《赤壁赋》中，他描写月下泛舟时那种飘然欲仙的感觉，身心便已经超脱：“浩浩乎如冯虚御风，而不知其所止；飘飘乎如遗世独立，羽化而登仙。”

庄子和苏轼的超脱来源于世事洞明，心灵通达。世事繁杂，羁绊丛生，如果没有心灵的超脱，那么生活就将沉沦为一座苦不堪言的牢狱。人生不如意事常八九，如果没有心灵的超脱，那么生活就将蜕变成一块西西弗斯的巨石。

无论世事如何繁杂，这个世界上总有一些人懂得超脱，不受羁绊。这样超脱的人，无论在东方，还是在西方，都有衣钵传人。我国东晋大诗人陶渊明在桃花源中与世隔绝，美国著名作家梭罗在瓦尔登湖畔深居简出……他们不约而同地自觉保持内心的淳朴，追求一种简约的生活，淡泊物质，遨游精神，沉迷心灵，超脱社会，守护安宁，向往自由。德国哲学家尼采说："每一个出类拔萃的人都出于本能地寻求避难所和隐居处，在那里他可以摆脱人群，摆脱群众，摆脱多数人。在那里他可以忘却作为规则的人们，而成为例外。"

不是人人都能够超脱的。超脱是一种人生的大智慧，是一种心灵的大境界，是一种生命的大清醒。超脱的人并不完全弃绝人世，他们必定有所执着。超脱是执着的形影不离的伴侣。能够执着，懂得超脱，这样的俗世生活难道不是更加妙不可言吗？

梭罗的孤独

孤独是每一个生命与生俱来的一种生存状态，为人人所具有，即使身处众人之中，孤独依然不可泯灭而更加凸显。然而，在当下社会，真正的孤独却显得稀世罕见而难以寻觅。这岂不是自相矛盾？不，我此刻所说的孤独是一种精神上的崇高境界，是一种高处不胜寒、空谷隐幽兰般的孤独。

晚上，一个人静静地待在房间，抽空再一次阅读《瓦尔登湖》，我更加深刻地理解了那种崇高的孤独。这是一本我曾经喜欢到现在，并且越来越钟爱的书。它能够引领我暂时超脱人世间的琐碎羁绊，而让灵魂自由飞翔在大自然的青山绿水中。客里光阴倏然过，抚心高蹈愁奈何！正因为如此，我更加喜欢这本书，更加喜欢这本书的作者。

《瓦尔登湖》是美国作家梭罗写的一本散文集。梭罗在书中详尽地描述了他在瓦尔登湖畔一片再生林中度过两年又两月的生活，以及其间他的诸多思考。梭罗把这次经历看作回归简朴、向往隐居的一次尝试。

我常常想，在美国那样物质生活极度发达的社会里，梭罗无疑是一个不合时宜的极品另类。他甘愿放弃世俗生活的富贵享受，而义无反顾地追求一种精神上的独立自由。所以，孤独，便注定成了他的使命，甚至是化身。

1845年7月4日，在美国独立日，梭罗独自来到了僻静的瓦尔登湖畔，搭建了一个小木屋居住下来。他在那里居住了两年，劳动与学习，观察与思考，完成了举世闻名的著作——《瓦尔登湖》。

这漫长的两年对于一个孤独的人来说，应该怎样度过呢？他完全与世隔绝，一个人独来独往。他所居住的地方，如同那漫无边际、空旷无人的大草原。但他以一种奇异的姿态化为大自然的一部分，与天地万物为友，与日月星辰对话。他陶醉在这宁静曼妙的大自然的无穷无尽的友爱中。他深谙孤独——“我并不比湖中高声大笑的潜水鸟更孤独，我并不比瓦尔登湖更寂寞。我倒要问问这孤独的湖有谁做伴？”因此，他热爱孤独。在孤独里，他与大自然同在，他与人世间同在。

他就是这样一个与众不同的人。他的行为，对他来说就是天性的自然流露。任何认识他的人都不会责备他，他在思想上与众不同的程度更为独特。孤独是他的自然选择，是他灵魂深处的呼唤。他在一首诗中娓娓道来：

我并没有在梦乡，
让一行诗显得荣耀，
我生活在瓦尔登湖，
再没有比这里更接近上帝和天堂。
我是他的石岸，是他掠过湖心的一阵清风；
在我的手心里，是他的碧水，是他的白沙，
而他最深隐的泉眼，高悬在我的哲思之上。

在孤独里，他的哲思在自由飞舞。梭罗是一个隐士，同时也是一个劳动者。他离世而不弃世，他孤独而不忧愤。他在孤独中，任哲思自由飞舞；他在隐逸中，与自然亲密交流。即使他后来回到了以前的村落，也始终保持着简朴孤独的生活。将主要的精力都投入写作、讲课和观察当地的植物、动物。

他这种拒绝寻常琐碎繁杂、保存心灵孤独自由的大决心，实在是难能可贵而无比崇高的！作为一个后来者，一个对孤独渐渐有所感悟的文学爱好者，我对他致以最崇高的敬意，虽不能至，心向往之！

梭罗的孤独犹如初升的太阳，照耀着我们日益麻木的灵魂，涤荡着我们逐渐干涸的思想。面对这个喧哗与躁动的世界，他自有他出自内心的呼唤！而我们，依然能够拥有属于我们独特的选择！

飞翔的守望

这是云南昆明长水国际机场。我独自坐在候机厅的座位上，好奇地环顾着周遭的一切。一切都是新鲜的，这是我第一次乘坐飞机。对于飞机的向往，对于飞翔的渴望由来已久，这次终于有机会如愿以偿。

我的目光定格在广阔的室外，隔着玻璃，凝视着空旷的机场。一架架庞大的飞机按部就班地停落在规定的位置上，它们在等待着再一次的飞翔。我将要乘坐的飞机在哪里呢？我的一颗心早已按捺不住，目不转睛地翘首守望着。雨雾遮挡，天地一片白茫茫。

“飞往深圳的乘客开始登机。”一名男乘警吆喝了一声。我立即兴奋地背起背包，站在通往飞翔的道路上。一个个乘客走向登机口，走进一辆公交车。原以为直接登机，没想到曲径通幽。车在缓慢地前进，心在疾驰、奔腾，雨在淅沥地滴落。望眼欲穿，“深圳航空”四个大字突然映入我的眼帘。它伸展开硕大的翅膀，承载着人们飞翔的梦想。

这是一片飞翔的天地，一只只“大鸟”从我的眼前快速掠过，展翅飞翔。我看不清前进的方向，耳畔只传来“嗡嗡嗡”的乐章。怎么还不起飞呢？已经滑行了这么久！难道一次自由的飞翔必须经过漫长的滑行？难道这就是飞翔的代价？我心急如焚而又执着守望。

“轰隆隆……”一声声巨响犹如那孕育新生命的伟大的母亲的一声声撕心裂肺的呐喊，刺进我的耳膜；飞机骤然疾驰，凌空腾飞。哦，飞翔的诞生啊！我的身心终于飞翔了！

飞机越升越高，飞跃大地，飞跃天空，却飞跃不出云雾的包围。云雾弥漫，装点着一片白色的世界。在一望无际的白色中，飞机起起落落，摇摇晃晃，我晕晕昏昏，战战兢兢。“各位乘客，飞机出现颠簸，请系好安全带。”一个温柔的声音回荡在整个机舱里。难道自由的飞翔需要经受起伏的折磨、苍茫的恐怖？苍白的太阳无助地躲进浓厚的云雾里。

人们似乎身经百战，宠辱不惊地享受着飞翔。这混沌未开的天地却让我感到窒息，我恨不得挥起盘古开天辟地的巨斧，劈开整个天地。我的思绪化作一道道激光，想要刺破白茫茫的云雾。只有浮想联翩，才能驱散荒寒！

正当我沉浸在自己的白日梦中流连忘返时，一个小女孩像是从天而降飘落到我的眼前，她的一双水汪汪的眼睛好奇地注视着机舱里的一切，她的笑容是那么纯粹、那么欢悦。我的心灵豁然一亮。不知何时，一缕温煦的阳光突然刺破浓厚的白雾，照耀着我的全身心。如同久旱望甘霖，我像是一个穿越漫无边际的沙漠的跋涉者沐浴在一场酣畅淋漓的大雨中，激动难耐，身心舒泰。

哦，这是怎样的飞翔啊?!沐浴着圣洁的洗礼，飞机平静而安稳地疾驰着，没有丝毫的忧虑，只有飞翔的自由。这又是怎样的世界啊?!天空是那么蔚蓝，那么高远，云朵是那么雪白，那么安详，一个是深邃的海洋，一个是纯净的雪地，一个痴痴地守望在上面，一个默默地守候在下面，脉脉含情，相得益彰。仰望着蓝天，俯瞰着白云，我的心在空中自由地飞翔。缓缓地伸出双手，我多么想掬一把蓝天，捧一把白云，送给我那守候在云南的心爱的人儿——我在天上，你在地上，我在你梦里，你在我心里。恍惚中，你从蓝天白云之间依稀走来，走到我的身边，走到我们的天堂。我们漫步云端，平静而悠然。看哪，这里是云山，那里是云谷，这里是白雪，那里是棉花……艳丽的太阳为我们披上了一层层金色的锦衣。那锦衣顷刻间羽化成了一双灵活的翅膀，我们展开翅膀飞向蓝天，飞向高远，飞向永恒……

一缕云雾轻柔地飘起，一抹彩霞恣意地铺开，壮丽的落日沸腾了遥远的天际。这时，机舱里的人们也活跃起来了。漂亮而热情的空姐给人们送来了一瓶瓶饮用水、一盒盒晚餐。人们在自由的飞翔中感受着现实生活的快乐。人们在飞翔的守望里期待着未来生活的美好。

蓝天，白云，艳阳，美梦，一起自由地飞翔吧！

愤怒的爱

“啊——”一种绝望的声音在你的内心炸响。你缓缓地抬起头，悬挂在天花板上的吊灯正抛来嘲讽的笑容。一股无名怒火倏地蹿上你的心头，你无法自制、毫不顾忌地伸出手抓起身旁桌子上悄然独立的花瓶，扬手向上狠命地掷去。只听啪的一声，吊灯随即落地，一瞬间，整个屋子掉入一片黑暗。

你痛苦地闭上了眼睛，对他的愤怒达到了顶点。这个让你爱得如痴如醉的男人总是随心所欲地做出一些意想不到的事情，令你感到难以捉摸。这次，他竟然没有事先告诉你就贸然离开——只留下一张简洁的便条来展现他的“一往情深”。他应该没走多远，还来得及。你如梦初醒，一转身就匆忙地奔出了屋子，赶紧疯狂地去追。

他独自站在人群中，显得那么与众不同。目光游离，头发凌乱，他的神情显得那么落寞。他的目光漫过川流不息的人群，下意识地在期待着什么。他打算去另一座城市，完全摆脱现在的生活——也许他最想摆脱的就是你。

你风风火火地赶到火车站，你的目光四处扫描，扫过一张张陌生而麻木的面孔，焦躁不安地寻找着他。你左冲右撞，心急如焚。一阵阵火车的汽笛声张牙舞爪地露出狰狞的面目，惊吓着你脆弱而敏感的心。正当你万念俱灰时，你的目光准确地捕捉到他的身影——他已经置身火车中。一看到他，你的内心就激动难耐，但表面上依然怒火中烧。他也发现了你。四目相对，石破天惊。你的脸上明目张胆地燃烧着愤怒。思念像是一把鲁钝的刀，一刀刀切割着他的心。他一下子感到内疚，同时一股翻江倒海的感情波澜再一次席卷了他的身心。正在火车开动的一刻，他毅然跳下了火车，奔向你，把你狠狠地揽入怀里。你的愤怒的爱总是深深地吸引着他。

你和他还是留在了这座城市。你们住在一起，一起看书，一起写作；日子过得清贫而幸福。他个性独立，痴迷文学，脑袋似乎每时每刻都在运转，做梦也在沉思。你常常被他惊艳绝伦的文学才华所震慑，轻轻地捧着他写的一篇篇文章，动情地说："你梦幻的语言、深沉的思想令我热血沸腾，你令我觉得你像是来自另一个时空的人。"他只是淡淡地一笑。你凝视着沉默的他，忽然温柔地询问："你最怕什么？"他顷刻间满脸流泻着忧伤，孤傲地说："最怕变成我眼中的别人。"

他是沉默寡言的，你是活泼开朗的。你们有时相互嬉闹，而又相互嘲笑——无法克制的嘲笑；你们都是那么敏感，这让你们变得异常痛苦。终于有一天，你们吵架了，他的好心被你熟视无睹地冷落了，一股怒气驱使他义无反顾地离开。你又一次去追他。你撕心裂肺地呼唤："回来，别丢下我……"你的歇斯底里的呼唤，成为对你最残忍的惩罚。你喃喃自语："求你快回来，你是我唯一的爱。"

黄昏，天色灰暗。仿佛听到你的呼唤，倾盆的大雨尽情狂欢。这场突如其来的大雨，像是一次铺天盖地的忧郁，裹挟着他的思绪。你失魂落魄地冲进雨中，他呆若木鸡地一动不动。你喜极而泣，不由分说，奔上前去，愤怒地扇了他一巴掌……

你们享受着生活，享受着彼此之间强烈的爱，但他的心却始终在远方。一个平常而不平凡的日子降临了，他望着窗外的那一片纯净而深邃的天空，悠然地说："我想去远方走走，一个人……"

你以为他只是随意地说一说，没有想到他开始收拾行李。你惊慌失措，只是不住地劝他："别走，别走……"他只淡淡地说："我已经决定了。"一边说着，一边继续收拾行李。你顿时变得愤怒了，又满含着无限眷恋，沉浸在一切美好里："你怎么这么无情？去年的这个时候我们一起去旅行，那是多么美好哇！你还记得吗？现在我们一起去北方，去你一直想去的地方。你快决定吧，我们去看看那金黄的麦田、燃烧的太阳……"你在他的耳畔不停地柔声轻语，而他的目光茫然地望着天空，久久不说一句话。"不去，没用的，太迟了。""我保证不迟。"你伤心地流下了眼泪，"你如果抛弃我，将会害死我，我无法忍受孤独。没有你，我无法生存！无论你是否出于爱，请留下！"你失声痛哭。

他心如刀绞，紧紧地拥抱住你，如同拥抱着那个遥远的梦，如同拥抱着那份一生一世魂牵梦萦的情意；你像是一只受伤的小猫静静地躺在他的怀里，永远相偎相依、不离不弃。

你和他——两个独特的生命，在这种满含愤怒的爱里，爱得火热，爱得深沉，爱得难舍难分……

独　语

一

我再一次离开了我的大学——虽然这只是流于形式；我的大学生涯早已经缥缈远逝，恍若隔世。

羁留了十几日，似乎是期待了好多年。四年的生命沉浮在这十几日才被真实地赋予了意义！现实在这里隐去了踪迹，幻想里绽放了悦目动心的奇迹！

世俗的幸福离我是那么淡远——遥不可及，而我在些微中便能感悟到生命巅峰的狂喜！明月，清风……

生活在行进着；我祝福着……

飞鸟已经在幻想的天空中轻舒开了羽翼，自由，快乐……

这是一个值得纪念的日子；因为新生的开始，纪念才突出了意义。这是一个值得伤感的日子，因为美好的远逝，伤感便蒙上了灰色。

我怀念着，出发了……

二

当一切都远离了我，我也与外界隔绝了——似乎我与他们之间存在无法跨越的鸿沟，我无法融入……我彻底回归自身与内心的孤独中：我已经被淡忘，无论身旁还是远方，在一个僻远的小屋里——自我归隐，沉浸在心灵世界的苦乐中；对我来说，唯一的心灵安慰从来就是“远方”……世俗的幸福总是离我那么淡远；在幻想中我感悟着生命的狂喜！

一个“远方”的声音传来：“我相信，一个优秀的灵魂，即使永远孤独，永远无人理解，也仍然能从自身的充实中得到一种满足，它在一定意义上是自足的。但是，前提是人类和人类精神的存在、人类精神的基本价值得到肯定。唯有置身于人类中，你才能坚持对于人类精神价值的信念，从而有精神上的充实自足。优秀灵魂的自爱，其实源于对人类精神的泛爱。如果与人类精神永远隔绝，譬如说沦入无人地带或哪怕是野蛮部落之中，永无生还的希望，思想和作品也永无传回人间的可能，那么再优秀的灵魂恐怕也难以自足了。孤独者必不合时宜。”

没有归宿，永远在探索——漂泊……

三

这是在西安的最后一天；今晚，我将要离开这座古老的城市，去一个遥远的陌生的繁华的地方。远方始终在召唤着我……

一直在等待、守望，以至被思念铸成石人，然而，内心的呼唤只是寂寞地游荡在空旷的四野，没有回音……

从来是一个人——很不习惯但已经成为习惯，从来是无尽的思念——始终只是我一个人在迷狂地爱着，每天在自己的舞台上演出着悲剧，只有我一个演员，只有我一个观众……

天空飘起了蒙蒙细雨；临行密密缝，犹如我那亲爱的母亲，她为我留下了珍重的情丝；她将追随着我远行的脚步……

独自漂泊……

四

来到深圳（2009年2月27日凌晨4:30，我只身到达），转眼已经一个多月了——深圳是我离开故乡陕西、开始漂泊生活的第一站；我第一次走出了陕西；与其说是“走出”，不如说是“出走”，迎着召唤，我在逃避、在追寻。这是漫长的一个多月；现实以它的严峻冷漠在考验着我。这是一次新鲜的经历；每天都有不同的感悟，它磨砺着我的敏感的心灵。

我依然属于“沉默的大多数”——不是厌倦了话语的世界，而是不愿信口开河；缄默的嘴角封闭了所有的欢乐与忧愁。带着回忆，在痴迷的思念中感悟着周遭的一切……

每个夜晚，总是独自走在街道上，缓慢地，随意地；内心里盛满落寞。常常，不期然地，迎面走来一个小女孩、一对情侣或一个年轻的母亲和孩子——他们是这个喧嚣的世界里永恒的美好；他们和大自然将给予我一生的慰藉——都让我禁不住莫名地激动得想手舞足蹈、感动得兴奋以至泪落……这是新鲜的体验；这是只有深刻地咀嚼过孤独的滋味并渴望着爱的温暖的人——更是多情的游子，才能由衷地生发出的体验。是的，在这里，游子的漂泊感第一次深刻地袭击了我的身心！古往今来的游子一时间与我同在！

然而，这是怎样的漂泊呢？它分明是庸人自扰的行为！它分明是欺世盗名的勾当！但，它确是真实的，它是现实与理想的冲突的结晶。自我流放，别无选择；我的内心从来没有过安宁。

依旧选择了漂泊，开始了无尽的出发……

又及：出发，无尽的出发，这看似玩世不恭的行为，却是怎样悲痛的选择呀！外在的轻松自由中蕴藏着生离死别的苦衷。欢聚还在心头，转眼又是别离！无尽的出发，无尽的留恋！不能不出发，不得不留恋。这又是怎样的辛酸！我的心痛得难受，禁不住潸然泪下……

寄居漫笔

一

寄居在广州的这几个月里，我最大的苦闷便是孤独：没有心爱的人陪伴，也缺少中意的书籍——当然，一直以来，那命中注定的可人儿始终没有来到我的身边；孤独是我生活的常态。

一个人流落到异乡，远离了过去，一切似乎都是崭新的开始。然而，生性孤僻、清高的我，还是难以融入世俗的人、事中。看书是我的爱好，游荡在心仪的书的世界里，便感到充实而愉悦。更有那大自然的景物，是慰藉我灵魂的“伴侣”。我所寄居的地方，绿树幽径、小河流水、青山碧野是可以轻易寻到的，宜人的景色倒也给我带来了无尽的快乐。

书籍与自然固然让我身心愉悦——尽管妙书稀有、好景淡薄，但是，处于青春期的我——恼人的多情啊，无时无刻不在折磨我的身心，对于爱情，更有着狂热的期待呀！渴望爱情，并非随意寻找一个女孩子就能满足我的渴望。必须是那真正情投意合的爱情啊，才能慰藉我的身心！我又是多么孤傲，有谁能轻易进入我的内心呢！孤心自恃，一颗纯洁的灵魂在渴望另一个灵魂的到来。进入了社会，接触女孩子的机会少了，而那真正美好的女孩子又是可遇不可求的。只有寻觅与期待，在热望里……

多情的性格，让我在这开放的广州饱受几多折磨。依然是夏季，喧嚣的闹市，轻装淡服的姑娘啊，到处花枝招展；那曼妙的身姿，那秀美的脸蛋哪，都激荡着我的身心，让我暗自兴奋不已！而我又是需要多么坚强的意志抵抗这美妙的诱惑呀！幸好，曾经受过感情的打击并且至今还没有摆脱打击——单相思始终摧残着我，我已经具备了抵抗诱惑的能力，哪怕想入非非，依然洁身自好。

提起曾经在感情上的伤害，我的心依然疼得难受：我还在思念着她呀！虽然不能和她说话（很想说话啊），但思念永驻。写到这里，忽然情不自禁，远隔千里，但思念难耐哪！而又听说她不久就要结婚了，这又多么打击着我呀！思念哪！思念！我禁不住热泪盈眶，自创地吟哦起来：

忆卿有作

犹忆同窗时，月满校园路。
深闺低吟久，痴语长歌苦。
惊闻携手处，欲作双燕宿。
天涯客远逐，唯解念当初。

二

不习惯工作，还是选择了工作（2009 年 4 月 7 日，我只身从深圳奔向广州，4 月 14 日在广州开始工作）。每天早起晚睡、上班下班，身心俱疲。身在异乡，独自开始了新的生活。住旅馆，去餐馆——旅馆、餐馆是游子们的家，每当走进，我都心怀感激，漂泊在外的生活只能凑合着。适应？不适应？先过着看吧……

公司有事，放假一天。吃过早餐，我随意转悠，路过一家网吧，忽然想起前些天一个老朋友的来信，便决定去回复。本来朋友不多，时空相隔，渐渐也零落无几。冷清的收件箱里只有最近和老朋友的几封通信。我重新品读了几遍，一股暖意又窜满我的身心。身体舒泰，心里也就文思泉涌，洋洋洒洒地写出来。写了上千字，写得激情满怀，正要保存，突然电脑关闭。停电了！一大堆文字不翼而飞！犹如一记出其不意的闷棍当头打来，我气得发晕。大动肝火，拂袖走出网吧。

内心极不爽快，想大喊几声。这时天空飘起了蒙蒙细雨，我便骑单车随意去溜达。宽阔的柏油马路上，我左突右奔，横冲直撞。毕竟是春天，一路的风景倒也善解人意，频频向我眉目传情，慰藉着我的心灵。骑到一片丛林处，我停车驻足，细雨、微风、绿树，赏心悦目，让我禁不住欢呼。驱车任意而行，从大坡上飙驰下来，让我顿起“飞流直下三千尺”的豪迈之情。忘记所有的忧烦，只是一味放飞心情。迎面忽然走来一个美丽的姑娘，我呆呆地观之不足。不料她竟朝我抛来媚笑，吓得我急蹬单骑，落荒而逃，内心却大笑不已……

雨越下越大，我依然随意而行……

三

我暂时不愿离开广州了！此时，我怎能离开这块已经住了将近五个月的地方——这片自然的山水！哦，不是因为朝夕相处、日久生情，而是因为我无意中邂逅了你——那深山中的小河呀！

傍晚六点，在一家小餐馆，我一边吃着晚饭一边看着电视。忽然，电视里出现了一个英俊的小伙子，他激动地在向心爱的人儿倾诉着满腔深藏的真情。我专注地听着。听着听着，我却禁不住大笑起来，随即起身结账，逃跑般地离开了这个“爱情的圣地”……

随意走着，沿着那道路两旁的绿树幽径，走向远处……还是熟悉的路，还是熟悉的树，车辆穿梭……不知走了多久，夕阳已经隐去了芳容，仅仅留下淡淡的余晖，我依然在走。

起风了，有飕飕的响声。但仔细听去，不，不仅仅是风声，那分明夹杂着流水声啊！抬头寻去，我的左前方赫然出现了一条小河！似乎是从天而降，她专门在这里等待我的到来！我急忙跑到她的身边，我一下子被她深深地吸引了。清澈的流水缓缓安静地流着……

禁不住，我默默地沿着河床去追溯她的源头。走着，又驻留聆听她的声音，内心溢满甜蜜。不知何时，我已被群山包裹了！山风轻抚着我的身体，在这燠热的广州，的确让我感到无比的惬意！这时，一个山洞又降临到我的眼前。它屹立在那里，显得幽静而深邃；它召唤着我，散发着一种不可抗拒的魔力。天渐渐漆黑了，虽然山洞也一片模糊，但站在这边依然可以望到尽头黯淡的光线。借着这“曙光”的力量，在好奇心的驱动下，我不由自主地走向它。匆匆地穿过，眼前一片开朗——不是光明，而是广阔的野地！那条小河呀，在绿野中，依然自在地、婉转地流淌着。我跑到她的身边，轻轻地掬起一捧水，一股清凉沁满我的身心……

我欢呼，在那广阔的野地里奔跑起来……

天已经完全漆黑，我恋恋不舍地离开了她……

她挽留了我……

四

午饭过后，出去散步，让心灵飞翔得更加自由！刚一出门，冷不防，一阵冷风放肆地、热情地向我飞扑！不禁莞尔，好一个可爱的调皮鬼哦！相携着冷风，慢慢地行走，细细地感悟，真是身心爽舒！正沉醉，却不料，逗引来一场无端的急雨！“羡慕！”我喃喃自语，“哈，雨呀，你也在羡慕我的自由！”雨呀，你欢快地、纵情地飞舞！我，来陪伴着你，一起飞舞！痴痴地抬头，望着苍茫的远处，一个美妙的梦翩然起舞。在冷雨中尽情地沐浴，义无反顾！为了珍贵的自由哇，冷，算得了什么！难道连这点我们也不能够忍受?！迎接着雨——冷雨！我迈开了更加坚定、更加自信的脚步……

几回魂梦与君同

“缘分”，咀嚼着这两个简单的字眼，我莫名地兴奋不已以至激动难耐，并且沉浸在一种恍兮惚兮的邈远幽邃的思绪中。展开了飞翔的翅膀，我去寻觅那神祇般不可捉摸的缘分……

无论是和人还是和物，结缘都是一件耐人寻味的事情。有时，缘分就如同血型一般与生俱来、挥之不去。与文字的缘分，正是这般的奇妙，带着一种冥冥中注定的因缘，我的生命深深地打上了文字的烙印。

在我童年的记忆中，父亲是个爱读书的人。在他的熏陶下，文字犹如一颗颗种子，种在了我的心田。随着我的成长，这些种子发芽了、茁壮了，在我的心里撑起了一片葱茏的绿荫，滋养着、呵护着我的身心。

语文一直是我最喜欢的科目，这不仅仅是一个文字的天地，更是一个美妙的世界。一个个文字撞击着心扉，带着我纵横驰骋、穿越时空，去感悟那“闲梦江南梅熟日，夜船吹笛雨萧萧”的悠闲、空蒙，去体味那“大漠孤烟直，长河落日圆”的萧索、苍茫……

文字，丰富了我的世界，改变了我的生活。书，作为文字的载体，理所当然地成了我的心爱之物。遨游在书的海洋里，我如鱼得水，怡然自得。大学时期，文字可以说是我最亲密的伴侣，我们形影不离，无论春暖花开还是冬寒雪飞；它作为一种营养，成了我的精神食粮。我与古今中外的文学大家一一邂逅、与他们的文字神交忘俗。“人类的群星闪耀时”，我沐浴在他们的光辉下，仰望天空，企图破解那神秘的召唤。仰望之余，我写下了一些不登大雅之堂但略慰文学之梦的文章。我的文学的梦想在燃烧！

大学毕业以后，我出乎意料而又无可奈何地依然属于“沉默的大多数”——“自由歌唱”还只是虚无缥缈的南柯一梦。之所以沉默，是因为还欠缺表达的能力——既是口头叙说上的，更是文字写作上的。对我来说，实现“自由歌唱”，最重要也最有效的途径就是通过文字写作，或歌或哭，传达自己的思想情感，让自己从“沉默的大多数”中跨越出来，成为一个“自由歌唱”的精灵。我更加迷恋文字……

进入社会工作以后，我对文字的感情越发深厚：深情的一声“朋友”，往往让我热血沸腾、热泪盈眶……默默守望着的“爱情”，常常让我兴奋激动、落寞心痛……同样的文字，不同的韵味；不变的是那份对梦想的执着与期待，改变的是经历了世事之后的一份珍惜与难得——因为难得，所以珍惜。

我要用文字写出人世的真善美，写出心灵的苦难、奋斗以及高贵！让那些心怀梦想而身陷困厄、无所依傍的人们也能感受到希望的曙光！我要与文字并肩携手走在朝圣的路上，一起走向远方！

哦，文字，一如我那思念、守望的可人儿，让我魂牵梦萦，一回回子夜时分辗转反侧，梦中相会，偶得佳句。与文字结缘，是福是祸？又何必去在乎，也不去恐慌“一为文人，便无足观”的论调，只管与文字相濡以沫，诗意地栖居在这个人世间，“执子之手，与子偕老”……

喝　水

隆冬刚到，气温骤降，一阵阵寒风肆无忌惮地袭来，树叶在地上瑟缩地打着滚。

几个工人正在我们培训机构的门口挖沟，铺设地下电线管道——这项工作，将持续约一个月。

这天下午，我正坐在门前看书，忽然门外挖沟的一个工人迎面走了过来。

到了门口，只见他弯腰轻轻地脱掉鞋子，整齐地放在一旁，赤脚走进来，面向我，低声轻语："我口渴了，给我喝点水，有水龙头吧？我喝点自来水就行。"他五十岁左右，腰身佝偻，曲折的皱纹爬满了他的额头，宽大的衣服包裹着他的身躯，湿润的泥土装饰着他的衣服。

我一时恍惚，静静地看着他，一股冷风刹那间从我的脚底"嗖嗖嗖"地直往上蹿，我打了一个寒噤，不由得心生怜悯，不禁关切地说："我这边有饮用水，你跟我进来喝。"发现饮水机旁边的杯子已经用完了，我连忙去厨房搜寻，找到了一袋一次性杯子。我赶紧打开，准备自己拿出一只，接一杯子水送给他喝，但是一个念头瞬间从我的脑际划过："我岂不是在施舍！让他自己给自己打水吧。"随即递给他一只杯子："你自己打水喝吧——别急，你等一等，我先打开热水。”他连忙低头满口称谢，并且强调道：“不用烧热水，喝冷水就行。”我一愣，紧接着叮嘱：“随便喝，喝饱！”他又不住地点头。一杯又一杯，他连喝了五六杯，满足地咂着嘴，手里又端着一杯，再一次向我道谢。

赤脚走到门口，他又轻轻地穿好他的鞋子——鞋子下面早已沾满了厚厚的泥土，继续跳进门前那冰冷的沟。

他手中的铁锹一起一落，在寒风中尽情地挥舞，在天空中画出一道道美丽的弧线……

凝望站立的灵魂

遇到过越来越多的乞丐，我对乞丐的感情变得越来越复杂。小时候身在农村，只要一听到“乞丐”这个词，我的心里就充满了深切的同情。长大后住在城市，懂得了“乞丐”背后许多不可告人的秘密，我的心里便充满了沉重的悲愤！

一身破烂不堪的衣服，一双弯曲跪地的腿脚，一对无助乞求的眼睛，让每一个过往的行人都禁不住心怀恻隐。仔细地看看吧，那是一对怎样的眼睛呢？它蓄满了难以言传的苦楚，直勾勾地抬头凝视着人们，刺激着人们善良的爱心。哦，他们真是太可怜了！他们的灵魂是卑微的，他们在跪地的痛苦中乞求着人们的施舍。人们因为他们可怜而心生同情，施舍着各自的爱心。迫于生活的巨大压力，他们不得不愿意被人们同情，但是他们能够表达内心的谢意。这样的乞丐是随处可见的。

一副倦怠落魄的容颜，一颗低垂耷拉的脑袋，一只陈旧肮脏的瓷碗，让每一个过往的行人都禁不住唏嘘不已。仔细地看看吧，那是一对怎样的眼睛呢？它透露着无动于衷的麻木，显得那么枯涩空虚，没有丝毫的生机，面对别人的施舍，从始至终都是冷漠的。他们从来不会用目光去直视人们，也从来不表达谢意。他们仿佛饱受命运的摧残，失去了生活的热情，甚至丧失了做人的勇气，他们的灵魂似乎已经被榨干，只剩下坐以待毙。他们是最让人感到心寒的。这样的乞丐是不乏其人的。

一个形销骨立的身体，一串有条不紊的动作，一副刻板僵硬的姿势，让每一个过往的行人都禁不住毛骨悚然。仔细地看看吧，那是一副怎样的姿势呢？它定格着循规蹈矩的模式，每一个动作都是多么滑稽可笑，但是我们又无法笑出来。每见到一个人，他立即冲上前去，弯腰，下跪，磕头，匍匐，犹如一个奴才向主人下跪。一串动作无数次重复，他表演得惟妙惟肖。他好像不是一个人，而是一台机器。他的灵魂是根本不存在的。他像刀子一样深深刺向我。这样的乞丐是让我深恶痛绝的！

这样的乞丐都是跪着的，跪着让他们感受到自我的存在——我跪故我在，这是他们的逻辑。作为乞丐，难道跪着就是生存的方式吗?！乞讨的目的无非就是为了金钱。然而，获得了金钱，为什么他们会失去了灵魂?！在长期的乞讨里，灵魂越来越空虚，以至于彻底消失。为了博取人们的同情心，他们出卖了自己的灵魂。他们匍匐在地，接受人们居高临下的施舍。要么跪着，要么匍匐，他们什么时候才能站立呢?！贫穷让他们丧失了做人的尊严！可是，难道贫穷真的可以让一个人丧失做人的尊严吗?！难道乞丐就不可能因为拥有尊严而被人尊重吗?！

在我的记忆深处，一个乞丐一直站立在我的心中，像高山一样巍峨耸立，让我油然尊重、肃然起敬。

那是两年前的事情。那时，我还住在深圳龙岗。一个阳光明媚的下午，我待在屋子里看书写作太久了，就走出屋子来到户外去散步，享受着阳光的沐浴，灵魂是多么自由自在。正当我经过一个十字路口时，一位衣衫褴褛的老年人向我迎面走来。他走路的样子吸引了我，我一下子怔住了。他手扶单拐，一条腿膝盖以下是空荡荡的。脸上的皱纹纵横交错，他饱经沧桑，显得苍老而凄凉……哦，一位多么孤独的老人哪！我一边感慨，目光一边不由得栖落到他的手上——他拄拐的左手上一根手指正钩着一个破旧而干净的不锈钢碗。这样的人应该是见人就随时乞讨的吧，我心里暗想。

他稳稳地走着路。我静静地看着他。不经意间，我们的眼睛交织在一起，他却非常坦然地望着我，望了一小会儿，就自觉地转过了头，目光中流露着宁静，看不出丝毫异样的表情。刹那间，一种不同寻常的感觉袭上我的心头。我在拒绝着什么，又在等待着什么。我下意识地不自然地摸了摸口袋。他会直接走过来拦住我的去路吗？

就在我犹疑的当口儿，他已经悠悠然从我的身边走过。我吃惊地站在街道上，感到不可思议，连忙转过身去，从背后打量他：瘦削的背影，土黄色的上衣，空荡荡的一条腿；这个背影缓缓地走着，竟然透露着一种昂然不屈的倔强！——你不给，我绝不伸手要！

在一个垃圾箱附近，他忽然停下了，从上衣里摸出一个什么东西，开始仰起头喝起来。他喝完了，手里捏着一个白色的袋子费力地往垃圾箱里投去。他伸出手掸了掸衣服，继续抬头往前走去，一瘸一拐，上身挺直。

我傻傻地呆看着，身体里流淌的热血突然奔涌沸腾起来！我毫不犹豫地快步走到他的身边。他仿佛吃了一惊，静静地看着我。我感到局促不安，急忙从裤子的口袋里掏出几个散乱的硬币，轻轻地放到他的碗里。“当当当……”几个硬币吟唱着悦耳动听的音乐，好像在为我鼓掌欢呼。他一愣，看了看我，随即脸上露出微笑，爽朗地说了一声：“谢谢你，小伙子。”又继续向前行走。他拄着单拐依旧那样不紧不慢地往前走去……身后的影子在阳光的照耀下显得那么挺立，那么高大，那么孤独……

一瞬间，我久久地站立着，深深地凝望着他……虽然他是一个乞丐，而且身体残疾，但是他那站立的灵魂是多么高贵呀！他是一个值得我尊敬的人！我的内心无法平静，我不知道应该以什么样的方式来表达我满心由衷的敬意！我只想凝望着他，凝望一个站立的灵魂！

他，让我懂得了即使一个乞丐也可以站立着乞讨，也可以带着尊严活得顶天立地，也可以时刻葆有着高贵的灵魂。只要一个人葆有着高贵的灵魂，哪怕他因为生活的磨难和命运的打击而沦为街头乞丐，或者因为时光的流逝和孤独的侵袭而变成鳏寡老人，他也能够守护着一个站立的灵魂，站立着昂首地行走在天地间！

一个人的世界，真好

放假了，不想外出，一个人静静地待在房间，远离了人群、远离了琐事、远离了俗世，和自己的身心住在一起，享受着自己所独有的世界！真好！

打开电脑，我赶紧抽空学习一些做企业的知识，与无穷无尽的知识在一起，为自己的事业奋斗着，一边耽于思考，一边做着笔记，专注于眼前的世界，心无旁骛，身心俱忘！真好！

学得时间久了，于是调节休息。随意浏览网页，忽然，我意外地看到一个视频，一个字眼一下子吸引了我——“孤独症”！心一颤，我赶紧点开。这里讲的是一群星星的孩子，他们一人一世界。当别人问一个叫涵涵的孩子：“涵涵最大的敌人是谁？”涵涵脱口而出：“困难。”继续追问：“什么困难？”涵涵却低下头，低沉地说：“我微不足道……”这一句话，犹如闪电般击中了我，我顿时热泪盈眶，情难自已……回归内心，纵使我微不足道，也雄踞为王。一个人痴迷地看着，一个人恣意地流泪……真好！

一个人，懒得做饭，我便走出房间到小餐馆去吃。刚一下楼，抬头，啊！天空明净，白云相映，风儿吹拂，天广地阔，身心俱爽！静静地看着周围的一切，内心里盈满着美好的喜悦！啊！真好！

不想和别人多说话，不想别人进入我独有的世界。常常，一连几天不说一句话，沉浸在自我的美好天地里，创造着神秘的斑斓世界……从小到大，我都是一个孤独的人；习惯了一个人，爱好着一个人……

一个人的世界，真好！

爸妈初来深圳

迎接爸妈

爸妈已经是六十多岁的老人，没有去过多少地方。这次我特意请他俩来深圳。他俩乘坐这天下午 2:40 从西安到深圳的飞机。为了迎接爸妈，我昨晚专门给今天下午上课的两个七年级的学生家长打电话把语文课调到第二天下午。怀着激动的心情，我提前做好准备。

下午一点多，给大姐打电话，询问是否送爸妈去了机场。大姐说飞机晚点了，要 4 点才能起飞，到深圳也要将近 7 点。我只好耐心等待。

4 点多便坐车去了宝安机场。一路上，思绪飞舞，童年的往事一幕幕闪现在脑海，都是和爸妈有关的生活琐事。沉浸在对爸妈的回忆中，我的心里感到暖暖的……

已经晚上 7 点了，我焦急地站在航站楼的大厅里，等待着爸妈。一个个乘客从面前走出，一张张陌生的面孔并没有引起我的关注。我急切地搜寻着两个熟悉的身影。

又过了 10 分钟，按理应该出来了。赶紧拿出手机，给妈妈打电话。妈妈说正准备出来。我继续等待。

忽然旁边一个声音炸响：“那是奶奶，快喊奶奶！”同时，一个稚嫩的声音尖细地回荡在大厅里："奶奶！"只见一个穿红色衣服的老人推着行李箱，向一对母子走去，满脸洋溢着笑容。看着这动人的一幕，我不禁羡慕不已。

一转头，两个最熟悉的身影立即出现在我的眼前……这次不是梦，这是真实的……

坐地铁

父亲母亲是地地道道的农村人，一辈子没有出过几次远门。这是他们第一次来深圳。

一切东西在他们眼里似乎显得新鲜有趣。地铁在他们眼里更是显得神秘莫测。坐地铁便成为他们这次来深圳的一个新鲜探险项目。

一大早，吃过早餐，我便带父亲母亲出去转悠。最主要的是坐一回地铁。在紧张的期待中，我们一起来到地铁站。母亲对地铁充满着巨大的好奇心。等到坐在了地铁上，我在母亲身边问她的感受，她很纯真地说："快得很……"

母亲兴奋地坐着，在疾驰的地铁上，追寻着童年遥远的快乐，感受着岁月热烈的情意，憧憬着未来美好的温馨……

母亲听秦腔

我和父亲、母亲坐在深圳一间出租屋的客厅里，一起闲聊了很久很久，聊一些家长里短。"想看什么戏吗？"我忽然问母亲。

一直以来，母亲总爱听秦腔——这是老家陕西流行的戏曲。虽然母亲没有读过什么书，但是秦腔一直是母亲最大的爱好，只要一有时间，母亲便沉醉在秦腔的世界里，暂时忘却了现实的种种烦恼。

一听要让她听戏，母亲来了兴致，马上说："好，你赶紧给我放《王宝钏》。"我随即在电脑上搜到《王宝钏》，播放给母亲。一听别人唱起来，母亲便跟着哼唱起来，听得专注入迷，唱得情真意切。

"你为什么喜欢听秦腔呢？"

"唱得好听，敲得好听，里面的事情也感动人……"

我们一起沉醉在秦腔的世界里，忘记了寄居异乡的忧愁，忘记了打拼生活的艰辛，忘记了囚困俗世的烦恼……

好 玩

晚上，我阅读一个作家朋友写的一些文章，大为欣赏，情难自禁，立即给他发去信息："你最近写的文章，让我读来感到满心的温暖，趣味中含有深深的人文情怀。这在当下社会是难能可贵的！"

朋友随即回复："写着好玩的。"拨云见日，一语中的。

"确实好玩！好玩才是我们喜欢文学的一个重要原因啊。"我感同身受。

"呵呵。"朋友爽快地露出微笑，沉浸在他的"好玩"当中。

"你一说'好玩'，很多我喜欢的一些已经去世的大作家关于文学的'好玩之说'都一下子闪现在我的脑际……"我趣味盎然。

"呵呵。"笑声朗朗，意犹未尽。

朋友是一个不善言辞的人，但他同时也是一个"好玩"的人。他以好玩的心态面对自己的写作，写作时的枯寂顿时变得妙趣横生，他如鱼得水，尽情遨游，享受写作，享受生活。

在这样的"好玩"中，朋友兴致勃勃，从写作中获得了取之不尽的欢愉和满足。

“好玩”不仅成就了他，也成就了一个个流芳百世的传奇故事。

说到“好玩”，那样一个遥远的时代，那样一些真正懂得“好玩”的人以及他们的故事都顷刻间穿越时空，浮现在我的眼前。

中国抗日战争期间，在西南联大，一个教哲学逻辑的教授——金岳霖深谙“好玩”之道。有一次，作家巴金的爱人萧珊好奇地向金岳霖询问：“您为什么要搞逻辑？”在萧珊看来，逻辑学是多么难懂而枯燥的学问哪！萧珊百思不得其解，金岳霖的嘴角则露出陶醉的微笑：“我觉得它很好玩。”一个“好玩”道出了多少浓得化不开的趣味呀！这正是金岳霖乐此不疲的痴爱。

还有更有意思的事情呢。金岳霖有时到处搜罗大石榴、大梨，一旦买到大的，就拿去和同事的孩子进行比较，比输了，就把大梨、大石榴送给小朋友，他再去买。童心未泯，他俨然一个孩子呀。在他看来，生活是多么好玩啊。还有一次，他和一群人在谈文学谈哲学时，兴味正浓处，忽然停下来，神秘地说：“对不起，我这里有个小动物！”大家都紧张地看着，他说着便把右手从后脖领伸进去，捉出了一只跳蚤，表情甚为得意。他真是“好玩”如孩童！

在这样的“好玩”中，金岳霖一往情深，在哲学领域播撒了一片片葱茏葳蕤的绿洲。

钱锺书是我非常喜欢的一位作家，更是一个“好玩”的人。钱锺书曾一度喜欢玩一种游戏——“石屋里的和尚”：一个人盘腿席地坐在帐子里，放下帐门，披着一条被单，自言自语，自得其乐，“玩”得很开心。钱锺书爱看侦探小说，爱看儿童动画片，爱看电视连续剧《西游记》。他看《西游记》，边学边比画，一会儿说“猴哥救我”，一会儿说“老孙来也”，手舞足蹈，无比快乐。看完后不过瘾，于是他写下几篇短评，玩性大发，模仿小学生字体寄往上海《新民晚报》。编辑接信大奇：“这小孩怎么连个地址都没写？稿费寄给谁？”一看文章，真好！热点话题呢。

在这样的“好玩”中，钱锺书文思泉涌，为世界留下了一本本精妙绝伦的书。

又有那么一个“好玩”的人让我不禁浮想联翩。2002年，国际数学大师陈省身为国际数学大会少年论坛题字“数学好玩”，引起了社会的共鸣。他发现了学问的真谛！

他们都是一些“好玩”的人。他们活得真实而生动，充实而成功。对于自己钟爱的学问，他们用全身心来“好玩”着。这些都是源自那一颗热爱的心，源自那一份单纯的爱，源自那一片痴迷的情……

暴雨中疾奔

"唰唰唰……"我不经意间从窗户往外望去，一片雨雾，苍茫空蒙。万物悄无声息地挺立在雨中，自得其乐。雨越下越大，雨声绵延不绝，似乎一下子掌管了整个世界。

雨下了这么久了，怎么还不停呢？我焦急地呆望着窗外。已经12点钟了。给孩子们一上完作文课，赶紧撑起伞匆匆下楼。走到楼下门口，不禁一愣，雨好像在欢迎我，下得更加痛快淋漓了！来不及多想，被雨的热情感染着，不由分说地直冲进雨雾里……

走得再快一点吧，公交车可是不等人哪。一边想着，一边又加快了脚步。这时，雨的热情高涨了，似乎不给人们身上浇点雨，不足以显示它的热情好客。一会儿，我的后背已经犹如一块灌水的土地，开始湿润了；顷刻间，我的皮鞋已经犹如一只漏水的破船，开始下沉了。

终于奔到公交车站！站牌在大雨中尽情地沐浴着，一副享受的模样。站牌上方的挡板此时只是无用的装饰品，我手中的伞也自顾不暇地耷拉着；雨依然气焰嚣张地四面袭击着。一辆辆汽车从道路上疾驰而过，发射着一枚枚飞溅长空的"水带弹"。一分钟，两分钟，五分钟……已经等待了十分钟，要乘坐的公交车却如那"千呼万唤始出来，犹抱琵琶半遮面”的佳人，迟迟难睹芳容，等待化身成了煎熬。

忽然眼前一亮：熟悉的字母，熟悉的数字！赶紧招手示意停车。“熟悉”却在一瞬间化作“陌生”，那辆公交车并没有停站，径直呼啸而过，如同一只遭遇海啸的巨轮，乘风破浪。我一惊，转身急追。时间飞逝得让人害怕，时间飞逝得让人勇气倍增！“熟悉”似乎被我的勇气和热情感染了，公交车戛然而止，在暴雨中傲然挺立。

坐在公交车上，一颗“疾奔”的心暂时得到熨帖的呵护。随即拿出手机，一看，快 12 点 30 分了，我急忙发信息：“不好意思，晚到几分钟。雨太大，车很少……”“没事。”一个学生的妈妈回复了信息。“疾奔”的身心，托付给了公交车，疾驰而去……

车刚停，我便一脚跃进这个大地“水池”，不容多想，一手撑起伞，向上课的地方再一次疾奔。雨，更加疯狂了！暴雨如注。忽然，一首遥远的歌曲在我的心中轰然回荡：“他说风雨中这点痛算什么。擦干泪不要怕，至少我们还有梦……”歌声响彻整个心灵，歌声响彻整个天地间。歌声，雨声，汇聚成这人世间最激荡人心的交响曲，在天地间回荡着，经久不息。

迎着暴雨，昂然地抬起头，我奔得更加欢快了……

疯魔与痴迷

“哪位大侠？”期待中飘来不期然的问候。

“大侠不敢当，只能是晚辈。久仰您的大名，常读您的文章。爱好文学，坚持写作。特向您请教。”我恭敬地表达钦慕，聆听教诲。

一片沉默袭来，我犹如置身空谷。忽然，一行字闪耀在我的眼前：“不疯魔不成活！”

突如久旱逢甘霖，我刹那间沐浴在一阵温柔的细雨里；又如雨后初霁，艳阳洒金，我的内心顷刻间洒满了一片明媚的阳光。“一语中的！你说得太对了！必须痴迷，才能作为！”我激动难耐，随即略做沉思，“但这需要一个长期坚持、磨砺的过程……”对于前辈教导的“警世通言”，我深表赞同，想进一步探讨。

我屏息凝视，望眼欲穿。这时，一句颇富深意的诗又横空飞来：“何意百炼钢，化为绕指柔。”

多么经典的说法呀！与我心有戚戚焉！“必经磨砺，方成大器。千锤百炼始得金，历尽沧桑铸柔心……”我茅塞顿开，似有所悟。

这是一个平平淡淡的中午，我在QQ上和一位老作家进行着一番思想交流。他曾是湖南省作协副主席，在写作上颇有建树。这几年来，我常读他的文章。他的文章中若隐若现地弥漫着一种“疯魔”的气息，散发着独特的魅力。整个聊天中，他每一次说的话虽然极少，但言简意赅，发人深省，醍醐灌顶。

“不疯魔不成活。”我对这句话情有独钟。这是京剧行当里的一句老话。记得我是从电影《霸王别姬》中最早听到这句话的——这是段小楼对程蝶衣说的，用来形容程蝶衣人戏不分的状态。当时一听到这句话我似懂非懂，但是程蝶衣那种入戏太深、物我两忘的“疯魔”劲深深地震撼了我幼小的心灵。正因为他的“疯魔”，他成就了自我，活出了精彩，他为戏而生，为戏而痴，为戏而死。是戏？是梦？只有一片痴心。

“不疯魔不成活”体现的是一种生活态度、一种心灵精神。更深一步来说，它是一种境界——一种极痴迷的境界。无论是对戏，还是对其他事物，他们都具有一种深深的迷恋，这种迷恋让人深陷其中，如痴如醉，忘我地全身心付出。

是的，它需要的是全身心的付出！我不禁想起我所热爱的那位童话作家——给人类留下了不朽作品的丹麦著名童话作家安徒生。他为了自己所热爱的童话创作，付出了全身心、一辈子的心血。他痴迷于童话创作，一生孤苦，在他的晚年，他无比沉痛地说：“我为我的童话付出了一笔巨大的、无法估量的代价。为了童话，我放弃了自己的幸福。”这是一种多么巨大的付出哇！在这种绵绵无绝期的付出里，他痴迷于自己生命中的爱。但唯有这样的付出，唯有这样的痴迷，才彰显了一个生命的伟大！

这样一段话让我记忆尤深："难得有机会痴迷一次，疯狂一次，我考研成功的一个学姐告诉我，人生能为一件事情坚定执着地疯狂的机会不多，有一个就不妨把握住，做到极致——极致也是一种美！"这样的话迸射出生命的璀璨光芒。

还记得2012年我在山东青岛参加作文培训时，一个培训老师就郑重地告诉我们："要成功，先发疯，头脑简单向前冲。"这句话蕴含着深刻的生活真谛，同样绽放着痴迷的精神魅力。

著名小说家卡夫卡深情地说："我除了文学别无所求，别无所能，也别无所愿。"这又是怎样的痴迷！他一辈子痴迷于文学写作，为后世留下了彪炳千古的文学名著。卡夫卡痴迷于文学，凡·高痴迷于画画，贝多芬痴迷于音乐，爱因斯坦痴迷于科学……古往今来的艺术大师、科学巨人能成就一番大作为者，都不乏疯魔，唯有此等痴迷投入才能终成大器，完成大业。

人生短暂，生活平淡，一个人痴迷于自己热爱的事业，并且用整个身心来坚持不懈地做下去，难道这不是一种最深邃最悠长的幸福吗？

雨来前

“你看，那个角落，一片黑压压，那里肯定下大雨了。”一个人指着天空，对身旁的人说。乌云似乎听到了他的话，快速转移，朝他头上的天空跑来。

赶紧走快一点，去前边市场看看。我不由得加快了脚步。并没有轻功，然而走起来脚下生风，呼呼作响。落叶正乱舞。

一家家商铺老板急忙收拾着门口摆放的货物。这时，正前方，三个儿童游泳圈迎面而来，好像三个撒欢儿的孩子，一下子挣脱了父母的怀抱，在街道上尽情奔跑着。它们后面，一个女人忙不迭地急追着。我连忙挡住这“三个撒欢儿的孩子”，把它们送到气喘吁吁的“妈妈”的怀抱。

在街道旁边摆摊儿的人们原来都是隐藏的武林高手。各自施展绝世功夫，一挥，一揽，双手翻飞，地上横躺的小家伙们都乖乖地钻进袋子里。转眼间，大包小包已经乖巧而放松地卧在行李车上，远走高飞。

听！那边，一个声音焦急地响起，不断地催促：“赶紧给我取 6 个馒头，雨马上来了，没带伞，我还要赶回去呢。”卖馒头的人显然也是久经战场的高人，任凭风吹人急，依然气定神闲。她不慌不忙地一手揪下一个白色塑料袋子，一手掀开装馒头的箱子。正要装馒头，忽然一股无名捣蛋风不请自来，出其不意地夺过她手里的塑料袋子——“高人”不禁肃然起敬。塑料袋子乘风而飞，在空中悠闲地跳了一支优美的舞，倏忽飘向远方……

“雨来了！”“雨来了……”不知是谁先喊了一嗓子，犹如一块石头“扑通”落入湖里，顷刻间溅起无数水柱。

人们一阵手忙脚乱，天地一片欢歌笑语……

现实与梦想

“当、当、当……”“滴答、滴答……”一些不和谐的声音突然雷鸣般地在你的耳畔响起，你刚刚感到难以忍受时，“噌”的一声巨响又在空气里炸开。你顿时烦躁不安。

遮雨棚上，雨依然冥顽不灵地敲打着，似乎在举行着一场漫长的演奏。柏油路上，公交车忍辱负重地戛然停靠下来，似乎在爆发着一声反抗的怒吼。从早到晚，雨一直在下，车一直在跑，这些声音一直都在天地间回荡盘旋。为什么它们突然就这么清晰可辨？为什么你突然就这样难以忍受？难道它们发出了更加绝望的呐喊？

哦，你如梦方醒，恍然回到现实的世界，所有的感官瞬间都苏醒——醒得通透轻灵。你在梦想的世界里沉醉得太久了！你忘记了现实的一切！如同灵魂出窍，你虽然身在现实，但心早已遨游云外。你沉浸在书中，思绪飞舞，时而漫步云端，时而搏击波澜，在精神的浩渺天空中独自展示着自由自在的飞翔，在思想的奇异海洋里独自进行着永不停顿的航行！哦，人类的优秀艺术绽放着璀璨的光芒！

你是如此狂热地沐浴在这璀璨的光芒里。你宁愿暂时遗忘安稳的现实。然而，梦总有醒来的时候。现实的声音总不可避免地唱起了烦躁的歌。

你的手机忽然又开始吟唱，显得短促而刺耳。一个久违的大学时期的老朋友吴忠发来了微信，一张小小的名片在你的眼前迸射出耀眼的光辉——“安徽安庆商会常务副秘书长”。哦，士别三日，当刮目相看，老朋友已经飞黄腾达！你自然为老朋友感到欢喜，连忙兴奋地道贺：“这么牛！太强悍了！恭喜！”没想到老朋友立即质问你：“你干吗去了?！忙忙忙！”是呀，你整天都在干吗呢?！你和老朋友同样都拥有着远大的梦想，大学时期你们志同道合，指点江山，激扬文字！而如今，你们各奔前程，他始终坚持不懈、激流勇进地追求着、实现着他的梦想，你却依然淡泊宁静地坚守着你的万古死寂般的沉默！！

“我每天默默地看书写作……与世无争，安心待着……”你还是鼓足勇气诉说着、展望着自己的梦想。

“也好，了却江湖繁杂事。”老朋友似乎对“江湖”深有体会。

“这样的隐居生活很适合我。”你似乎在为自己寻找着借口。

“坚持的意义就是为了实现梦想。”老朋友在重温着“坚持”的梦想。

“我对人生早已看得很开……现在只想安心每天坚持看书写作，就为了这个而活……”你在坚定自己的信念，更是在安慰老朋友的担忧。

“好，那就拼了。”老朋友斩钉截铁地说——给你，给他。

不知怎么了，你忽然止不住地泪流满面……

“当、当、当……”“滴答、滴答……”雨不时地滴落在阳台的遮雨棚上，犹如一支美好的音乐缓缓响起，你的耳畔温柔地萦绕着一支现实生活中的妙不可言的仙曲……

情 累

一听到你的哭声，犹如遭受晴天霹雳，我的头脑顷刻间陷入一片空白，我顿时呆若木鸡。

早晨，我正在吃早餐，手机铃声忽然莫名其妙地唱响了歌。这么早，会是谁呢？我连忙拿起手机，你的名字便像一轮明月一样骤然照亮我的眼睛。咦，真是奇怪了，晚睡晚起的你今天怎么会这么早起床呢？时间才 7 点多呀。带着好奇的疑问，我轻轻地滑动绿色的接听键。

我正准备开玩笑和你打趣一番，没想到你率先说话了。你的声音是那么低沉，一下子浇灭了我的热情！你的声音又是那么悲痛，一下子刺穿了我的心房！我只知道你在沉痛地向我倾诉，我似乎并没有听清楚你讲了什么。但随即你讲出的那几个字像是一颗一颗的钉子一样一个个稳当地、蛮横地扎进我的心里——“我外公走了……”这五颗“钉子”深深地嵌进我的心里，我痛得只感觉到痛，却不知该说些什么。你的哭声像潮水一般源源不断地涌进我的脑海，掀起一阵阵波澜。“几点……走的？”我好像抓住了一根救命稻草，终于说出了这四个字。“六点半……我刚听爸爸妈妈说的；他们已经过去了，现在就剩下我一个人，我好怕，我怕黑，不敢出去……”你的这些话又翻江倒海地向我袭来，汹涌澎湃，拍打着我痛苦的神经！我懂得你此刻的孤独和痛苦、绝望和无助，我多么想立即陪伴在你的身边呵护着你！这一瞬间，疼惜、痛苦、思念以及愤怒都化作一股奔腾的烈火在我的身体内熊熊燃烧！我将开口，却感到失声！没有任何语言能够表达出我内心的感情！语言是多么的苍白无力呀！我还在沉默中挣扎，你已经痛苦地挂断了电话……

啊！这是怎样的打击呀！我只担忧这样的打击会更深地伤害到你。我的眼前禁不住浮现出你曾经因为外婆的离世而伤心欲绝的情景。你沉沦在亲情的怀念中难以自拔。你说你足足煎熬了五年的时间，才冲淡了对外婆的思念。你说："重感情的人，最后伤到的只有自己。一生中我不会被任何困难难倒，只有一个'情'字，让我茶不思饭不想，彻夜无眠……"在这个荒寒的人世间，你为"情"而生，你为"情"而累，哪怕因此饱受折磨，也是一种珍贵的幸福！

在担忧中醒悟，我忙不迭地拿起手机，给你发送信息："这么突然！你赶紧过去看看外公，我陪着你，你要坚强一些……"我只能让心灵默默地守护着你！静静地守候着你！我深深地懂得你是一个孝顺的孩子。我痴痴地沉醉在那漫无边际的回忆里……

记得昨晚你兴奋地告诉我你正在写一篇不靠谱的文章，我认真地追问怎么个不靠谱呢？你有点害羞又有点激动地说："我想好了一个题目——《依赖也是一种孝顺》，写一写对家人的依赖啊。我先总体给你讲一讲我是怎么想的嘛。"你欢快地讲述着自己的想法，我细心地感受着你的爱心。"你想得太好了！我也有这样的想法，你可以再往深刻的写。"我感同身受，滔滔不绝地给你点化着"孝顺"，并且鼓励你赶紧写出来。一谈到亲情，你就满脸洋溢着喜悦。

我还记得前段时间，外公病情加重，卧床不起，你不顾自己单薄的身体，毅然选择一个又一个的晚上静静地陪护在外公的身边，彻夜无眠。即使再累，你也总是满含着幸福地说：“能陪伴外公到深夜，我觉得心里有一种满满的幸福感……”“又一个陪伴的夜晚，感谢有你，让我有陪伴的幸福……祈祷……拥抱……健健康康，长命百岁……我愿陪伴，不离不弃……”哦，依然记得前几天，你动不动就提到希望我早一点去见一见外公。你凝望着外公的生命在一点一点地流逝，你希望着外公能够分享你的一丝一毫的欣喜……

然而，一切美好都“走”得这么猝不及防！这不可预料的人生啊！这残忍冷酷的人生啊！重情的我们如何能够面对呢？

忽然，前天晚上我写的那篇文章《坚强承受》袭上我的心头。哦，真是造化弄人啊。我把这篇文章发给了你，我们必须坚强承受！我询问着你的情况，安慰着你的悲伤：“悲伤是正常的，但要调节好情绪。你已经陪伴了外公这么多晚上，外公也懂得你的一片孝心。外公也不想多拖累大家，他自然想看到爱他的大家都能过得更幸福……”我又给你发去一张表示默哀的图片——由一根根蜡烛围成的心，和你一起默哀、祈祷外公走好……你静静地不说一句话……已经是晚上 11 点 20 分，我提醒着你要照顾好自己！你随即答复：“嗯，我准备睡觉了，累……晚安！”哦，你太累了，经常晚睡的你、被感情拖累的你是应该早点休息了。这一整天对你来说，该是怎样的折磨呀！即使你能够坚强承受，也要经历多少痛苦！

一个“累”字里面究竟蕴藏着多少情感的跌宕起伏、辛酸苦辣？为了情感而累，我们到底值不值得呢？但是，如果没有了这些情感的累，我们的生命还能剩下一些什么呢?!我们的生命还能创造一些什么呢?!

雪花的消失

她呆呆地凝望着天花板，一个熟悉的人影浮现在她的眼前。一张慈祥的笑脸像阳光一样撒落在她的脸蛋上，她憔悴的脸蛋顿时容光焕发、清纯妩媚。

屋子里一片冰冷，她时不时地打着哆嗦，不知是因为忧伤，还是因为寒冷。真不想离开被窝——似乎只有被窝能够呵护着、温暖着她，就这样一直静静地躺在床上。今天怎么这么冷呢？也许是因为心冷吧。“呼呼呼……”冷风在外面耀武扬威地呼啸着，好像在嘲笑着她。她僵硬的身体猛然弹了起来，赶紧迅速地穿好衣服。

刚打开门，一阵冷风就趁机肆无忌惮地扑面而来。她吓了一跳，像是一只受惊的小兔子。真是讨厌哪。刚抬起头，望着外面，她的脸上禁不住划过一丝不易察觉、转瞬即逝的微笑——那是多么销魂夺魄的微笑哇！满脸忧愁的湖水里荡漾着一圈迷人的涟漪。她喃喃自语：“下雪啦！真好哇！”燕语莺声，沁人肺腑。

雪花是她在这个人世间最珍爱的宝贝。在她眼里，雪花是那么轻灵飘逸、那么纯洁优雅。在内心深处，她一直想做一个像雪花一样的女孩。每一年冬天，她都怀揣着一个纯真的期待——期待着雪花的降临。哦，置身在雪花的世界里，她觉得犹如飘落到了仙境——自己就像是那飘落人世间的仙女。多么美妙哇！

她不禁伸出一双纤细白皙的玉手，轻轻地靠拢，缓缓地张开，如同一朵兰花在空中悄然绽放，她的双手和雪花相互映衬、融为一体。雪花翩翩地在半空里潇洒，不去那冷漠的幽谷，不去那凄凉的山麓，只认明了那清幽的去处，在她的手里静静地栖落。

哦，雪花是多么冰冷，又是多么美丽，悄悄地飘落在手上，还来不及仔细观察，就已经化为乌有。哦，这转瞬即逝的美的精灵啊！这也正是她喜欢雪花的一个重要原因。因为短暂，所以珍贵。她懂得雪花是抓不住的，是注定要消失的。在这个人世间经历了一些伤痛的事，她慢慢感悟到生命的脆弱、美好的易逝。她并不勉强，她只是更加用心地观察，把每一朵飘落到她手中的雪花照进眼里、装进心里，化作最甜蜜、最美好的记忆。是的，只有记忆是最长久的，可以随意珍藏起来，并且随时翻阅。

雪花总是要消失的，就像亲人总是要离开我们的。这是大自然的规律。一想到亲人，她注视雪花的目光显得更加温柔而深情了。她脸上的忧愁也清晰可辨、浓得化不开。外公的离世，对她是深重的打击。美好的逝去，让她更加懂得珍惜。

她忘记了寒冷，她的心是火热的，她沐浴在雪花中，慢慢地向前走去。她要去外公的灵台前，静静地守护。雪花轻轻地飘落在她的身上，静静地消失了。这是一场无声的离别。离别总是让人忧伤的，总是让人难舍的。不知什么时候，她已经泪流满面……

“冬至将临，纷飞小雪。生死离别，情难割舍。回忆满满，泪流成河……”这些诗句在她的心底缓缓地流淌，在天地间悠悠地回荡……

坚韧的生命

这两天，深圳山体滑坡事件一直牵系着我的心。不仅是因为我居住在深圳这座城市里，也是因为我对灾难中受害者的一丝关怀。面对灾难，我们的生命是多么的脆弱。多少无辜的生命在顷刻间便埋尸荒野、葬送黄土。我的内心充满了无助的忧伤。

今天早晨，打开电脑，就急忙查看事件的进展情况。一个标题立即醒目地展现在我的眼前——“深圳滑坡1名19岁小伙获救　坑洞中还有1名女性”。哦，废墟中的获救者呀！我的情绪变得激动而兴奋。当一名19岁的年轻人被一大片“深红色”“橘红色”和“橄榄绿”簇拥着救援出来，“让一下”“往这边走”的欢呼声热情澎湃地响起时，我的眼睛湿润了。犹如迎接着一个新生儿的降临，他们在见证着一个奇迹的诞生。对于这个年轻的生命来说，这是又一次的降生；一瞬间，我看到一个“新生命”。到了这个人世间。他在被困67小时后成功获救，67小时呀，这是多么漫长的时间！一个鲜活的生命在暗无天日的掩埋中饱受着漫长的折磨，而能够奇迹般地生存下来，这该是多么坚韧的生命！自然有时是残酷的，而生命常常是坚韧的！

感慨着67小时，我不禁想到了76小时。在我的记忆深处，蕴藏着一个关于76小时的奇迹。它们虽然是不同的灾难，但却展露着同样的坚韧。

时间倒回到2008年5月12日。也许大多数中国人都不会遗忘这一天。这是中国人的苦难日。一阵山崩地裂的“轰隆隆”，四川汶川发生了史无前例的大地震。在这一天，著名恐怖小说作家李西闽来到了四川彭州银厂沟进行恐怖小说创作。下午2点28分左右，突然一阵“哗啦啦”的巨响惊天动地，他还没有反应过来，就已经被瞬间倒塌的房屋压在了一片废墟中。

生与死的考验便拉锯战一样残忍地拉开了帷幕。作为一位写恐怖小说的作家，他尽管在潜意识里经历过无数次恐怖，但是当沉甸甸的恐怖血淋淋地真实呈现在他的身上时，他惊慌失措了！当黑暗瞬间笼罩整个世界时，他被突如其来的变故惊呆了。他的耳畔传来的只是不断的余震发出的震耳欲聋的巨响。面对自然的淫威，他失去抗衡的能力。恐惧触手可及，深入骨髓，他变得异常的卑微。恐惧一次一次地来临，一次一次地把他的抵抗击溃。但他依然坚持不懈地在自己的沙场上奋勇抗争着，不但在抵抗着自然给他带来的伤害和威胁，还在和自己的软弱恐惧消极做着斗争。为了让自己不至于昏睡不醒，他发狠地用手背刮着铁钉，任凭那皮肉和铁钉刮擦发出窸窣的令人毛骨悚然的声音。

在一片深重的废墟下，他历经着肉体和心灵的双重煎熬。身心的不断折磨和无尽痛苦让死的念头在他的心里挥之不去。但他还是坚韧地支撑了下来！在那漫长的76个小时中，在压抑、窒息的境况里，他是怎样坚韧地支撑下来的呢？他沉浸在无边无际的爱的回忆中，想到家人，想到自己的女儿、妻子和年迈的父母，想到他的朋友们。正是他们的爱让他获得了坚韧地活下去的勇气，并最终成功获救——他的获救，强有力地证明了生命的坚韧不拔和不可摧毁。

劫后重生的他把这次经历写成了一本书《幸存者》，并荣获“华语文学传媒大奖：年度散文家奖”。在获奖感言中，他写道：“我的生命是因为爱而被拯救的，活着一天，就要用爱心去对待一切。”在爱的滋养与呵护下，我们的生命被打磨得越来越坚韧，并且不断创造着越来越多的奇迹。

时间的奋战

这是2015年的倒数第二天，人们都在谈论着即将到来的元旦，新年总是让人欢欣鼓舞的，人们渴望一切从头开始。一切都充满了希望，欣欣然张开了眼。而你守护在时间的边缘，进行着时间的奋战。

难道2015年就这么匆匆结束了？对你来说，这是多么重要的一年！在这一年，你摆脱了过去的工作，开始了新的生活，伴随着自由，畅游着书海，坚持着写作，进行着教学。你的身体从来没有这样的舒畅，你的心灵从来没有这样的清爽！你敞开了怀抱，追逐着梦想，享受着孤独，体味着人生，拼尽了心血，搏击着时空……

每一天对你都是新生，每一刻对你都是珍宝。被梦想驱使的心灵容不得一丝的懈怠。你过着近乎与世隔绝的日子，独守在深圳这个喧闹都市中的一个僻静的角落里，每天默默地坚守着自己的文学，阅读着一本本火热如夏、真诚如友的书籍，敲打下一个个温暖如春、亲密如爱的文字。你知道你始终失去的只有时间，你懂得你唯一拥有的只有时间。置身在时间的汹涌洪流里，你只能逆流而上，哪怕承受惊涛骇浪，也要斗志昂扬！

一想起年龄便滋生顾虑，时间燃烧着青春的火炬，除了梦想还能剩下什么！环绕着梦想，时间放射着光芒。你迎接着这神奇的光芒，淡忘了时间的恐慌，静静地待在房间，沉醉在清幽的远方。远离了人群，远离了烦琐，远离了喧嚣，远离了奢望，你在自己的精神家园里，编织着锦绣的华章。

时间总是流逝得可怕！无论怎样的奋战都难以挽留时间的一去不复返。时间总是匆忙的，人的一生总是短暂的。这短暂的生命如何才能活出意义？

你的眼前恍惚浮现出一幅优美剪影：他独自伏在书桌前尽情地书写着自己的文字，这时，窗外的一缕晨曦正温柔地抚摸着他的稿纸，他立即触电一般震惊地凝视着这一缕晨曦，全神贯注地沐浴在这清新的洗礼里。他就是法国伟大的批判现实主义小说家福楼拜。那是19世纪的一个静悄悄的黎明，在法国巴黎乡下一栋亮灯的木屋里，他在给最亲密的女友写信："我拼命工作，天天洗澡，不接待来访，不看报纸，按时看日出（像现在这样）。我工作到深夜，窗户敞开，不穿外衣，在寂静的书房里……"哦，这个热爱生活的人啊，他在享受着时间的滋养，他的精神闪耀着明亮的光芒。他短暂的生命绽放着辉煌。

又一个奇异的生命屹立在你的眼前。他经常通宵达旦地创作，紧握的笔没有丝毫停留。他把时间看作自己的生命。一个小时的沉睡也会让他自惭形秽，被剥夺了时间的屈辱也会让他恼羞成怒。他争分夺秒地奋战着，他奋笔疾书的背影展示着英雄的大无畏的斗争精神。他就是法国伟大的小说家巴尔扎克。他的生命闪烁着多么雄浑的魅力！

时间总是改变着一切，时间总是决定着成败。现代作家沈从文说过："'时间'这个东西十分古怪，一切人一切事都会在时间下被改变。”“我不相信命运，不承认目前形势，却尊敬时间。我不大对生活上的得失关心，却了然时间对这个世界同我个人的严重意义。”所有懂得时间的重要性的人们，都在和时间进行着奋战！

有效而合理地运用时间，这是一切热爱生活、热爱事业的人迈向成功的关键。作家鲁迅说：“哪里有天才，我是把别人喝咖啡的时间都用在写作上了。”“时间就像海绵里的水，只要愿挤，总还是有的。”人生中最浪费不起的就是时间，世界上最大的节约就是时间的节约。对于青年的你来说，赢得了时间，就赢得了一切。

时间的急迫感折磨着你、督促着你，生命的使命感驱使着你、燃烧着你。你对时间的感受有了更深的理解。你感慨着孔老夫子站在河岸上的叹息：“逝者如斯夫，不舍昼夜。”你洞悉着唐朝诗人陈子昂登幽州台时的悲怆：“前不见古人，后不见来者。”

你热爱着生命，你燃烧着自己，你向时间学习，你进行着时间的奋战，你获得了充实的人生，你赢得了珍贵的幸福！——所有时间的奋战者啊，为了美好的人生，尽情地燃烧吧！

默默地守候

她静静地躺在被窝里，呆呆地凝视着空荡荡的房间。这是2016年的第一天。新年的喜庆似乎还没有弥漫开来，窗外的夜色把天地熏陶得一片幽静。0点30分了，人们大概已进入香甜的梦乡了吧？

刚才是她主动提出要早点休息的，因为明早6点30分她要和舅舅去进货。当她忽然说到6点30分要早起时，他按捺不住地发火了："你怎么不早点告诉我呢！既然这么早要起，你就应该早点睡了！"看着他生气的样子，她只呵呵地微笑了——微笑浅浅地荡漾在她娇嫩的脸蛋上。她能感受到他的关心，这就是对她最好的慰藉。她的纯真的模样，刺激着他的心，激起了他的疼惜，他一下子感到惭愧不已。这都是他的过错，他只固执地写着自己的文章，将近凌晨了，他急不可耐地给她发去信息："刚才忽然停电了，文章写得晚了，还正在写……"她总是善解人意，每当他写文章时从不打扰他，担心吓跑了灵感。沉默是她表达爱的一种方式，她只默默地守候着他……

他当然懂得她，一如他懂得对她的爱。但他的感情是内敛的，不善于用语言来表白，这是他的弱点——这个弱点偶尔会引发她的嗔怪。随着在尘世长久的经历，火热的爱意都化作了深沉的疼惜。“赶紧关机，关灯，乖乖睡吧！”他果断地命令着她，“明早 6 点 30 分我打电话叫醒你。”“嗯。”

他的声音还在她的耳畔回荡。每天晚上，他总是温柔地督促她：“关灯吧，安心睡。我始终陪伴着你……”有他的陪伴，真好！然而，他在哪里呢？近在咫尺，远隔天涯，这是一种怎样的甜蜜的忧愁！她不由得伸出手在眼前挥了挥，似乎想要赶走这些忧愁的侵袭。睡吧，这是新的一年，在这新年的第一天应该给自己一次轻松而饱满的睡眠。但不知怎么了，越是遇到重要的事，需要早睡早起时，她反而睡不着了。平时她都睡得比较晚，长期养成的习惯一时难以改变。以前他指责过她晚睡的恶习，她总以要参加一个心理学考试为由，调皮地说：“再宽容一些日子，等考完试我就早睡。”

此时，睡意似乎窃听了她的调皮话，便宽容着她，不让她早睡。她不禁想到自己与生俱来的“特殊”，命运的捉弄，让她承受着别人无法理解而又冷眼相待的痛苦。一年又一年，她在与命运抗争，她在与世事抗争！她在默默地承受着人世间施加的一切苦厄，她的脸上却始终绽放着鲜花一般的笑靥！她像是一个被贬落凡间的天使，默默地守候着能拯救她的王子——王子迟迟不来，天使久久遭罪。

2015 年对她来说是一个最幸运的年份，她遇到了生命中那个最重要的人。他像是一道奇异的风，吹拂着她身心的清冷。在那个月光清幽的夜晚，他翩然而至，摇荡了她整个的心旌。命运毕竟对她是不薄的，她从此品尝着欢歌笑语的生活。但与此同时，她也饱尝着鹊桥相隔的折磨，她满含着希望在默默地守候。

这一年真是流逝得太匆匆！她的梦想又鼓起了风帆，恍惚间伫立在她的眼前，一事无成的感慨又在她的心头弥漫。她顷刻间变得那么忧伤。以前，别人总会对她说：你还在读书呢，离梦想远着呢。现在，别人总会对她说：你已经拥有了自己的小店呢，离梦想更近了。梦想依然那么遥远，时间依然那么追赶。虽然这让她感到忧伤，但是她一直在人世间生活得无比坚强！她努力地追逐着自己的梦想，她的人生从来都是斗志昂扬！

这是新的一年，无限的未知让她感到一时的迷惑，她忽然不知道将要经历什么苦与乐。她仿佛把一切都交给了时间，由时间来决定自己的命运……想到这里，一股寒冷不请自来地突袭着她，她打了个寒战，连忙紧紧地把棉被裹在身上，脑袋拼命往棉被里钻，希望寻找那一点点温暖。

在一片幽深的黑暗里，他像拨云见日的和煦阳光一样温柔地照耀着她。她似乎听到她在心底默默地欢呼着："2016年！我等你……"他的深沉的声音温柔地响起："2016！我来了！"她蒙眬地睡着了，她的嘴角洋溢着多么甜蜜幸福的微笑哇……

正当她沐浴在和煦的阳光里，享受着生命的大欢悦时，一阵悠扬的歌声缓缓地吟唱起来。这是她最喜欢的一首歌——袁泉的《白》：

讨论我的人们请你们　仔细听认真
我没有那么笨
只不过还想听到心跳的回声
不要逼我打开记忆中蓝色笔记本
看见折痕

我学会坚强学会避让和容忍
也学会自己面对着寒冷
却终于发现微笑渐渐地陌生
一样的剧本　我又扮演剧中人

我已挥霍太多的纯真　在每个凌晨
为自己打个分
是否能找回丢失已久的坚韧
不是一个完美的过程
表演也初等　却是真诚

我学会坚强学会避让和容忍
也学会自己面对着寒冷
却终于发现微笑渐渐地陌生
一样的剧本　我又扮演剧中人

我推开所有妨碍平凡的舆论
我计算两人之间的可能
我费尽心力解答爱情的方程
答案就是太认真

我学会坚强学会避让和容忍
也学会自己面对着寒冷
却终于发现微笑渐渐地陌生
一样的剧本　我又扮演剧中人

我已挥霍太多的纯真　在每个凌晨
为自己打个分
是否能找回丢失已久的坚韧
我怎么肯　在这短暂一生
留下遗憾不敢尝试的疑问

和我一样孤单的人们　你们要承认
爱真的那么狠
会让你触碰并不存在的缘分
只有街边昏睡的路灯
静静陪我等　等每个等

何以救赎

他饱受生活和命运的捉弄、折磨，颠沛流离、无家可归的遭遇让他感到痛不欲生，一度他深深地陷入忧郁、悲观的沼泽中难以自拔。他脆弱的心何以救赎？

他是一位作家。面对自己真实的心灵世界——哪怕它阴冷黑暗得散发腐烂的气味，是一位作家义不容辞的责任！大多数人都耻于向别人揭露自身的脆弱和黑暗，他却毅然决然地拿起了笔，痉挛般记录下自己的心路历程。也许这是他能够救赎自己的唯一方式。

这是一个患过严重的抑郁症的男子的真心剖白。他坦诚而真切地描述了抑郁症猝不及防、翻江倒海地涌来时的情形："我有过两次临近崩溃、瓦解的经验，或者说一种昏厥，都把它们初始的复原滋味鲜活地留给了我，也许我从来没有从那种昏厥中走出来过。我可以感知的是，从临近状态中返回的过程，就是一个抑郁期。"他清醒地感知着、承受着抑郁的周期侵袭带给他的"昏厥"。犹如一个溺水者，他抓住文字做着最后的挣扎。然而，在很长的一段时间里，被抑郁摧残的他居然一个字也写不出来了！"我自流亡以来，就陷入'文字休克'状态，无法写任何流畅的东西。文字若是一种'生命'的话，由于失去一种向内领悟的能力，我大概就把它丢掉了。”他绝望得无语凝噎。如同战士在战场上失去了枪，作家在最后的救赎中失去了笔，那将意味着什么呢？那将是一种怎样的无助而忧伤的绝望呢?!

伴随着这样的绝望，残酷的命运毫不留情地又一次赏赐给了他致命的打击！紧接着，一场突如其来的车祸，让流落异乡、饱受摧残的他再次面临生与死的考验……他的妻子从此瘫痪在床。——啊，命运哪，难道你非要把人置之死地吗？这个本该在重聚之后慢慢步入正轨的家庭，如同一套美丽的青花瓷器，突然坠地、碎裂成再也无法修复的碎片。妻子躺在床上无知无觉，嗷嗷待哺的孩子失去了母爱的呵护。他脆弱的心破碎不堪。他已经欲哭无泪。他的精神瘫痪了。

但是，作为丈夫和父亲，妻子和孩子是他难以割舍的责任——他是一个富有责任感的男人！他们成了他最强大的救赎！他必须照顾他们！他一边照顾卧床不起的妻子，一边抚养提前成熟的孩子；一个精神瘫痪的人照顾着一个身体瘫痪的人——这又是怎样的艰难哪！这个脆弱的男人在他的深沉的责任里、在他的炽热的爱里独自抗争不息！

这样的两个瘫痪的人又应该如何救赎呢？

许多年以后——时间流逝得那么轻巧，日子度过得那么煎熬，他满腹悲痛而又心怀希望地回忆：“这条路只有我自己去走，黑灯瞎火也好，万丈深渊也好，我唯有孤零零地走下去。好在是陪着她一道走，她的命魂是一点灯光，只能照亮前面几寸远，这也够了。”也许就是因为这一点灯光——这是生命的不灭的爱的灯光啊，才点燃了他不断前行的漫漫风雨路。面对生命的沉重的痛苦，只要有一丝的希望，他就绝不会放弃！他的爱意丝丝如缕地融进昏迷不醒的妻子的潜意识里，瘫痪的妻子沐浴着他的一点一滴的爱，像他一样在内心坚持着、抗争着！他们在黑暗的寒冷中彼此砥砺、取暖、安慰——那是两个人之间的一场悄无声息的爱的传递。皇天不负苦心人，苦尽甘来总是春，在他的爱的精心呵护下，在爱的救赎中，妻子终于奇迹般地苏醒过来，并且一步步地迎来生命的欢悦！

似乎是受着爱的感召，他又奇迹般地恢复了写作的能力。写作是一种疗伤，写作是一种救赎，写作是一种记忆，他在写作中帮妻子重建了那段昏迷不醒的记忆。他把自己的苦难的经历和泣血的哀鸣用文字一行行保留下来。透过文字，一颗脆弱的心锻造得无比坚强，犹如野草从坚硬的岩石下挺身而出——不管身上镇压的岩石有多么坚硬，野草必须不屈不挠地把岩石顶开！

他以一种生命的历险者、忧患者和救赎者的心态坚强地书写着属于自己、属于人类的苦难，以及人类面对苦难的一种不屈不挠的永不放弃的自救精神——那是爱的自救哇！

守护内心

下午课间休息时，打开手机微信，忽然看到一个老同学发来的信息：“我以为生活原本并没有那么丰富的，只不过重点在内心。”

这是她看完我昨晚写的那篇文章《单调与丰富》以后发表的一点感想。看到她对“内心”的肯定，我感到格外的兴奋，立即回复：“你说得很对！内心的丰富才是真正的丰富！我们始终需要追求的是一种内心的生活……”

一切取决于内心，内心丰富的人，即使置身荒漠，也能够独享丰富的生活。这就是内心能够带给我们的最大的财富。在这个世界上，很多热爱生活的人都不约而同地自觉地在过着一种内心的生活。在这种生活中，我们的内心逐渐变得敏感而明亮、丰富而充盈。

然而，面对繁杂喧嚣的现实生活，我们的内心常常遭遇世俗的欺凌与损害。世俗裹挟着巨大的洪流，让一切沉浸在内心生活的人饱受折磨。内心与世俗的斗争便展现出剑拔弩张的局势。内心的强大是需要时间的，世俗的力量是难以抗拒的，所以，在世俗还没有完全损害内心的前提下，如何更好地守护住内心，让它潜心静气地锻造强大，显得至关重要了！

守护内心的人是需要足够的勇气的。他有时需要懂得深藏不露，有时需要装作冥顽不灵，有时需要甘于淡泊隐逸……也许常常需要付出一定的牺牲，才能守护住真正的内心。没有大智大勇的人，是很难长久甚至一辈子守护住内心的。道教的老子通晓天地之道，遵循自然的规律，隐逸于万物之中，从而守护住了内心。佛教的释迦牟尼参悟生死之秘，领悟人生的苦乐，大彻大悟，入道成佛，从而守护住了内心。能够守住内心，这是不言而喻的。但作为芸芸众生的我们将情何以堪呢？

我只是芸芸众生中微不足道的一员，沉沦在世俗中难以自拔。尽管入世已深，但依然希望守护内心。痴爱文学、浸润文学的我渐渐懂得守护内心是生命里多么重要的事情啊！对于一个写作者而言，守护内心便拥有了一切！内心是万物的根本，是写作的源泉，所有的文字和情感都从内心里如同一泻千里的江流一样奔涌而出！为了守护我的内心，我常常自觉地隐藏着自己，我常常小心地呵护着自己，我常常持久地磨砺着自己。

我的职业是一名作文培训的老师，这注定了我与孩子们割舍不断的情缘。在与孩子们的交往中，我越来越从孩子们身上学到了守护内心的方法。一辈子向孩子们学习成为我心甘情愿的选择与坚守！孩子们是造化最神奇的产物，他们天真未凿，他们灵气逼人，他们拥有一颗纯粹的内心。他们的喜怒哀乐、歌哭笑骂常常溢于言表。他们敢于真，他们敢于痴，他们敢于疯，他们敢于狂！他们可以闹得那么决绝！他们可以笑得那么灿烂！——哦，下午和晚上上作文课的那些孩子顷刻间都浮现在我的眼前！他们与生俱来的纯净常常让我感动得热血沸腾！我羡慕孩子们拥有着天真无邪的童年！我欣赏着孩子们拥有着率真自然的性情！

守护内心的人无疑是幸福的。时间总是残酷的，我们的身体会伴随着时间的流逝而日益衰老，但我们的内心可以脱离时间的轨道而永葆青春！能够守护内心的人，是最青春美丽的人！能够明智地做出选择并且勇敢地挑起重担而一辈子守护住内心的人，无疑是天底下顶天立地的大写的人！

驻留的心

我随意地拿起手机，漫不经心点开微信，一个醒目的信息闪亮在眼前："在没？"这是大学时期的一个老同学发来的信息。我呆呆地凝视着她的微信图像：一个洋溢着青春活力的女孩子，正在迎着绚丽的晨曦轻快地向前跑步，灿烂的阳光洒满了她的全身心。

"来了。"我赶紧回复她。她随即询问着："今天有课吗？""这两天都没有课，独自待着。""我这两天刚好也休息，有时间聚聚呀。""这么好哇。今天吧？你在南山，我在龙岗，你先说哪里聚？""你熟悉地方，你说吧，我经常去的地方就是深圳图书馆。"已经工作这么多年了，她还在坚持经常读书，真好！我一边为她高兴着，一边回复她就在深圳图书馆相聚吧。

自从大学毕业以后，我和她就再没有见过面，也几乎没有任何联系。她是我在大学期间难得说过话的同学，她给我留下了一些美好的印象。现在她刚来深圳不久，同在一个城市，我和她便多了一份相聚的缘分。时间总是匆匆而逝，一切难免物是人非。这么多年过去了，她还是当初的模样吗？

彼此约好了相聚的地点、时间，就等待下午再叙久违的同窗友谊。等到她发来深圳的新手机号码，一种想要重温熟悉的声音的好奇感驱使着我，我不由自主地拨打她的电话。顷刻间，一个清脆悦耳的声音扑棱棱地飞来：“Hello。”我一时感到有点不适应，好像时空忽然颠倒了，不知置身何处。我的眼前随即浮现出那个聪慧伶俐的大学时的她，一丝调皮可爱的神情蜻蜓点水般掠过我的心头。哦，她还是那么活泼有趣。

我静了静神，和她闲聊起来。不知怎么了，虽然我自如地谈笑着，但声音却激动得颤抖起来。一种久别重逢的新鲜感刺激着我，让我的心微微荡漾起一圈圈温暖的涟漪。

静静地坐在地铁里，心中放映着一幕幕往事。所有的前尘往事在心中久久地驻留，芳香四溢，驱散不去。可一切又都在时光中随风飘逝，只有一颗心可以驻留情感的点点滴滴，永不磨灭，历久弥新。

由于等车耽搁了太久，相聚的时间快到了而我还在路上。我觉得过意不去，担心让她久等，就掏出手机发去信息：“我还有十站才到，久等了……”她的信息立即飘然而至：“没关系，我在找看的书，别急。”哦，她已经来到图书馆了。我顺便点击手机微信，却看到她在十多分钟前发来的信息：“我在书城里面看书，你到了跟我说一声。”她依然那么善解人意，一如大学时期的善良真挚。我的心里漫过一片暖意。

“我到站了。你在哪里？”当我给她打去电话时，她忙不迭地担忧我找不到她所在的地点，便主动热情地说过来接我。我来不及多说什么，就默认了她的盛情。也许我只是不愿意拒绝她的热情，我宁愿默默地享受着她的担忧和关心。当我即将走出地铁站出口时，一个声音在我耳畔轻柔地响起。哦，那熟悉的声音哪！那温暖的声音哪！

风儿轻柔地吹拂着万物，阳光温煦地照耀着大地，一个个孩子在一片空旷的草坪上尽情地奔跑着，一只只风筝在无限广阔的蓝天中自由地飞翔着。我和她静静地漫步在公园的小路上。她是那么安静地聆听着，她又是那么欢快地诉说着。她忽然像小兔子一般地跑进草坪上，惊喜地仰望着那些自由飞翔的风筝，按捺不住内心的童趣，兴奋地轻声欢呼："我也要放风筝！"她连忙在空旷的草坪中搜索卖风筝的人，又像小燕子一样轻盈地飞到风筝的身边。我静静地欣赏着她的一举一动。一切都那么似曾相识，时光的流逝似乎并没有改变她，一颗活泼纯真的心在她的身上永久地驻留下来。这是她最生动可爱的地方，这是她最惹人怜爱的模样！——这便是她当初的模样！

热情的风筝在她的手中缓缓地舞动着，蹁跹着，风儿是它的舞伴，阳光是它的鸣奏。它和她一起陶醉地舞蹈着，飞翔着，一串串清脆悦耳的笑声洒落了整个草坪，活跃了整个天地。我被她的热情感染，仰望着一个飞翔的精灵，仰望着一颗驻留的心灵，我的沉静的心啊也奔腾起来了！我牵引着风筝，像是牵引着时光，我在追忆着往事，我在惊叹着永恒！阳光环抱着我，我在自由地驰骋！一颗青春的心哪，缓缓地飞翔着，在天地间永远年轻地奔腾着！没有什么能比这更让人感动得热血沸腾！

我的内心常常激动得狂躁激昂，而我的神情常常安静得冷若冰霜。我笨拙地放飞着风筝，我忧虑地凝视着她。我们静静地坐在一间"老西安"面馆里，我深深地为她感到惋惜。哦，一颗心驻留下来了，而情感依然还在漂泊。她至今没有找到自己的归宿。她曾经是我的一个大学挚友的最爱，她曾经是他心中最美的女神。驻留的心哪，你不要总是那么停滞不前，你也要懂得去追寻自己的幸福哇！我忧心忡忡地嘱咐她："不要再漂泊了，赶紧稳定下来。忘记过去，面向以后，找到一个自己喜欢的男人，结婚生子，过安稳日子吧。"她依然睁着一双纯真的眼睛，会心地微笑了。她单纯地讲述着自己的情感历程，她认真地回顾着自己的青春岁月。她笑说自己没有听从师长的教诲，任性地陷进情感的旋涡，亲自尝试以后才懂得原来曾经的教诲是那么真实。生活似乎又回到了以前。生活似乎总在和我们开玩笑，驻留不前，循环往复。

"李军君，上地铁了吧，今天见到你很高兴，谢谢你请我的晚餐，吃得很开心。回去的路上注意安全哪。"我又一次坐在了地铁上，犹如来时的激动，她的关心又一次激荡起我情感的波澜。内心驻留着大学时期的回忆，内心驻留着整个下午的相聚，一切的美好便永远珍藏在我的内心深处。

记得她在微信上写下了这样的个性签名：生命太短，没留时间给遗憾。我们的生命不需要太多的遗憾，我们的脚步只应该勇往直前！逝去的时光是再也回不去的，然而美好的感情却是永久驻留的……

见证奇迹

“呼呼呼……”“砰砰砰……”房间外面，不时传来激动人心的“交响乐”，扰乱了我的清梦。睁开眼，默默地躺在床上，静静地聆听这些肆无忌惮的声音。一股冰冷的寒流在空气中恣意弥漫。一种懒惰的情绪在内心里悄然滋生。

我紧紧地裹了裹棉被，慵懒地躺进被窝，享受着温暖。睡意已经消散，心思开始飘荡。一转身，随手拿起放在床前柜子上的手机，百无聊赖地点击开微信。朋友圈里的信息正如鲜花般次第绽放。一朵“鲜花”盛开在我的眼前：“听着窗外的狂风怒吼，完全没有起床的想法了！”哦，这真是说到我的心坎上。好在是周末，大多数人都可以安心地赖一赖床，任凭它狂风怒吼，我自岿然不动。

突然，几朵“鲜花”争先恐后地绽放：“哇哈哈哈哈！深圳也下雪啦！”“梧桐山下雪了！山顶零度！深圳开启速冻模式！”“入冬模式开启，深圳下起小雪，多年难遇！”“深圳也下雪了，平生第一次看到这晶莹剔透的雪！”“终于等到深圳的第一场雪！”“在广东二十几年第一次看到雪，冷并惊喜着！”……大家都好像中了头等大奖，激动难耐，欢呼雀跃，纷纷抒发着自己的兴奋之情。

难道深圳真的下雪了？这怎么可能呢？在我的记忆里，

深圳是从来不会下雪的。这可好比太阳从西边出来一样，令人按捺不住地感到好奇、惊喜。看着大家振奋不已的样子，我瞬间也被感染得热血澎湃。不能再赖床了，赶紧起来去看看雪。虽然出身陕西渭南的我早已对雪司空见惯，但此雪非彼雪，此一时非彼一时——这是见证深圳奇迹的时刻呀。

刻不容缓，我迅速地起床。随即跑到阳台，抬头仰望那心目中期待已久的漫天飞舞的雪花。咦，怎么看不到呢？那曼妙的雪花是我最钟爱的精灵，她翩翩起舞的样子是我最熟悉的。然而，此刻，她在哪里？只听见一阵阵细微的“当当当”的声音在阳台的遮雨棚上单调地唱响。灰蒙蒙的天空中隐隐约约飘散着一些淘气的小精灵。难道它们就是雪花的小伙伴？我赶紧伸出手，去迎接这奇迹的诞生。一只手使劲地伸到外面，几个小精灵乖巧地栖落在我的手心里。哦，小雪粒呀！这毕竟也是雪呀！深圳没有辜负大家的期盼，终于降临了一场雪。

对雪花的感情根深蒂固，我一直怀念那故乡的雪花。长期待在深圳，享受着四季的高温，远离了雪花的飘舞，我对雪花的思念越发不可收拾。一股狂热的激情在我的体内奔腾不息，我无法克制自己内心的冲动，不顾一切地跑下楼，我想真正地融进那轻盈可亲的雪花里，去奔赴一场生命的奇迹。来到空旷的天地间，我自由地行走，沐浴着这雪的洗礼，享受这生命的大惊喜。

可是，我知道我只是异想天开，我总是活在自己幻想的那个曼妙的世界里。小雪粒的滴落是那么冰冷无情，尽管它也算是雪花的小伙伴，但它并不是我心目中的那个轻盈可亲的她呀！我狂热地出发，失落地归来。总想见证一个个生命的奇迹，却经受着一次次失望的打击。生活大抵如此吧。

猝不及防，寒冷丝丝如缕地侵袭进我的身体，我不禁颤抖起来。原来，天气是这么冷若冰霜啊。像是经历了一场美丽而失落的约会，我又一次踏上了来时的路。

静静地待在房间，还是忍不住打开手机，似乎在寻找一丝安慰。朋友圈里的一个朋友仿佛和我心有灵犀，禁不住发出感慨："这么冷，深圳都不来场真正的雪。自从湖南迁居深圳，我就足足等了二十年。小时候在白茫茫的雪地中嬉闹，赏雪，吃冰条的情景，都渐渐成了模糊的回忆。"是呀，那雪中承载的是我们童年的美好记忆，我们希望见到雪，只是希望回归童年。我们总想见证别人的奇迹，其实，我们是想重温自己的记忆。我们在见证奇迹中找回了自己，找回了那渐渐失去的乐趣。

沉重的紧迫感

静静地站在阳台上，他的手里捧着一本薄薄的书。他的身心是愉悦的——少了一分安详，多了一分紧迫。生活又回归到原来的轨道上。

喧嚣的声音从四面八方肆无忌惮地涌来，在他的耳畔化作一支支振奋人心的交响乐。他沉浸在书的世界里。书是亲切的，书不说话，他也不爱说话。这是一种无言的默契，慰藉着他的清冷的心。相看两不厌，也许只有书能给予他这样美好的幸福。

他当然希望能够和她一起享受这样的幸福。但目前对他来说，这只是一种遥远的奢望。时空阻隔着一切，现实折磨着心灵。生活是残酷的，他和她必须拼搏。书，是他们通往幸福的一座神奇的鹊桥。他们拥有共同的爱好，他们都在为梦想而奋斗。

昨晚，她对他敞开心扉，倾诉了内心的一些真实想法。她懂得自己有时在逃避现实，而未来像是一座大山压得她喘不过气来。

当他写完一篇文章给她看时，她忽然略带伤感地反问："你知道我多久没有写文章了吗？"

"两个月了。"他了解她的情况。

“嗯。我的朋友都疑惑地问我为什么这么长时间不写作呢。”

“你可以静下心来去写写。”

“哎，没有心情，没有灵感……”

“调节一下，不要让压力左右自己。”

“上次考试没有通过，我一直感到失落，时常烦躁。再过三个月又要考试了，我压力很大，再考不过我都不想考了……”

“别那么消极，心理暗示很重要，多一些正能量，正面激励，我相信你这次肯定能考过的。”

“希望吧。”

“时间不多了，我们都要抓紧时间，看书学习。”

“嗯。”

梦想在召唤，快马扬鞭，勇往直前。梦想是她心里的一轮高悬的火红的太阳。她喜欢观看湖南卫视播映的《我是歌手》，一群心怀梦想的人在这里超越梦想。她羡慕着别人的梦想，憧憬着自己的梦想。她在内心动情地呐喊：“再见了《我是歌手》，你们在超越梦想的旅程上，而我还在实现梦想的路上，所以我必须和你们说再见了，因为我要比你们更加努力拼搏！”

他总是支持、鼓励她不断逐梦。他们是为了梦想而活的。他们规划着美好的未来。他愿意和她一起携手同行。

整整一天，他一个人待在房间。爱，是他心中燃烧的火种。一想到她，他的心中就溢满甜蜜。她纯真的笑容照耀着他的清冷的心。在这个人世间，这是他绝望中的最后的救赎。感受着强烈的爱，他的内心体验着格外的孤独。她是敏感的，他内心的阴晴圆缺调控着她脸上的喜怒哀乐。这是他的荣幸。

她一向对自己的期许很高，想要不断地成就自己。“过去美好的一切，都是回忆，未来再也不会有……未来只要做好自己。”

他想紧紧地抓住一份真实而真挚的爱。一份，就已经是最大的恩赐。这是立足生活的根，这终将蓬勃成一棵枝繁叶茂的大树。然而，此刻，他的心里却是沉甸甸的。

自从和她在一起，一种沉重的紧迫感一直纠缠着他。时间流逝得越发可怕，生命显得越发荒寒。何以自处?! 白昼在纷乱地狂舞，黑夜在枯寂地沉默。一个个日夜撞响悠远的晨钟暮鼓，掀起汹涌的惊涛骇浪。

黎明在撕心裂肺的呼喊中诞生！

路上惊魂

天边的一抹夕阳疼惜地凝望着她，露出了嫣然的笑容，她的脸颊顿时荡漾开一片红晕。她的孤单的娇弱的身躯被夕阳勾勒出一幅楚楚动人的剪影。

她步履匆匆地行走在回家的路上，含情脉脉地注视着遥远的天边，喃喃自语："夕阳，谢谢你每晚送我回家。"话音刚落，一片漆黑如墨的阴暗转眼间遮住了整个天际。她眨着纯真的眼睛，好奇地探寻着这诡谲的变化。咦，夕阳呢？真奇怪，它怎么忽然就消失了呢？

一边思忖着，一边前进着，她觉得大自然踪迹缥缈，真是神奇呀。一条悠长的下坡路在她的脚下渐渐伸展开来，一直伸向无穷无尽的远方。路上静悄悄的，路灯灰蒙蒙的。一个模糊的人影朝着她快步走来。好熟悉呀，她隐隐感到迎面走来的是熟人。

人影走近，她突然像是被点了穴道，呆呆地站立着，她的脸上呈现出一副痴迷的神情，又转化成一副惊恐的模样，目瞪口呆，失魂落魄。突然，一声清脆的尖叫刺破岑寂的大街："鬼呀。"

"别乱喊，是我呀，我来接你了。"一个深沉的声音悠扬地飘起。

因为惊吓，因为身体的缘故，她差点摔倒在地。这亲切的声音像是一双强劲有力的臂膀把她稳稳地扶起。惊魂未定，她赶紧伸出双手揉了揉眼睛，两潭清澈的泉水里倒映出他沉静的脸孔。她使劲地摇了摇头，不敢相信眼前站着的竟然是他。

“真的是你？君？”惊恐里绽放出惊喜。

“是我，我来了。”热忱中透露着热烈。

“你吓死我了——但你怎么会在这里呢？”惊喜幻化作惊恐。

“你刚才不是发来微信让我过来接你吗？”热烈伴随着热忱。

“是呀。不对！可是……可是你在深圳，离我这里一千多公里呢。”她有点语无伦次。

“天晚了，你一个人回去，我不放心，专门飞过来的。”他说得情真意切。

“过来也不提前告诉我一声！”她的妩媚的小脸蛋上溅起了娇嗔。

“我来了。”他的目光燃烧着。

“烦死了。”她的身体颤抖着。

“我来了。”他的声音哽咽着。

“你怎么到现在才来?!”她的情绪顷刻间失控，双手紧紧地攥着，敲击着他。

“我不想离开你，一刻都不想离开你！”他的热血刹那间奔腾，双手紧紧地握着，安慰着她。

她不想多去探究事情的原委，只要他能够陪伴在她的身边。和他在一起的日子，是那么温馨甜蜜，又是那么转瞬即逝，每一个场景，每一次相处都清晰地贮藏在她的记忆深处。自从他离开以后，她才发现她对他的思念是那么刻骨铭心，那么难以割舍。几回相逢，魂牵梦萦。

“你这次不走了吗？”她忽然软语绵绵。

“…………”

“我们这次不再分开了吗？”她顿时娇羞连连。

“…………”

“你在哪里呢——”她骤然无比震惊地发现自己正独自待在路上，痴痴地凝望着眼前的一棵树。一阵痛彻心扉的哭泣在她的内心里默默地孕育……她喃喃自语：“大自然踪迹缥缈，真是神奇呀……”

夜已经深了，人们都已沉沉睡去。她静静地躺在床上，打开手机，翻开微信。他的头像依然是那么亲切。他的声音依然是那么温和。

“回家了吗？”他关切地询问。

“没有。”她认真地回答。

“天晚了，注意安全，早点回去。”

“嗯，七点走起。”

“很想你！”

“来接我。”

“马上飞到你身边，陪伴着你！”

一切都只是她的幻觉。然而，她宁愿沉醉在这迷人的幻觉里。她把棉被紧紧地裹了裹，她的眼睛缓缓地闭合。恍惚间，他深沉的声音又回荡在她的耳畔：“我来了……”

相遇·奇迹

这是一个悠闲的日子，你原本打算自由地度过这一天，没想到竟与那么多人不期而遇，让你不由得感慨万千。

昨晚，当你正沉浸在自由的幻想中时，手机铃声忽然响起，一个朋友打来电话，开门见山地希望你今天上午能去他那里上语文课。朋友开了一家自己的培训机构，最近你和他忙着各自的事情，已经很久没有联系了。此刻，面对盛意的邀请，你只能爽快地答应，并且心怀感激——感激你和他的相遇，造就了你们共事的机会。

你早早地来到朋友的培训机构，还没有走进门就望见客厅里坐着一个瘦小的人。他安静地坐在椅子上，手里捧着一本书，看得津津有味。凭直觉，他是这里的一个代课老师。你主动和他搭讪寒暄，你言我语，他的形象突然在你的眼里变得高大。瘦小的身体里竟然蕴藏着一个强大的灵魂。他对生活和人生的感想，与你不谋而合却又超乎寻常。他就这么静静地坐着，你一时感到无所适从，一味揣摩着相遇的偶然。

顺利地上完课，朋友热情地请你吃饭。一家餐厅恭迎你们的到来。人声鼎沸，菜肴飘香，陌生的人说着陌生的话，好奇的你睁着好奇的眼。放眼望去，一个熟悉的面孔闯入你的视线。哦，老朋友也在这里呀！你不假思索地迎面走去，欢快地表达你们相遇的惊喜。他是你的同行，也是你的老乡。身在异地，老乡总是格外亲切的，更何况你们已经相识三年了。他是一位优秀的老师，从教二十多年，你总能从他身上学到一些未知的东西。平时他很少到这边来吃饭，不知从哪里吹来的风把他吹到了这里。他的面前正坐着两个人，想必他们也是老师。他不容推辞地让你一起入座。你只好征询那个朋友的意见，一起和老乡共进午餐。边吃边聊，言谈中他介绍你认识了那两个老师。似乎恍若梦中，你和他们就这么相遇了，你们的相遇是多么巧合呀。

下午的时光终于完全属于你。你的手中提着一个沉甸甸的袋子，匆匆地来到龙岗图书馆。归还了上次借的五本书，你又一次遨游在书的海洋里。与一本本书的相遇竟是那么神奇。你的手抚摸着一本本冰冷而火热的书，你的心驰骋在一个个广阔而深邃的世界。每一段文字，每一幅画面都不请自来地进入你的大脑，与你的心灵相遇，让你喜不自禁。

你觉得生活真是太不可思议了！你感到生命真是充满了趣味！你行走在这个人世间，总在不经意间，会与一个人相遇。人世间万事万物中，只有人最能让你惊叹生命的奇迹。有些人出现在你的生活里，一旦出现就难以忘记。你常常感到奇怪，为什么在这个时候，偏偏安排这样一个人来与你相遇呢？你常常陷入困惑，百思不得其解，芸芸众生中，为什么遇到的就是他？

与一个人的相遇，与一场雨的相遇，甚至与一棵树的相遇，都是那么神秘莫测，那么妙不可言！每一次相遇都是一个奇迹，让你难以猜测的同时，情不自禁地对生活、对生命充满了狂热的痴迷！

内省与自救

“内省”这个词真是太妙了！随着在人世间生活的不断深入，我越来越感到内省的难能可贵以及玄妙神奇。

我最早接触“内省”这个词是在阅读孔子的《论语》时。子曰：“见贤思齐焉，见不贤而内自省也。”孔子的这句话曾经让我久久地陷入痛苦：内省以后带来的是无穷无尽的自卑和自责。所以，我一度沉沦在内省中难以自拔，逐渐养成了孤僻的性格。

俗话说：久病成医。在内省中沉沦得久了，我却日久生情地喜爱上了内省。常常沉醉在一片内心的世界里，伸展开一对无拘无束的翅膀，自由自在地飞翔。内省给我送来了意想不到的恩赐：心灵的自由。这是我在内省中的自救。于是，我对内省充满了由衷的感激。

整个学生时代，我都是一个沉默寡言的人，外表波澜不惊，所有的语言都化作了滚滚的水流在内心深处汹涌澎湃。我喜欢独享一个内省的世界，为别人所不知，为自己所惊喜。学习中的种种挫折以及精神上的种种打击，都在内省中悄然羽化成一次次生命的自救。读书，作为一种内省的方式，理所当然受到我最痴情的爱慕；情不自禁，我与书早已私订终身。

进入社会以后，在漫漫无期的独处中，我在内省中静静地体味着生活，感悟着人生。我的生命自然而然地烙上了内省的印记，永远难以割舍。这是一条光荣的荆棘路，行走在这条路上，生命变得沉重而轻盈，我一次次绝处逢生，享受到一种凤凰涅槃的自救的快感。

我总觉得一个人如果不能够与内省相伴，那么他的生活必然是一团乱麻，他的人生必然会黯淡无光。在我们还是孩童时，内省往往是混沌未开或者不自知的，孩子缺乏内省的能力。我现在从事的作文培训工作是与孩子密切相关的。在与孩子的接触中，我总能感到孩子对于自己所犯下的错误并没有清醒的认识。每当我指责一个刚刚因为和同桌打闹而扰乱课堂秩序的男孩子时，他常常噘着小嘴巴，委屈地为自己辩解：都是同桌惹的祸。每当我先单独指责他的错误时，他常常红着眼珠子，伤心地为自己辩驳：为什么不先教训同桌呢？他不会去内省自己：到底我的错误在哪里？我怎么不先管好自己呢？失去了内省，他变得自私而烦躁，由此更加伤害了自己。我在工作中，自然也接触了形形色色的成人。在与他们的交往中，内省犹如润滑剂，会让彼此的关系更加融洽，而不懂得内省，我们就像是浑身长满刺的刺猬，总在不经意间刺伤别人。现代生活的快节奏，让我们每一个成人都忙于物质生活的追逐，而疏远了精神生活的内省，这样一来，我们在忙碌的生活中，却让心灵日益荒芜成一片根除不掉的野草地。

“内省不疚，夫何忧何惧。”孔子说得真是妙极了！只要我们每一天在内省不疚中度过，我们就能获得身心的平静与强大。在每一天的生活中，我们随时进行内省，清楚了解自己的想法，在内心里揽镜自照，审视自己的内心世界，无愧于心，自无忧惧。“吾日三省吾身。”这是儒家提倡的修身养性的法宝。反省自己的行为，省察自己的思想，这是一种崇高的道德修养。孔孟先贤已经大力倡导，今人岂能熟视无睹？

内省作为一种心理能力，被心理学家所推崇。通过内省来进行精神分析、心理治疗，效果往往出奇制胜。瑞士心理学家和精神分析医师荣格对内省格外重视。他经常内省，分析自己的内心和梦境，让自己摆脱了无休无止的梦魇的折磨，克服了纷乱错杂的心理障碍，从而自信地迎接黎明的晨曦。也是在内省中，他的关于心理学的著作才得以孕育和诞生。荣格在内省中写道：“各种奇怪念头不断从我头脑里溢出，我尽力不迷失自己的头脑，试图找到一些方法去理解这些奇怪的东西。一定要找到我正体验到的奇怪经历的含义，对此从一开始我就没有怀疑过。当我忍耐着与这些无意识搏斗时，我坚定地深信：我正屈从于更高级的意志。”内省让我们战胜黑暗，把我们引向光明。倾听自己的内心，只有在内省中才能找到心灵的平静。

那些优秀的人物都是拥有强大的内省能力的，都是善于进行内省的。作家鲁迅说：“我的确时时解剖别人，然而更多的是更无情的解剖自己。”在永不停止的内省中，我们便拥有了内省的力量，才能在错综复杂的人世间进行自救，才能与一切假恶丑展开斗争，才能书写文学的情感与理智、抗争与呐喊！内省是一切创作的源泉。作家巴金在内省中写下了振聋发聩的《随想录》，法国思想家卢梭在内省中写下了震古烁今的《忏悔录》，俄国伟大的文学大师列夫·托尔斯泰在他的痛苦而深沉的内省中写下了流芳百世的《复活》!

内省是生命的奇迹。内省是对生命的自救。在内省中，我们的灵魂得到净化和升华，我们的精神得到洗涤和丰盈。在生活中，只有善于内省的人才能拥抱一个个辉煌的黎明。忙碌而浮躁的人生啊，只有在内省中才能拯救我们的身心哪!

缅怀愤怒

提起愤怒，所有聪明人都应该会避而远之，愤怒是一种缺乏教养的不良情绪。“制怒”被我们所推崇。于是，我们随处可见这样的人：不敢愤怒、不愿愤怒，甚至不会愤怒的现代文明人。然而，我的内心奔腾着一股愤怒的力量，我从来没有像此时此刻这样对愤怒怀着深深的敬意。我缅怀那日益稀少的愤怒。

作为一名老师，面对一群学生，言传身教是格外重要的。老师的温文儒雅、平和宽容带给学生的将是潜移默化的幸福。一个对学生发火的老师是惹人讨厌的，老师的愤怒破坏的只能是自己在学生心中树立起来的美好形象。没有老师愿意随意向学生表达愤怒的。但我在作文教学中，却遭受过愤怒的侵袭，虽然它像是一缕青烟，飘然而至，又缥缈难觅，但是它却实实在在地蹿上我的心头，阴魂不散。这是怎样的愤怒呢？

每当我讲解一个重要的知识点时，我都会莫名其妙地充满兴奋，希望这一点能被所有学生一丝不漏地掌握。而这时，一个调皮的学生或者一个走神的学生突然闯入我的眼帘，像是条件反射一般，我的心会倏然一惊。当我立即温和地提醒他注意听讲时，他依然表现出一副漫不经心的模样，在一种由于他错过这个知识点而导致本节课的作文不能顺理成章地完成的焦虑中，我内心的愤怒便像火苗一样嗖地腾起。这样的愤怒顷刻间会转化为一种严厉的警告。

这样的愤怒常常会搅乱我内心的平静，但我不由自主地被这样的愤怒裹挟。难道这有必要吗？伤害了自己，破坏了形象，招惹了讨厌，似乎得不偿失。平心静气自然是可以的，熟视无睹自然是无碍的，可是内心深处却滋生了一丝愧疚。这样的愤怒到底有无裨益？

我不由得想到了我学生时代的一位老师。他是我高三时的语文老师。面对如火如荼的高三，我们没日没夜地跋山涉水，快马加鞭，语文老师更是策马扬鞭，心急如焚。每当上课讲到重点时，语文老师都会不厌其烦地强调，以便加深我们的印象。然而，一些自暴自弃的同学总是置若罔闻，语文老师的叮嘱常常如同小石子投入一口枯井，激不起任何的回响。一种恨铁不成钢的愤怒顿时蔓延上来，语文老师一手摸着自己的心口，专注地凝视着我们："我生气又有什么用呢？只是气坏了我的身体，你们还是老样子。但我又不得不说你们！不管你们听不听，我总是要说的！"这样的愤怒在我的内心里刻下了永不磨灭的烙印。我总觉得这是一种难能可贵的愤怒，这样的愤怒即使历经多年也会让我一旦想起就肃然起敬。我缅怀这样的愤怒。

在当下社会中，愤怒的人似乎已经成为珍稀之宝。四平八稳、左右逢源是人们追求的处事原则，坚守中庸之道，人们哪里会愤怒？即使在适当的场合需要表示一下愤怒，人们也是"发乎情，止乎礼"。愤怒只能是莽夫干的勾当！但我喜欢这样的莽夫！

“怒发冲冠”是南宋抗金名将岳飞的愤怒，“冲冠一怒为红颜”是明末清初将领吴三桂的愤怒，“我要扼住命运的咽喉，它绝不能使我完全屈服”是德国音乐家贝多芬的愤怒，“我的作品就是我的肉体和灵魂，为了它我甘愿冒失去生命和理智的危险”是荷兰后印象派画家凡·高的愤怒。这是一种热血性情。这样的愤怒能够激发我们身体里蕴藏的巨大的力量。

我喜欢的作家鲁迅是一个懂得愤怒的人。他的身上弥漫着一种不合时宜的愤怒。这是一种鹤立鸡群的孤愤，这是一种仰之弥高的魏晋风度。鲁迅在小说《孤独者》中借主人公魏连殳的形象写道：“我快步走着，仿佛要从一种沉重的东西中冲出，但是不能够。耳朵中有什么挣扎着，久之，久之，终于挣扎出来了，隐约像是长嗥，像一匹受伤的狼，当深夜在旷野中嗥叫，惨伤里夹杂着愤怒和悲哀。”这样的愤怒中分明夹杂着悲哀的长嗥，在深夜的旷野里独自嘶鸣。这是让人震惊而感动的。

“勇者愤怒，抽刃向更强者！”鲁迅大声地呐喊：“我已经出离愤怒了！”面对邪恶势力，他毫不留情地发出强烈的诅咒，面对众生疾苦，他痛彻心扉地寄予深切的同情。这样的愤怒的背后蕴含的是深沉的爱，只有饱蘸爱的愤怒才是充满力量的，才是永垂不朽的！我禁不住缅怀这样的愤怒！

忍耐：通向幸福的捷径

一个一起在深圳奋斗的老朋友——朱有鹏在和我闲聊时谈起他和爱人之间的一些小矛盾，一番感慨以后，他如有所悟地总结道："两个人相处，难免会闹矛盾，必定要一个人忍耐，才能平息如初。忍耐会吃亏，但事后关系和谐了，就会觉得忍耐是值得的，吃亏也成了福气。"

朋友的感悟来自切身的生活体验，发自内心的感情表白，流露着他对爱人的一种真挚的爱——这是一种忍耐的爱。这样的爱让我大为感动，这样的忍耐让我深表赞同。随着在人世经历的丰富，世事洞明以后，我们渐渐体会到忍耐的难能可贵。忍耐是一种深沉的爱。《圣经》中说："爱是恒久忍耐，又有恩慈……凡事包容，凡事相信，凡事盼望，凡事忍耐。"能够懂得忍耐的人，就是懂得爱的人。

在忍耐中，我们能够更深层次地感受到爱的甜美。无论爱情还是友情，忍耐都是必不可少的调和剂。因为个体的差异——性格的冲突、思想的碰撞、心灵的感受，在不同程度上将会导致两个人之间的矛盾。这样的矛盾原本起于微末，一阵风便可以烟消云散，但由于人心的作祟，我们往往纠缠不休，以致愈演愈烈，造成一次战争的爆发。始料不及，我们的心灵遭受着重创。静心细想，原来都是无理取闹，徒惹烦恼。这又是何苦呢？这时，忍耐便是歼灭烦恼的重型武器。拈花一笑，矛盾弹指间灰飞烟灭；爱人破涕为笑，朋友肝胆相照。岂不快哉！每一个人都携带着与生俱来的缺点，忍耐别人的缺点是人生的一种极高修养。相互忍耐，和谐无碍。在这种忍耐的爱里，对方的缺点自然而然地会化为一个个可爱的优点；每一个人将因他的缺点而变得楚楚动人。忍耐像是一缕温煦的阳光，照亮我们黯淡的心灵，唤醒我们蛰伏的爱意。忍耐让我们轻而易举地享受到爱的滋润。

我的一个朋友不久前在深圳龙岗开办了自己的培训机构。受邀给一个初二的学生进行一对一语文辅导时，我好奇地询问他："现在你这里的学生多吗？""不是很多，"朋友直言不讳地说，略微停顿了一下，"这个事情急不来，这不是靠大肆宣传就能马上解决的。沉住气，需要忍耐。关键要有好的老师，先把学生教好，生源慢慢会增加的。"朋友做事相当沉稳，深谙欲速不达、忍耐功成的道理。

追名逐利，是多数人生活的一个目的；功成名就，是多数人生活的重要意义。在通往它们的路上荆棘丛生。人生不如意事十之八九，驶向成功的彼岸从来都不是一帆风顺的。我们必须经历磨难，甚至体验痛苦。很多人在磨难的打击中，前功尽弃；少数人在痛苦的洗礼下，羽化成蝶。如何面对这些磨难与痛苦呢？忍耐就显得尤为重要。

虚名和利益像是千娇百媚的美人，常常向我们抛来媚眼，引诱着我们躁动不安的心思，操纵着我们急功近利的心态。如果我们不去忍耐，那么乱花渐欲迷人眼，面对诱惑，我们就不由自主地迷失自己、背离成功。

这两年来，我每天都在坚持写作。在长期的坚持中，我逐日浸泡在忍耐里，水深火热。每一篇文章都希望能够达到理想的水平，获取文学的青睐。有时自尊心作怪，我难免想入非非：把文章分享给别人，期待赢得别人的赞赏。这样一来，我的心就被紧紧地绑缚在一个沉重的大石头上，不但没有享受到写作的收获，反而沦落为写作的奴隶。我们在做事时收获的每一点成就不免期望获得别人的认可，别人的眼光和评价像是牵系风筝的那一根线，有时会紧紧地纠缠着我们的心。如果我们不能够忍耐寂寂无闻的寂寞，那么我们的心就被终日镇压在五行山下，失去梦寐以求的自由。

控制自己的心灵，守护自己的内心，抵御外界对我们的各种侵蚀，忍耐诱惑，忍耐寂寞，忍耐坚持……一颗脆弱的心在忍耐里不断淬炼，终于百炼成钢。一个懂得忍耐的人必定是拥有大智慧的。忍耐能让我们睁开一双火眼金睛，拨开云雾见青天，拂去冗杂的蛛丝，看清事情的本质，勇往直前，最终顺理成章地迈向成功的彼岸。

“大忍大益，小忍小益，不忍不益，忍耐的过程是辛酸苦涩的，忍耐的结果是美好喜人的。”忍耐，让我们享受爱，让我们迎接成功。忍耐是通向幸福的一种捷径。浸泡在漫无边际的忍耐里，我们终将深深地拥抱源源不断的甜蜜幸福！

托尔斯泰的朴实

一幅油画突然映入我的眼帘，它如同带有魔法一般紧紧地吸引着我。我目不转睛地凝视着它——

两匹高大的白马，一个健壮的老人，一片肥沃的土地。瞧！那是一个怎样的老人呢？深蓝色的外套透露着陈旧，白色的帽子显示着寒酸，脸上的白胡须混乱地迎风飘舞，黧黑的脸庞透露着劳动的辛苦。他表情肃穆，双手有力地紧握着木犁，正在一丝不苟地犁地。

他分明就是一个地地道道的老农民哪！然而，就是这个看似普通的“老农民”却以他巨大的精神魅力，深深地攫住了我的灵魂！他到底是谁呢？

这幅油画的作者是俄国著名的画家列宾。他的《伏尔加河上的纤夫》早已深入人心，而他的这幅油画——《托尔斯泰在耕地》却没有被多少人关注。对！他就是托尔斯泰——俄国最伟大的作家！

久久地凝视着这幅油画，头脑中思索着那个伟大的灵魂，我一下子感到心灵的震颤和洗礼。那手握木犁的形象，在蓝天白云的映衬下，沐浴在一片灿烂的阳光中，照亮了我混沌的灵府。

“无可否认的是，这个出身于名门望族的男子长相粗劣，生就一张田野村夫的脸孔。”这是一位多么朴实的老农民啊！而同时，这又是一位多么伟大的人哪！朴实在他的身上被诠释得淋漓尽致。朴实在他的身上绽放出的光芒足以让人们如获新生。

列宾为了画出这幅画足足准备了三个月。他每天躲在一条壕沟里，靠沟沿上的灌木遮挡着偷看托尔斯泰犁地。正是因为列宾的用心良苦，才得以让我们目睹托尔斯泰的生活情景，才得以让我们领略一个伟大的人的朴实——这个真正的精神贵族说：“哪里没有朴实、善良和真理，哪里也就谈不上有伟大。”

成为普通人，一直是托尔斯泰所追求的。但是，他却出身贵族。最让托尔斯泰深恶痛绝的也正是他的贵族身份。他义无反顾地改变了自己的贵族生活，根绝一切享乐，自己去锯木、煮汤、缝靴子，他要用自己额上流着的汗水来换取生存的面包。

他拥有自己的庄园，但他早早地解放了庄园里的农奴，还把属于自己的土地转赠给农民。“有时，他沉迷于慈悲的幻梦中。他曾想卖掉他的坐车，把卖得的钱分给穷人，也想把他的十分之一的家财为他们牺牲，他自己可以不用仆役……因为他们是和我一样的人。”他把自己看作他们中的普通的一员。

他一直想做一位朴实的农民，这几乎成了他朝思暮想的心结。在 82 岁时的一天，他忽然离家出走，想去当个农民，过一种自食其力的生活，在普通的劳动者中间度过晚年。他到临死都信奉：“劳动，只有在劳动中才包含着真正的幸福。”成为朴实的劳动者，是他最大的光荣。

有一次，托尔斯泰路过码头，被一位贵夫人当作搬运工，叫过去扛箱子。他毫不犹豫地为贵夫人搬运完箱子，还得到了5戈比的奖赏。这时码头上有人认出了托尔斯泰——他的大胡子和身上那件自己设计的“托尔斯泰衫”是他独特的标志。于是许多人围拢过来向他问好，那位贵夫人见状无地自容，还想要回那让她蒙羞的5戈比。但是托尔斯泰郑重地拒绝了：“这是我的劳动所得，我很看重这个钱，不在乎多少。”

俄国戏剧教育家斯坦尼斯拉夫斯基曾经说：“真实与朴实是天才的宝贵品质。”“朴实”的确是托尔斯泰天才的自然流露。托尔斯泰正是以他的“朴实”更加让我们汗颜、让我们敬仰！托尔斯泰的朴实是他光辉人格的集中展现。这个被誉为“全人类的骄傲”的作家，正是以他的朴实，使得他的精神世界显得更加丰富、深邃以及博大。

怀念与思索

“踏青”一词从昨天到现在一直萦绕在我的脑海里，挥之不去。昨天给孩子们上作文课前，我收到学生家长发来的几条短信，内容都表达了同一个意思：我们一家人外出踏青了，今天的作文课请假。踏青，这个词一瞬间诱惑着我的心。这样的闲情雅致对我来说是一种可望而不可即的奢侈的享受。从小到大，我从来没有在清明节踏青的经历。

作为一个在农村里成长的孩子，在我小时候的记忆里，清明节只意味着上坟。上坟是清明节里的唯一活动。每到清明节，我就知道该去上坟了。

记得那时，清明节的前一天下午，父亲通常会叫我到村子里的一户人家去购买一些冥币——上坟的主要内容就是在坟前焚烧冥币。那户人家的堂屋里摆放着琳琅满目的冥币，一摞摞厚厚的冥币刺激着我的眼，让我仿佛置身在一片虚幻的境地里。户主热情地递给我一大摞冥币，笑呵呵地说：“这个面值大，给亲人多送一些，花起来爽快。”冥币上赫然写着一亿元。这么多的钱让我感到眩晕，在阴曹地府生活可真不容易，花销真大呀。在我懵懂的意识里，亲人的确是在那个世界里生活着。那是一个未知的世界，我充满着无限的好奇。

到了清明节这天，吃过午饭，我和父亲就会拿着一摞摞冥币走去远离家两里路的奶奶的坟地。我乖乖地跟着父亲走向坟地，什么也不多想，只觉得这是理所当然要做的事，这是千百年来约定俗成的事。奶奶的坟地坐落在三伯家的田地中间，陪伴它的是大伯的坟地——我的大伯去世得早，虽然我没有见过他，但在我的认识里他是一个了不起的人物。两座坟地相对而望，一对母子相依为命，守望着沧桑岁月，依恋着悠远亲情……

通常，大伯的大儿子会带上他自己的两个儿子前来上坟，不约而同，我们相聚在一起。三伯常年驻守在这里，一座简陋的房子伫立在地头，迎接着亲人们的到来。大伯的小儿子也会如约而至。一大家子人便集体来到奶奶的坟前，高高低低，依次排列，齐刷刷地跪下。一个个脑袋沉重地低下，一摞摞冥币乖巧地躺在地上，一根根火柴潇洒地舞在空中。火苗腾起，冥币燃烧。一张，一张，我们慢条斯理地捏着冥币，直到它们燃烧殆尽。每一张冥币里都寄托着我们深深的思念，都映照着一幕幕的往事。伴随着冥币的燃烧，我们在重温过去美好的记忆。我们都郑重地跪着，沉痛地叩头。一次次叩头，送给奶奶——送给大伯。我呆呆地跪着，机械地叩头，整个上坟过程一声不吭，满怀敬畏。与此同时，一个现实的问题悄悄地在我的脑中滋生：那死去的亲人为什么能让活着的我们如此谦恭而怀念呢？

随着年龄的增长，奶奶和大伯的形象在我的心里渐渐变得模糊。随着知识的增长，我在内心对清明节上坟的事产生了抵触。对于上坟，我进行了一番新的思索。我自以为是地坚信人死如灯灭，逝去的将永远追寻不回来了，即使再深的思念也是徒惹烦恼、回天乏术、于事无补。尽管每个清明节我依然陪伴着父亲去给奶奶和大伯上坟，但我的心里叹息着这样的行为是多么无助而空洞啊。奶奶和大伯早已离开了我们，我们可以在内心深处为他们保留一块思念的地方，但清明节上坟又有什么意义呢？焚烧了冥币，难道他们就能收到吗？难道他们真的还在另一个世界快乐地活着？难道活着的我们还要一直操心死去的他们吗？我们岂不是杞人忧天？孔子老人家说过："未知生，焉知死。""敬鬼神而远之。"死何必去多想呢？我们安心活着吧。这些想法一度侵占了我的头脑。自以为饱读诗书、看透世事的我对人们的上坟不屑一顾，甚至冷嘲热讽。

走出了农村，走进了社会，感受着生命的幻灭，体味着生活的艰辛，这几年的清明节我都是在深圳独自度过的，身在异乡，不再与父亲一起上坟，远观往日，我忽然意识到我那时的那些想法是多么冷酷且可怕、是多么荒诞且可笑哇！我似乎以一个觉悟者的身份高高在上地评价人世间的祭祀活动，嘲笑着人们寄托思念的方式。难道人们会不知道死亡剥夺了一切吗？为什么人们明知道上坟只是一种形式还要常年坚持这种做法呢？

"未知死，焉知生"！死的降临，刺伤了人们的情，惊醒了人们的心。在人们生的幸福上笼罩着一层死的阴影。怀着对亲人的死的悼念与恐惧，活着的我们感受着悲哀，表达着敬意。上坟就是一种最深情的表达。它给无奈的人生赋予一股力量，它给无助的人们增添了一丝慰藉。法国思想家伏尔泰说："即使没有上帝，我们也要创造一位上帝！"也许这是我们面对神秘莫测的人生的一种最强有力的挣扎与救赎！！

害怕与抗争

“我把糕点店的一张卡弄丢了。”她忽然向我诉苦，满脸流露着委屈。

“不小心！——既然已经丢了，那就算了。”我一边责怪她，一边安慰她。

“今年本命年倒霉得很!”她不禁抱怨起自己在“本命年”的悲惨遭遇。

“不要迷信抱怨本命年，自己小心，万事正常。”我告诫着她，希望她做好自己。

“你说我过年到现在，出了多少事呀。”她为自己辩解，力证“本命年”才是一切倒霉的罪魁祸首。

“巧合，运气，中彩……”我故意说一些轻松的词来缓解她的情绪。

“唉……”她依然深陷在自己“本命年”的沼泽中难以自拔。

“乐观一些。心理暗示，多想好事，本命年也可以是福气!”她的叹息刺激着我柔软的心，我不知道应该怎样去更好地安慰她。

从年初进入本命年，她就变得惶惶不可终日，关于本命年不顺心、爱出事的论调已经侵入她的大脑；本命年像是洪水猛兽向她劈头盖脸地袭来，她的心里充满了驱之不去的害怕。背负着这种先入为主的思想包袱，在每一天她都莫名其妙地感受着外界的种种侵害——或轻或重，成为生命不可承受的压力。

其实压力并不是来自外界，只源于她内心的惶恐。对于生活中那些即将来临、不可预测的事情，她没有十足的把握去轻松应对。一颗敏感的心在不经意间饱受着无处不在的折磨。本命年作为一个不吉祥的代名词，理所当然地成为她超脱现实、拯救自己的避难所。潜意识里认定一切都是本命年惹的祸，她的心里会获得暂时的平静、慰藉。

一想到又一次参加一个完全没有胜算的考试，她就感到一种面临生死考验般的折磨，害怕、恐惧始终裹挟着她的身心。她不知道要怎样改变失败的结果——这只是她一厢情愿的臆想。经受着多次的失败，她对成功减少了期待。冷酷的现实又向她抛来一次一次的白眼。她想过逃避，让睡觉遮盖一切，在无所事事中自我麻痹。但她懂得这是掩耳盗铃，自欺欺人，逃避不能改变任何事情。

虽然本命年犹如一个陷阱等待着她惊慌失措地跌落，但是她与生俱来对命运施加的一切都怀着深深的怨怼与愤怒。诚然，她忐忑不安地害怕命运，但又不屈不挠地抗争着命运。

也许正因为命运的捉弄，给她的心灵笼罩上一层自卑的荫翳，与此同时反而激发起她非比寻常的自尊。她想要维护自己生命的尊严，她想要展示自己生命的坚韧，她想要做自己生命的主角！抵御着外界的侵袭，躲进内心的堡垒，她对自己痛下狠手，与命运进行殊死的抗争："成功的唯一方法就是切断自己所有的退路，背水一战！”

她一直怀着梦想——一个平凡的女孩拥有一个不平凡的梦想，梦想是她生命的一个强有力的支柱，赋予她挑战命运的源源不断的力量。就像德国伟大的音乐家贝多芬一样，她也要扼住命运的咽喉，命运绝不能使她完全屈服！她愿意用整个生命来实现自己的梦想。坚守着自己的爱好，她梦想做一名优秀的心理咨询师，探寻心灵的奥秘，感悟生命的奇迹，并写出属于自己的故事，写出属于人类的故事。

没有人比她更能体味到害怕的折磨，没有人比她更能展示抗争的奋斗。她害怕命运，源于命运对自身特殊的“恩赐”；她抗争命运，源于命运对生命的束缚。她觉得命运像是操控一切的上帝，掌管着人们的祸福荣辱。面对强大的命运，她在无数个黑夜独自仰望星空，独自坚定信念，独自长途跋涉……

然而，她只是一个弱小的女孩呀！她是那么单纯，她是那么脆弱——身体的缺陷与心灵的敏感加剧着她的脆弱！虽然她总是笑口常开，给别人送去一缕缕温煦的春风，但她的心灵却终日浸泡在痛苦之中！在每一个漆黑而幽静的深夜，她常常独自舔舐心灵的伤口，她希望有一天能笑着说出那些曾经让她哭的瞬间！

命运不断地吐丝结茧，把她牢牢地囚困在生命的监狱里，但她正在积蓄抗争命运的力量，一点一点，终将会破茧成蝶，自由地飞翔在蓝天白云之间……

落寞的怀念

一种落寞的情绪忽然侵袭我的心灵，像一块沉重的石头紧紧地压在我的心上，刹那间让我感到生命不能承受之重。似乎为了自救，我情不自禁地陷入漫无边际的怀念中……

已经晚上 9 点 20 分，给孩子们上完作文课，我和一个男孩子的爸爸随意聊天。言谈中不经意间提到《圣经》。男孩子的爸爸侃侃而谈："《圣经》的文学成就是非常高的，里面的一卷《雅歌》，写了一些优美的诗歌。""诗歌"这个神圣而美好的词犹如一缕春风吹拂着我兴味盎然的心，又化作一把匕首刺向我日渐枯寂的心。"我很喜欢诗歌。"我禁不住向他表达自己对于诗歌的热爱，发自内心，出于真情。但刚说完这句话，我的心便隐隐作痛，我随即变得沉默了。

曾经的我是那么热爱诗歌！诗歌的天空里飞翔着我梦想的自由的灵魂。我只想拥抱诗歌，哪怕拒绝世俗！可是，现在的我呢？忙碌的生活击落了缥缈的诗情，疲惫的身心摧毁了茂盛的诗意。诗歌沦落为我心灵深处的一块蛮荒之地！

诗歌呀！哪里还吟唱着你的曼妙声音？诗人哪！哪里还高蹈着你的孤傲身影？

哦，我忽然想到他——那个诗人！那个诗歌天才！那个我曾经迷恋的献身诗歌的王！海子呀！一瞬间我多么想立即重温一下他的诗歌！怀念早已飘逝的美好的青葱岁月！

《不死的海子》啊！我的床头正摆放着这本关于诗人海子的评论文集，它是当代学者崔卫平精心编辑的书，为了怀念壮怀激烈的不朽的诗歌！书里大都是海子的一些朋友和著名文学评论家写的评论海子的文章，每一篇都从不同视角诠释了海子以及他的精神王国。这是一次精神的盛宴，我们得以领略精神的五彩斑斓。畅游书里，畅快淋漓！

诗人西川是海子的生前好友，对海子自然拥有言说的权利。这本文集里选了西川的两篇文章《怀念》和《死亡后记》，情真意切、阐幽明微，他的解说、分析能够让人信服、赞赏。西川在《死亡后记》里记叙了诗人海子的一个场景——

有一次海子走进昌平一家饭馆。他对饭馆老板说："我给大家朗诵我的诗，你们能不能给我酒喝？"饭馆老板可没有那种尼采式的浪漫，生硬地说："我可以给你酒喝，但你别在这儿朗诵。"

哦，诗人哪！你别在这儿朗诵！这儿不是你的天地！——这个世界上哪里才是你的天地呢?！我的心被深深地刺痛了。纯真的诗人希望给世人朗诵他的诗歌，却遭到拒绝；寂寞的诗人希望与世人交流，却无人欣赏……

无人欣赏！谁能欣赏?！不！总会有人能够欣赏！总会有人还在怀念！急不可耐，我在网上搜索着诗人海子的信息！哦！奇迹终于出现了！我意外地发现当代社会里竟然还有一些人会特意去海子的墓前祭奠他。这样一段话又狠狠地掀起了我的情感波澜——腾讯微博某博主发布微博：死鬼海子，你丫再也不用"以诗换酒"了，哥们儿给你带来了五十瓶二锅头，浇洒在你坟上，在这个阴郁的日子，让春醪把你复活。

热血沸腾，心潮澎湃，我情不自禁地流下了干涩的眼泪……

即使上帝已经死了，但是精神永生！诗歌永生！诗人永生！文学永生！沉沦在当下这个荒凉的时代，像法国作家帕斯卡尔·皮亚一样，我始终将文学置于一切之上，并认为只有一种东西高于写作，那就是：沉默。是的，我只能选择沉默！——那深不可测的沉默呀！守护着深沉的沉默，我落寞而狂热地怀念着、平静而固执地守望着……

不合时宜者的自白

看着眼前这个五年级的女孩子，想到我刚才和她的几句对话，一道灵光忽然从我的脑际划过，照耀了我的心灵，我激动得身心舒爽。

我正在给孩子们上作文课，刚转头就瞥见一个女孩子低头看书。讲到重要的知识点时，我格外反感任何一个孩子没有专心听讲。我立即警告她不许看书，必须抬头听讲。

“军君老师，难道我看书不对吗？”她伶牙俐齿地反驳。

“不是不对，只是不是时候！”我斩钉截铁地回答。

“难道你不想我们做喜欢看书的孩子吗？”她似乎得理不饶人。

“我自然喜欢你们看书。但合适的时候应该做合适的事情。”我一本正经地告诫。

她如有所悟，正襟危坐。作为学生，在上课时就应该认真听讲，这是上课的职责，是学生必须要做的事。在这个社会上，各行各业的人都有自己的职责，都应该做自己合适的事情。这是天经地义的。

然而，总有一些人会越出常规，在不合适的时候做出一些不合适的事情。往大处来说，这就叫不合时宜。不合时宜的人难免会遭人奚落。在我们中国人的思维里，审时度势、因地制宜才是高明的智慧。谁又会愚笨到不合时宜呢？

一个遥远的小故事突然浮现在我的脑海里。一天，宋代大文学家苏轼抚摸着肚皮笑问家里众侍女："我这肚子里装的是什么呢？"有人说："墨水。"有人说："漂亮诗文。"苏轼都摇头浅笑。这时，侍妾朝云说："学士是一肚子不合时宜呀。"苏轼惊呼称赞。后来苏轼亲自撰写了这样一副对联：不合时宜，唯有朝云能识我；独弹古调，每逢暮雨倍思卿。从中可以感受到苏轼对朝云的深情怀念，更能流露出苏轼对"不合时宜"的高度推崇。显而易见，苏轼就是一个不合时宜的人。他以此为荣。

纵观古今中外，诸如苏轼这样不合时宜的人不乏其人。

位居魏晋时期"竹林七贤"之首的嵇康就是一个不折不扣的不合时宜的人。他高蹈独立，不世奇才，却隐居乡野，"托好老庄，贱物贵身，志在守朴，养素全真""游心于寂寞，以无为为贵""浊酒一杯，弹琴一曲"，自由自在。

文章被誉为"有明一人"的明代文人徐渭可谓不合时宜。"半生落魄已成翁，独立书斋啸晚风。笔底明珠无处卖，闲抛闲掷野藤中。"这位青藤道人处处与人为忤，一生不合时宜，狂傲长啸，振聋发聩。

荷兰大画家凡·高毋庸置疑是一个不合时宜的人。他无求于功名，坚守于自我，在一个自由的精神世界里尽情曼舞，疯狂燃烧。

德国哲学家尼采为不合时宜者增添了一道亮丽的风景。他是一个彻头彻尾的不合时宜的人。他深有自知之明，著有《不合时宜的沉思》，早已深谙自己不合时宜的命运，必定在后世万代掀起精神的惊涛骇浪。

这是一份长长的名单，闪耀着一些光彩夺目的名字，让我高山仰止，景行行止。“泠泠七弦上，静听松风寒。古调虽自爱，今人多不弹。”我对这些不合时宜的人情有独钟！我有时宁愿做一个不合时宜的人——虽然这看上去像是我一厢情愿的单相思，但我坚守自己的选择。

文学，是我终身的爱人；写作，是我灵魂的伴侣。我愿意回归到自身与内心的孤独中，沉浸在心灵世界的苦乐里，感悟生命深处的狂喜与哀愁，获得精神境地的快乐与丰盈。以一个不合时宜者的形象，带着对人类精神的泛爱，永远在怀念、永远在探索、永远在歌吟，哪怕成为这个世界的“局外人”!

敢于冒险

一幕幕生活中的情景顷刻间浮现在我的眼前，我禁不住想入非非。

一声雷鸣把我从睡梦中惊醒，我突然翻身坐起，大雨正噼里啪啦地拍击着窗户，一阵阵狂风不断地恣意呼啸而来。我一下子情绪高昂，一种想要冲进狂风暴雨中的豪情逸致倏地漫上心头。这是一次难得的机会。我不是正在写一部小说吗？小说中不是正需要一部分描写狂风暴雨中的情景吗？如果没有亲身体验，我又怎么能够身临其境呢？我敢于冲进去吗？只要我勇敢地冲进去，我就能畅快淋漓地在狂风暴雨中尽情沐浴，体味到一种别有洞天的意境。我敢于冒险吗？

一个九年级的男孩子在和我交谈中胆战心惊地告诉我："我做什么不敢多想。有一次，我看着一张纸胡思乱想，结果陷入其中走不出来了，好恐怖！我再也不敢多想了。"他接着又疑惑地向我询问："你让我回家写那篇作文，我昨晚躺在床上，一直往深处想——本来我不打算多想的，但你让我深挖内涵，我就使劲地想，忽然想到生命的意义。结果，越想越觉得生命原本就没有什么意义！如果人活着都没有了意义，那还活着干什么？我被吓住了，不敢再多想了！"生活的体验警告着他多想会带来意料不到的恐慌，所以他不敢再多想了。然而，他敢于再去多想吗？我先为他的多想送去激励的赞扬，又循循善诱地引导他：“能够想到生命原本没有意义，这是非常可贵的。你应该继续深入地想，既然生命原本没有意义，那么我们就要给它赋予意义。只有人才能给生命赋予独特的意义。不同的人会赋予生命不同的意义。如果你想让你的人生更加精彩，你就必须赋予生命更多的意义。创造是一种赋予生命意义的最有效的方法，就像作家的写作。”他似有所悟。他敢于冒险吗？

我的一个要好的朋友曾经沮丧地对我倾诉：“我的头发掉得越来越多了，这都是平时爱思考，用脑过度的表现。一想到头发就快掉光了，我就吓得要命，所以以后不敢多用脑了。”他是一个爱好文学的青年，天赋异禀，聪慧异常，总能够随心所欲地写出一些匪夷所思的文字。但是由于生命本身带来的烦恼，他选择了一种退守的隐忍。如果想要生命的火焰燃烧得旺盛，那么他必须迎难而上，哪怕聪明绝顶！他敢于冒险吗？

敢于冒险吗？这个问题像是达摩克利斯之剑一直高悬在我们的头顶，让我们居安思危，惶惶不可终日。这是我们每一个人都必将面临的一个问题。我们敢于予以肯定的答复吗？丹麦哲学家克尔恺郭尔斩钉截铁地说：“在一个人生命的初始阶段，最大的危险就是：不敢冒险。”不敢冒险，便是最大的危险。那么，我们敢于冒险吗？

有人把人生的真谛浓缩进简单的六个字：不要怕，不后悔。前半生不要怕，敢于冒险，后半生才能不后悔，有大收获。人生中还有什么值得我们怕的呢？德国哲学家尼采的声音振聋发聩：“对待生命你不妨大胆冒险一点，因为好歹你要失去它！”每个人必然都会死亡，在死亡来临之前我们何不酣畅地让生命绽放出夺目的光芒呢？怕什么？敢于冒险！不作不活！

冒险能够给生命带来无穷无尽的乐趣，这也是很多勇敢者心甘情愿地选择冒险的理由。没有享受过冒险带来的乐趣的人，是没有资格谈论冒险的。一个人敢于冒险去往人迹罕至的地方是让人敬佩的，一个人敢于冒险去创造一个丰盈的精神世界更是让人崇拜的。有谁还敢于为自己热爱的事业献身呢？

我的脑海里闪现出一个敢于冒险的大无畏者。他是我的陕西老乡路遥，一位著名的作家。他在写完中篇小说《人生》以后，事业上已经获得空前的成就，但是他依然感到忧愁、孤独，一种想要继续创造一个庞大的新的文学世界的伟大想法始终笼罩在他的心头，尽管他在写作中体会过巨大的艰难和痛苦，但他深知人生最大的幸福也许在于创造的过程，而不在于那个结果。一种崇高的使命感驱使着他，他毅然决定冒险，重新扬起风帆，驶向创作的惊涛骇浪。“人，不仅要战胜失败，而且还要超越胜利。”“还是那句属于自己的话：有时要对自己残酷一点。”怀着初恋般的热情和宗教般的意志，他甘愿为文学创作冒险——献身！

俄国著名的文学大师陀思妥耶夫斯基意味深长地说：“谁能把生死置之度外，他就会成为新人。谁能战胜痛苦和恐惧，他自己就能成为上帝。”敢于用整个生命为自己所热爱的事业冒险的人哪，你们便是人类伟大的上帝呀！

不为物累，不为情牵

直到晚上 7 点，我才缓缓地打开电脑，登录 QQ。一个个好友图像便像是被封印在瓶底忽然得以释放的妖怪，一下子重见天日、获得自由，一个个满口喷出“吱吱吱”的声音，没完没了地叫个不停。我赶紧一一回复。

只花了几分钟，我便回复完了这些刚获自由的“信息”。这些“信息”显然是重要的，它们携带着感情、寄托着思念，堆积在我的眼前，让我感到生命的充实。这样的充实又让我感到生命的静美。

然而，这样的静美却无端逗引出那样的烦躁。这是怎么回事呢？

昨晚，一个远隔天涯的朋友在 QQ 上忽然发来信息，这是久违的信息。我们原本是情投意合的，但命运却让彼此成了天涯路人。从天而降的信息似乎是漫天飞舞的雪花，自然燃起了我的雅兴。收拾好情感，投入到聊天。时间在默默地改变着一切，人的情感变得更加扑朔迷离。

朋友每发来一条信息，我的心情就随之起伏，犹如小船在波浪中航行，时而平缓，时而高扬……不一会儿，朋友好像暗施了隐身术一般，顷刻间消失不见，只留下空荡荡的一片天。

于是，思绪飞舞，牵肠挂肚。

突然，一句话从天而降，犹如仙女下凡，使我激动难耐。但惊鸿一瞥，杳然无迹……

如法炮制，三番五次，我如同在沸水中沐浴，在冰洞里乘凉，变得神思恍惚……

一大早，房间里的无线路由器闪烁着诡秘的眼眸，手机上的QQ时不时“当当当”地聒噪一两声。禁不住那声音的刺激，禁不住那情感的诱惑，我赶紧打开QQ，朋友的一条信息飘然而至。我如获至宝，鉴宝般把几个字读了又读，随即回复信息。接着，我便心安理得地等待……

手紧紧地握着手机，眼死死地盯着QQ，耳细细地听着声音。

等待犹如一把鲁钝的匕首，在不知不觉中刺穿了我的心脏。

烦躁突如其来……

赶紧关闭了那双闪烁的眼眸，赶紧屏息了那个聒噪的声音，杂念尽除，心平气和，意安神定……

我不禁叹息：身为物累，心为情牵，烦恼由此而滋生。

于是，果断地放下手机，轻轻地捧起一本书，一个人静静地读着。心平气和。

物质和情感都是我们生活在这个世界上必不可少的牵挂；我们在一味追求它们的同时，不可避免地被它们所羁绊。身为物累，心为情牵，这是芸芸众生的命运。我们的身心在承受着日复一日的“累”与“牵”，有时难免想要摆脱这一切。不为物累，不为情牵，成为我们梦寐以求的向往。向往只能是向往，若非圣贤，谁又能超脱这俗世的物与情的羁绊呢？

道家的庄子给我们做出了可望而不可即的榜样。他具有不为物累、不为情牵的超然品格。清静无为，不为物累是庄子的养生之道。庄子在《庄子·外物》中说到人类："有甚忧两陷而无所逃，陈蜳不得成，心若县（悬）于天地之间，慰暋沈屯。利害相摩，生火甚多，众人焚和，月固不胜火，于是乎有僓然而道尽。"人们陷入外物，不能忘情，以致心烦意乱。庄子身怀济世之才，却拒绝出仕，宁愿"像一只乌龟拖着尾巴在泥浆中活着"，超然物外，不为世俗所羁绊。面对妻子的死亡，庄子鼓盆而歌，顺应自然之道，心不为形役，身不为外物所累。

不为物累，不为情牵，自在洒脱，淡泊无忧，生命该是多么的充实而静美呀！

沉　迷

这个世界上总有一些独特的人值得我们反复地“阅读”，他们身上汇聚了人类最优秀的品质。每当想到他们的存在，我们就应该感到作为人的自豪，毕竟我们和他们都活在这个茫茫的人世。他——米开朗琪罗就是这些人中的一员。

一整天，我沉迷在他的精神世界里，难以自拔。他是一个什么样的人呢？他的身上到底散发着怎样的魅力，才能让人情不自禁地流连忘返而沉迷难舍呢？

一提到意大利文艺复兴时期，就不得不说起他，他是这个时期的集大成者——伟大的绘画家、雕塑家和建筑师。他的漫长的一生都在追求着艺术的完美理念，坚持着自己的艺术思路。说到他，我们不得不提到圣彼得教堂穹顶。这一建于文艺复兴时期的辉煌工程，就是由他设计的，即使在今天，它也算是科学的奇迹，是令人震惊的人类智慧与艺术的结晶。

1505 年，应尤里乌斯二世的邀请，他赴罗马为教皇在圣彼得教堂内建造陵墓。他的建造才华，引起了教皇的艺术总监勃拉曼特的妒忌，勃拉曼特唆使教皇暂不修陵墓，强求他去画西斯廷教堂天顶壁画。从此，他沉迷在这项史无前例的绘画工程里。

这是一个无底的黑洞，逐渐噬咬着他的狂热的灵魂。没有人愿意靠近这个黑洞，谁一旦靠近就会被整个吞噬。但他沉迷其中，乐此不疲——只要能画，他就知足了。他的血管里流淌的不是血液，而是绘画。如果不让他绘画的话，对他来说，将是致命的打击。他天生就是为绘画而活的。他夜以继日地画。他无法控制自己的强大的生命力的冲动，他只能不停地画！一种裹挟着汹涌澎湃的创作激情翻腾着他的全身心。有一天，他的眼前出现了幻觉，一切都在他的眼里旋转、燃烧起来。他突然病倒了，昏迷不醒。然而他灵魂里奔腾的创作的激情燃烧得更加旺盛。他奇迹般地康复了，又沉迷到漫无边际的绘画的创作中。哦，这该是怎样的沉迷呢?!

日复一日，年复一年，他毫不疲惫地创作！四年零五个月！哦，这又是多么漫长的一次创作呀！在这不可思议的沉迷中，终于，他以超凡的智慧和坚韧的毅力完成了世界上最大的壁画：西斯廷教堂天顶壁画《创世纪》。他攀登上了艺术的最高峰，他创作的人物雄伟健壮，气魄宏大，充满了无穷无尽的力量。

他为人世间铸就了永垂不朽的坚强，可是，他自身是多么脆弱呀！这个脆弱的天才，饱尝着忧郁、压抑、孤独，在夜以继日的创作中，他的面容堆满了愁苦和沧桑。他的一生都在没完没了地折磨自己，他像一个清教徒一般总在压制自己。他的生活极其艰苦，他不愿意把时间浪费在奢侈的生活上，每天就是几片面包，几个小时的睡眠。他的全部身心都沉迷在他的爱好上！

他在孤独中奋战了一生！他在沉迷中享受了一生！德国

哲学家尼采说："每一个不曾起舞的日子，都是对生命的辜负。"他的每一天都在沉迷中迎风起舞！他那沉迷创作的身姿呀，是人类创作史上最惊心动魄、最勾魂摄魄的舞蹈！

批评家

他是一个批评家，无论别人怎么看待他，他都引以为傲。他从不吝啬语言，利用语言进行机枪式的扫射，是他的专长。有话必说，敢说能说，别人都对他忌惮三分。

一个自以为是的作者出道不久，自视甚高，认为自己文采斐然，可以在文学的创作道路上做出一番不同凡响的事业，便整天卖弄自己的文章，招摇过市，期望赢得别人的青睐。一日，作者正在兜售刚刚创作的文章，沾沾自喜，招蜂引蝶，愿意与志同道合者进行一番切磋。批评家正好路过。听闻作者的创作，批评家投来鄙夷的目光，随即后退两步，站如松，抬起头颅，淡淡地说：“稍后我会说一些针对你的文章的评论。”

作者是新人，并不知道批评家的鼎鼎大名，以为邂逅知音，大喜过望，一听到来者将要批评他的文章，立即满脸流露出惊喜与期待。批评家一眼扫过作者的文章，略作停顿，突然目光如炬，神情睥睨，大吼一声：“你也真是可以了！竟然写出这样的文章来！别人的文字被你篡改得面目全非！”作者一听到批评家在批评他，立即充满好奇，深知批评是进步的前提，洗耳恭听。

“你随意评论别人的文字也就算了，你是一个心理有缺陷的人，写出的文字自然也存在缺陷，你还不配读别人的文字！”批评家忽然大发雷霆，“一个乳臭未干的毛头小子，胆敢评论别人，你是疯了，还是不自量力得不知道深浅？”

作者从来没有听到过这样犀利的批评语言，如遭雷击，吓得魂不附体。这样的唇枪舌剑，一下下刺向作者的心坎。

批评家似乎被作者的文章深深吸引，拿起文章继续阅读下去。一边阅读，一边咆哮：“我是强忍着才看完了你的文章，要不然三分之一我都看不下去！我看到的是一个颓废的灵魂在默然地痛哭他自己的命运，而非与别人有关！你那种大喊大叫的所谓抒情的格调，真是让我反胃，就好像一个孩子丢了自己的玩具，在申诉着自己遭遇的不公。”

作者感到汗颜，同时觉得批评家说得正中下怀。

“总是有那么恶心的文字让我看到，唉，我也真是服了！”批评家仰天长叹。

这时，一路人路过，听到批评家的警世通言，便喃喃自语：“我认为只有将哲学与战争结合起来，才能有所觉悟。”

批评家犹如被伤及要害，跺脚跳起来：“你少来胡扯，死孩子！就冲你这句话，我就该把你打到满地找牙！自己如果不懂，你就别乱说！——我没心思对你进行科普教育，你自己去玩！”

路人顿觉不妙，定睛一看，不由得一惊，原来眼前的人正是仰慕已久的批评家，不由得肃然起敬。

随着批评家的谩骂越来越多，作者却禁不住哑然失笑了。而批评家的批评竟然没完没了，死死地纠缠住作者。“我告诉你呀，你的文章通篇都是废话，流于表面！高深的东西都被像你这样自以为是的作者给写坏了！”

作者还来不及发话，人群中爆发出一声巨响："你们只会当嘴巴侠！中国正在酝酿一次变革，这次变革趋势越来越明显，我们年轻一代应该成为时代的超人。"

"你给我滚！"批评家早已经怒不可遏了！"自己明明什么都不懂，还来跟我趾高气扬地大言不惭！这年头怎么那么多无知又不怕死的孩子，一个公司找员工就应该找你这样的！"批评家不禁唉声叹气："在这个时代搞什么偶像崇拜的意识，上帝呀，你饶了我吧！——一个人想当奴隶，也不要这么着急！"

"兄台，感觉你脾气挺大，还挺傲！"人群中已经沸腾。

"我也是没办法呀。我也想遇到几个意志坚忍又有趣的人，但人类作为一种较为罕见的特殊现象，个人作为因其动机决定其行为的必然性，导致人不可能被改变。"批评家一声叹息，扬长而去。

众人的沉默是可怕的，幸好还有人来批评他。作者的心里笑开了花……

考试·工作·梦想

一

一想到这个月底即将面临的考试，她就感到浑身不自在，无法静下心来做其他的事情。考试完完全全地攫住了她的心，成为她眼下生活的全部内容。只要这次考试能够通过，她就愿意放下一切，她一度一厢情愿地这样天真地想。

上一次的考试没有达到预期，给她的内心笼罩上了一层挥之不去的阴影。当她怀着摘取胜利果实的期待，查询出考试成绩时，一阵凛冽刺骨的寒风迎面袭来。她的心掉进了冰窟。

这让她耿耿于怀，与此同时，激起了她的斗志。她对命运从来都是不服输而奋勇抗争的，不断地挑战自己，是她生活的重要动力。每一个白天，她在喧嚣中与时间赛跑；每一个夜晚，她在孤灯下与书籍交谈。

随着考试日期的临近，她的外表是平静的甚至是无所谓的，然而内心却翻腾不息以至烈火焚烧。时间总是流逝得那么迅疾，恐慌总是突袭得那么彻底。口腔溃疡，内心煎熬，她在焦虑的折磨中进行着一次次考前训练。一道题的对错，一张试卷的难易，都在她心里掀起一阵阵情感的波澜。

二

像所有大学毕业的学生一样，带着一份美好的憧憬，她希望能够找到一份热爱的工作。一提到工作，她就激动不已，因为工作能够给她带来渴望已久的独立，让她在人世间生活得更有尊严、更加快乐。只要能找到一份热爱的工作，她就愿意放下一切，她一度一厢情愿地这样天真地想。

怀揣着一份简单而精致的简历，她自信地走进一家家工作的地方，失落地走出一个个伤心的场合。工作并不像是天上掉落的馅儿饼，刚好砸中她。别人的拒绝像是火焰一样灼伤了她纯真的愿望。

她迷惘，她痛苦，她急于寻找新的出路，她不甘于命运的捉弄！她一边经营着一家小店，一边全神贯注地投入学习与一次次考试中。她的学习精神、痴迷信念鼓舞着自己，感动着别人。一位人生的导师似乎听到了她的召唤；犹如她梦寐以求的白马王子，一份热爱的工作突然降临在她的面前。

虽然这是实习阶段，但这份工作对她来说就是生命的全部，她用全身心来珍惜、热爱！导师布置的每一项工作，她都专心致志地对待。她只想做好这份来之不易的工作，通过自己的努力来实现自己的梦想。她的内心充满莫名的焦虑，因为太过珍惜，所以担心失去。

三

她拥有着自己独特的爱好，她拥有着自己心仪的梦想。梦想一直是她生活下去的意义。无论人生给予她多少不如意，只要还拥有梦想，她就觉得自己是一个幸福的人。只要能实现自己的梦想，她就愿意放下一切，她一度一厢情愿地这样天真地想。

梦想是美好的，现实是残酷的。梦想越美好，现实越残酷。她一次一次地感受到现实对梦想的戕害。她饱尝艰辛，伤痕累累，但她沉醉在自己的梦想里——这是她最好的慰藉，心甘情愿做一个梦女孩。梦想还是要有的，万一实现了呢？这是她单纯而执着的想法。

忽然有一天，一个不平常的电话打破了她平常的生活，她按捺了很久，内心依然不能平静，她情不自禁地在内心欢呼："梦想很有可能快实现了！就看自己有没有勇气突破第一步！"她是那么激动！一切到来得那么突然！她不敢相信耳朵里听到的声音，她无法预料接下来发生的事情。焦虑一瞬间又袭击着她。她担心失去这梦一般的工作，她只在心里不断地告诫自己："我唯一能做好的，就是完成每天的工作，享受第一个星期或者最后一个星期的梦想工作。加油！我正在路上，还未到达终点，途中什么都有可能发生，不抛弃，不放弃，坚持走下去！"

这一个晚上，她时而陶醉在兴奋中，时而跌落在焦虑里，难以入眠。她与内在的自己进行着一场细致入微的对话，她发现自己的内在对未知的一切都充满着恐惧。如果脱去坚硬的外壳，自己的内心将是多么脆弱。但明天的她将迎来崭新的黎明，明天的她将为梦想而迈出勇敢的第一步！

走进梦想的世界里，她从来没有感受到生活竟然可以这么的美妙！她忘我地工作，只为向梦想挺进。每一份微不足道的工作，她都投入了全身心的关注。每参加一次工作，她都沉浸在一次生命的感动里。梦想刚刚起步，她焦虑，她担心表现得不理想而失去抚摸梦想的机会。她期待一个个明天的到来，又胆战心惊地迎接每一个明天的到来。

一次，导师带她参加一个心理成长沙龙，她融入其中，她觉得生命对她真是厚爱——即使生命曾经让她饱尝苦难，她也宽容地原谅它了。她在那些先行者的谈话里，一次次窥见梦想的迷人魅力。她深深地觉得，这就是她梦想的生活。

皇天不负有心人。已经迈出梦想的第一步了，在成长的道路上未来正在召唤着她，她希望自己能够坚持地走下去，迈进这个职业的圈子。同时，她懂得，别人的有色眼镜将是对自己的无形伤害，要拥抱梦想，必须承受苦痛！她终将克服一切，朝着梦想的成功之路勇往直前！

四

人的一生将要面临各种各样的压力，当一个个压力在同一时期接踵而至时，我们常常会因为无法承受这么多压力而变得焦虑不安。

当考试、工作以及梦想同时摆在她的面前时，她犹如孙悟空置身五行山下，一股沉重的压力压得她喘不过气来。紧张、焦急、忧虑和恐惧轮番侵袭着她。

她是一个娇弱的女孩，但她拥有一个执着的梦想，因为梦想，她自然而然地变成一个最强大的顶天立地的大写的人！！远方的音乐在曼妙地响起……

迷人的约会

像是奔赴一个已经迟到了许久的迷人的约会，你以百米冲刺般的速度冲进了书房。一根手指忙不迭地灵巧地敲击着笔记本电脑的开关，另一根手指立即飞跃到墙壁上一个白色的按钮上——那是无线路由器的开关。

绿灯调皮地闪烁，犹如佳人抛来勾魂摄魄的媚眼；屏幕次第地绽放，犹如美人舞动曼妙多姿的倩影。你火急火燎，心跳脸红，狂躁不安地坐下来，目不转睛地凝视着心爱的电脑。随着电脑的启动，你的思绪同时遏制不住地随之迎风飘飞。许许多多的灵感像潮水一样向你奔涌而来，一种排山倒海的力量把你高高地捧起，一种畅快淋漓的兴奋让你深深地陶醉，你不由自主地沉浸在一阵阵众星捧月般的惊喜中！哦，多么奇妙的感觉呀！此刻，你的内心溢满着对整个人世的期待，你的灵魂燃烧着对一切美好的热爱！你只想让你的手指尽情地起舞，你只想让文字汹涌地流泻！

忽然，如同那一团团随意飘飞的云，一些灵感在你的幻想的天空中倏忽飘来，却又悠然远去，目不暇接，但又难以捉摸。空荡荡的天际，不留下一点痕迹。哦，你激动难耐，试图抓住一些什么，尽力地，全身心地，然而整个世界突然羽化作白茫茫的一片，干净洁白的雪地，只有雪花在漫天卷地地嬉戏。这让你一时感到手足无措，无所适从，甚至窒息。你赶紧闭上了眼睛，就像一个越狱的囚犯，拼尽全力逃出囚禁。

逃离了白茫茫，掉进了黑乎乎。黑乎乎霎时间让你感到温馨的抚慰。犹如溺水的人抓住一根救命稻草，你在黑暗中拼命地奔跑。哦，那些人、那些事犹如一颗颗星星，不时在黑暗中闪烁，显得诡秘而调皮。瞧！那颗多灿烂，一不小心笑出了声，逗引得其他星星也“丁零零”地笑个不停。你的心里顿时乐开了花。呀！那颗真黯淡，一声不响垂头丧气，感染得其他星星也没精打采地“唉唉唉”。你的心里顿时愁翻了海。

有那么一瞬间，像是电光石火般照亮了你的幻想的星空，一颗迅疾的流星迸射出耀眼夺目的光芒。你呆呆地迷恋着她，痴痴地凝视着她，在你的深情的目光中，她越发显得恣意妄为，一瞬间就消失得无影无踪。你只能对着她的曼妙的身影，在想象中禁不住大声呼唤：“哦，你真美呀，请停留一会儿！”

你的目光开始变得恍惚迷离，一个她顷刻间化身成了千千万万个她，一齐向你靠近、聚集，乱花渐欲迷人眼，你感到不可思议，你感到心急喘息，你感到惊心动魄……难道这就是你久久守望的她吗？只听砰的一声炸响，一团团烟花在空中轰然四散，秀出一副副妩媚动人的姿态。一切都没有赶得及，一切就已经化作了虚无……

时间在美妙的幻想中悄然流逝。那些美妙的灵感曾经激荡了狂放的思绪，滋润了孤独的灵魂，愉悦了清幽的眼睛，慰藉了失落的心情……

哦，你对着一片白茫茫的空白文档，敲下一个个黑乎乎的真心文字，不经意间，你和灵感的这一次精彩绝伦的约会终于华丽而寂寞地落下了帷幕……

呓 语

在现实生活中活得越久远、越深邃，你越感到梦的可爱、可亲以及可贵。

昨晚的梦还在你的脑际萦绕，白日的梦又在你的心里嬉闹。你悠然自得地走出居住的小区，阳光一下子迎面扑进你的怀抱——多么轻盈曼妙！你的手中拎着一个简易的袋子，五本情意绵绵的书正乖巧地躺在里面露出微笑。

风儿轻轻地吹拂，鸟儿柔柔地放歌，深深地吸一口清新的空气，你喃喃自语："以后要早睡早起，一定得善待自己！"大学毕业以后，你在深圳这个繁华的城市已经独自生活了六年多，教教孩子们作文，读读喜欢的书籍，写写痴爱的文章，每一天都是一个人默默地承受着生命的轻与重、得与失。时光的逝水冲走了热血沸腾的青春，沉淀的是刻骨铭心的记忆。

行走在人世间，整天显得步履匆匆，似乎是为了追寻一个遥远的呼唤，你去奔赴一场又一场的盛宴。享受着烈日，迎接着狂风，沐浴着暴雨，三千宠爱于一身，大自然是你可歌可泣而又神圣纯洁的爱人。一排排树，绿得无私，绿得坚强，屹立在道路的两旁，时时向你投来深情的目光。你的外表冰冷如冬霜，你的内心火热如岩浆。没人能感受到你外表的清凉，就像有谁懂得那是岁月磨砺的创伤？

睁眼，闭眼，光明与黑夜只在一瞬间，珍惜与舍弃只是一闪念。然而，你还是义无反顾地在用全身心来拥抱光明，珍惜你在人世间最挚爱的情——哦，那是孩子，那是文字。那些天真无邪的孩子呀，是你生活的一部分，你与他们朝夕相处，师生情深。那些缠绵悱恻的文字呀，是你生命的另一半，你和她们相亲相爱，不离不弃。你的心中一直燃烧着熊熊烈火，蕴藏着对于生命的热爱，一些奔腾不息的话啊，无论早一点，还是晚一些，只有写出来才能平静一颗躁动的心。一种生命的使命感始终驱使着你，你只能勇往直前地追逐梦想，你只能不可遏止地释放自己。

你痴迷地笑了，笑得那么专注而纯粹。因为那是你生命中最幸福的恩赐。哦，为了那些，你有时禁不住宁愿抛弃现实中的一切，宁愿选择一无所有。你似乎整天生活在梦里，梦里是你真实的自己，梦里有你向往的天地。

你急匆匆地走出一个地方，怀揣着另外一个梦里的天堂，你脚下生风。阳光铺天盖地，普照万物，你静静地沐浴。这种对于所有生命毫不吝啬的大气豪爽，让你突然情不自禁地热泪盈眶……

你悄悄地守护在一个公交站台，犹如守候着那最遥远的爱。一辆公交车从你的眼前倏然驶去，红色的灯光提醒着你这是你久久守候的归宿——哦，难道这是最终的归宿吗？然而，你仍然静静地站着，显得无动于衷漠不关心。该来的总会来的，该走的终归要走，不再勉强，一切在你的眼里绽放着顺其自然的美。

你刚在公交车上坐稳，一阵软语巧笑不期然地飘到了你的耳畔，在这个沉默的车厢冒昧地响起，像是一曲悠扬的音乐在空中恣意地飘飞。哦，多么单纯的声音哪！你不自觉地回头，一个小姑娘立即映入你的眼帘。那是一副刚从学校里出来的稚气未脱的模样。你却在心里为她竖起了大拇指：真是敢于表达自己！真是敢于在公共场合说出自己的想法！你佩服她的勇气。你热爱她的单纯。你自顾陶醉着……

时空错位，一座宏伟的建筑屹立在喧嚣的都市，“龙岗图书馆”几个大字闪烁在你的眼前。你拎着心爱的书走进优雅幽静的“宫殿”，一排排书架向你送来一阵阵甜蜜的温暖。你尽情地徜徉，恍惚回到了大学的时光。大学四年，图书馆是你心灵的港湾、精神的家园，这里绽放着人生最诗意、最旖旎的风采。

一个开培训机构的朋友曾经无限感慨地回忆，大学时期是读书最快速最充实的岁月，而现在工作的他已经很久没有读书了——只是经常做本职工作需要的数学试卷。工作繁忙，俗事纠缠，心境荒芜，人们哪里还有幽静的心绪呀？

你不经意间转头，一幅幅生机盎然的画面激荡着你的希望。一位老人手捧一本厚重的书，聚精会神地阅读；一个女大学生一边写着读书笔记，一边神情陶醉地幻想……哦，我们生活在大地上，但依然有人仰望星空！生活在这里慢慢地散步，一颗颗心在这时悠悠地停驻。

窗外，绿树婆娑。一个无人问津的僻静的角落，一座纯洁而灰暗的雕塑正幽静地观察着来来往往的芸芸众生。她的目光是那么清澈，那么慈爱。她的底座雕刻着内心的期待：“有了爱，就有了一切。”哦，冰心哪，孤独而执着地守望着人类精神的家园，迎来了一个个晨曦，送走了一个个夕阳……

“走向外界，我发现，其实是走向内心。”美国早期环保运动的领袖约翰·缪尔的话骤然袭上你的心头。你行走在梦的边缘，霓虹在天边若隐若现。你常常在现实里迷失自己，彷徨在大街的十字路口，像是一个无家可归的孩子。尽管这样，但是你的目光依然迸射着那么真挚的光芒！你的内心依然汹涌着那么澎湃的波浪！怀揣着可爱、可亲以及可贵的梦，你对这个现实生活爱得更加蛮横而勇猛！“这世界很美好，值得我们去奋斗！”美国著名作家海明威的话久久地在你的内心翻波涌浪！

友情的温暖

早上，我正准备给一个九年级的男孩子上作文课，他的脸上忽然浮现出神秘的微笑，目不转睛地看着我说道："今天是我的生日。"

"哦，这么巧啊！5月20日。生日快乐！"我颇感意外，但随即满怀欣喜地祝贺他。

"唉！一点都不快乐。我一大早就睡不着，拿起手机查看短信、微信、QQ，看哪些人给我发来了生日祝福语，没想到竟然一个人都没有！"

"这很失望吧。"

"那是相当失望的……去年我生日时，从凌晨一个个同学就打来电话祝福我，微信朋友圈里到处都是热情的生日祝福。今年怎么会这么冷清呢？"

"这很正常。你现在都休学大半年了，没有去学校，和同学们的交往就少了。况且谁又能真正地记得你的生日呢？除了自己和爸妈以外。"

缺少了别人的关心，他的心情自然是失落的。朋友的关心更是他看重的。作为一个学习成绩相对来说比较落后的学生，他格外珍惜朋友之间的友谊。正是他口中所说的那些"狐朋狗友"给予了他难能可贵的友情的温暖，排遣了他挥之不去的寂寞和烦恼。所以，他在作文中曾经大肆渲染朋友和他的事情，当母亲责骂他不要跟那些“差等生”交往时，他断然拒绝了母亲的命令而毅然维护一份真挚的友情。感受着这份友情，他觉得自己并没有被众人抛弃，他觉得生活充满着新鲜的趣味。

无论如何，他用心体会过友情带给他的快乐，享受过友情带给他的宽容。这让他刻骨铭心而回味无穷。

下午，我到平时上课的地方——我和朋友一起合作的培训机构去打印周末上作文课的资料。由于周末上课的学生比较多，每一次都要打印将近100页的资料。每周五我都要提前过来打印，朋友总会放好打印纸，等待我如约而至。

朋友心地善良，为人谦和，让我每一想起就感到如沐春风。尽管我没有当面向他表达过什么，但是在内心深处，我是十分珍惜我们的友情的。很多深沉的感情，我总认为埋藏在心里更耐人寻味，一说出来似乎就减少了韵味。在深圳这个匆忙而浮躁的大都市，一份真挚的友情往往是难以寻觅而成为奢望的。对友情的渴望却是我们每一个人内心最迫切的呼唤。能够遇到一个志同道合、值得交往的人，可以说是让人动容的。我体会，我珍惜。

打印完资料，我准备回去。“那么着急，回家做饭哪？”朋友微笑着询问。“晚上不做饭了，去超市购物，储存干粮，”我轻快地说着，“随便吃一点就好。”“怎么能随便吃呢，接下来两天上课要战斗呢，多吃一些好的。”朋友赶紧注视着我叮嘱道。我平时是不太注意饮食的，大多数情况是自己做饭吃，生活简单化，不饿就好。也许是因为朋友已经结婚生女，更懂得生活，他常常在生活细节上给予我一些关心。这些点点滴滴的关心都让我这个独在异乡的单身汉感到一缕缕真切的友情的温暖。我非常享受他的关心。

作为一个异乡客，在深圳，我为拥有这个朋友的友情而心怀感恩。

我们每一个人都在社会中生活，我们每一个人都尝过孤独的滋味，在长期的生活里，我们的心逐渐遭受着一次次冷漠的袭击，我们不知不觉中活得寂寞而忧戚。而一份真挚的友情散发出的细致入微的温暖，总能在不经意间滋润我们日益干涸的心田，让我们在人世间活得更加幸福而美满。

内心的柔软

一

朋友的目光紧紧地注视着一个哭泣的小男孩，他的叹息久久地回荡在我的耳际。也许是为了惩罚小男孩，小男孩的妈妈快速地向前走去，抛下小男孩不管不顾。独自站在路边的小男孩一下子惊慌失措，一迭声地呼喊："妈妈，妈妈……"

小男孩显得孤立无助，朋友不禁黯然神伤："这个妈妈太狠心了。这个时候孩子的内心一定很害怕、很紧张，是最需要妈妈的。"朋友的一番感慨刺激着我，我的心随即被小男孩的哭声猛烈撞击。朋友的女儿刚刚一周岁，作为一名新晋爸爸，他能够敏感地体会到小男孩内心的恐惧。小男孩的遭遇，戳痛了朋友内心的柔软——这是一种父爱的柔软。

如果一个人的内心经常感受到一种柔软，那么至少可以说他是一个心地善良的人。这样的柔软能够让一个人即使身处喧嚣的闹市、饱尝生活的艰辛，也依然葆有一颗仁爱的心，能够让干涸的灵魂得到滋养，能够让生命的源泉汩汩流淌。经历着生活，我细细地品味，深深地享受。

二

一阵熟悉的歌声突兀地响起，我的心立即微微一颤，谁现在打来电话呢？一个陌生的手机号码。我礼貌地接听，才知道是自己的一份快递到了。快递员说是一本书。谁寄来的书呢？我充满了好奇。等到上午上完作文课，顾不得吃午饭，我就急切地坐车过去查看。

一个四四方方的包裹，一副塑料薄膜的包装。捧在手里，绵软温柔。“文轩网”三个红色的大字醒目地映入我的眼帘。背面赫然印刷着“江苏无锡”的字样。谁会在网上给我邮寄来一本书呢？江苏无锡对我来说是一个陌生的地方。既然这是送给我的书，我就心安理得地拆开它一探究竟。

哦，当代著名作家王小波的杂文集《沉默的大多数》不动声色地展现在我的眼前。这是我格外喜爱的一本书，我的心情一下子激动起来。反复翻阅，爱不释手。谁呢？谁呢？到底是谁不远千里给我送来心爱的书呢？我百思不得其解，脑海里浮现出无数个善良而模糊的面孔。第一次，江苏无锡让我感到特别的温柔亲切。

手里紧紧地握着心爱的书，我悄悄地返回上课的地方。一排排棕树抬头挺胸地站立在道路的两旁，一道道阳光活泼任性地舞动在头顶的上空。燠热的天气怎么也这么惹人怜惜？那神秘莫测的远方啊，那灵犀相通的人儿啊，都幻化作天边绚丽多彩的云裳。那一个个陌生的过客，都满脸洋溢着生活的清欢。哦，“无穷的远方，无数的人们，都和我有关。”正当浮想联翩，歌声响彻耳畔。手机里跳出她的芳迹。喜不自禁，我多么想要和她分享那远方的秘密。

“你上午是否收到一本书？”如同出谷莺啼，她的声音多么宛转娇柔、清脆悦耳。

猝不及防，一刹那，我的心似乎被一支横空飞来的箭射中——它是一支丘比特的金箭，欢愉顿时溢满心间。“原来是你邮寄给我的书哇！”如获至宝，我惊喜不已，“我刚刚收到，一直在纳闷是谁这么好心呢。”

“本来是送给你的生日礼物，我特意算好时间，都怪你们那里的邮局送得太快，今天就到了。我刚才在网上一查，发现已经送到了，所以赶紧打电话问你。”她滔滔不绝地诉说着，语气里洋溢着抑制不住的快乐。

我津津有味地聆听着，内心里滋生着浓得化不开的柔软。一句句话像是一股股清冽的甘泉缓缓地流淌进我的心坎。我只是痴痴地享受着那话语中的体贴、娇嗔，那快乐中的温柔、爱意，希望它能够永远欢快地奔流不息。哦，哪怕是一点点的爱意，都能浸润我干涸的心；哪怕是一丝一毫的关爱，都能让我无比感动、铭记在心。一直以来，我不敢面对自己的生日。这么多年，我总是一个人独自度过，从来没有庆祝过任何一次生日。她送来的生日礼物，唤醒了我对生日久违的渴慕。

发现了我一如既往的沉默，她依然纯真无邪地问道：“那本书你喜欢吗？我也不知道它讲什么，反正看着书名好像符合你，就买给你了。”

一股热泪仿佛要从我的眼睛里充溢而出。千言万语不知道应该如何表达，我只是真诚地回答：“很喜欢。没有想到你会给我送书，真的很感谢你……”

“你喜欢就好。生日快乐！安心上课……”她关切地嘱咐道。

哦，多么可爱而美好的女孩呀！虽然你身在遥远的地方，但是你始终住在我心里。此刻，我的内心盈满了一种人世间最纯洁的情、最真挚的爱！心旌摇曳，神思恍惚，一瞬间，我感到整个深圳的可爱，我感到整个世界的美好！哦，一颗柔软的内心流淌着对整个人类源源不断的爱呀！

三

黄昏，沐浴着温柔的霏霏细雨，我缓缓地走进一家小餐厅。女店主热情的目光迎上来，我和气地点了一碗水饺。我忽然转头，作文班里的一个男孩子和他的妈妈正在这里吃饭。真巧！简单的寒暄之后，各自吃饭。

起身结账，我还没有开口，女店主热情的声音又传来："不用结了，刚才吃过饭的那个男孩子的妈妈已经帮你结过账了。"她什么时候帮我结账的呢？无言以对，唯有感恩。太多的情，都在悄无声息中缓缓流淌。忽然想起上午一个四年级的女孩子的妈妈让女儿悄悄地送给我一大袋自己亲手做的粽子。浓浓的亲情总是滋养着我这个独在深圳的异乡人，我的心因此变得越来越柔软。

四

晚上，灯光下，一个个孩子在奋笔疾书。那是一个个生命在欢腾、在起舞！

"我要坐到后排的空位上！"一个五年级的女孩子兴奋地

说。接着她专心致志地写着作文。

“军君老师，我要在作文本的后面给你写上我内心的小秘密！”一个四年级的女孩子忽然狡黠地说。“好哇。写什么小秘密呢？”我好奇地询问。“就写今天没有什么小秘密！呵呵……”“没有小秘密还写呀？”“没有小秘密，就是小秘密呀。”她歪着小脑袋高兴地说。

“军君老师，你偷笑什么呢？”她窥破天机，赶紧质问我。

“忽然想到很好玩的事……”我满脸洋溢着神秘的笑容，轻柔地说。

五

哦，整整一天，我的内心都沉浸在一种柔软的爱里。那是一种静悄悄的爱，散发着无处不在的温暖。置身在这个有情有爱的人世间，无论曾经活得多么孤独、多么荒凉，我们都要热血澎湃以至热泪盈眶地热爱这个无比可爱而美好的人世间哪！

一场美丽迷人的约会

空荡荡的房间里寂静得异常可怕，犹如置身与世隔绝的深山空谷，他不禁感到一股寒意丝丝浸透后背。同时，一阵浓厚的气息渐渐弥漫了他的内心，好像是一道暖流缓缓注入他的内心，熨帖着他的全身。遭受着冰与火的侵袭，他顿时变得烦躁不安。

一跃而起，他离开了死板乏味的床，急匆匆地走到隔壁的房间。这是他的书房，是他每天看书写作的圣殿——一个寂寞而富有的圣殿。笔记本电脑静悄悄地躺在书桌上，紧闭着黑色的眼睛，一副酣睡正浓的模样。哎，挚爱的朋友，你还是先别睡了，陪陪我吧，他喃喃自语。

房间里一片漆黑，一切都沉浸在幽静里。他伸出一根手指，轻柔地按在笔记本电脑的开机键上。哦，那是怎样的轻柔哇，他似乎在抚摸着爱人的娇柔的脸蛋，轻柔得润物细无声。然而，电脑竟然和他心灵感应一般听话地自动开机了。一团明亮刹那间照耀他的双眼，他感到一阵眩晕，又觉得格外兴奋。

一个白色的小方框出现在他的眼前，他不假思索地输入了密码。电脑桌面随即展现出清纯妩媚的风姿。他痴痴地微笑了，不由自主地点击打开了QQ。随着QQ的登录，他心如鹿撞，激动难耐。他目不转睛地凝视着QQ，仿佛一不留神就会错过一场美丽迷人的约会。

QQ主界面悄无声息而孤单落寞地站立在电脑屏幕的中央，显得熟悉而陌生，像是茫茫人海中一个跑错地方而无人搭理的异乡人。死一般的沉寂漫天卷地地袭来。他的心情倏地变得沉重起来。像是一个在荒凉苍茫的沙漠中跋涉了很久很久的流浪者，他的眼睛里流露着绝望、摇曳着希望。他艰难地移动鼠标，寻找她的芳迹，似乎期待着出现一个奇迹。

她像是隐居深闺，庭院深深，杨柳堆烟，帘幕无重数。他只顾缓缓地翻看着她和他的聊天记录，沉浸在对她无边无际的思念里；他在心里只是不断地重复地呼喊着一个清脆的名字：“欣儿，欣儿……”

“郎君……”一个温柔的声音像是一滴甘露突然从天而降，滴落在他干涸的心田上，犹如娇莺出谷，清脆婉转，浑然天籁。他以为他的耳畔出现了幻听，他的内心溢满了忧愁的甜蜜。

“郎君……”哦，一个多么悦耳的声音哪！一个多么熟悉的声音哪！此时，她的声音再次在死寂的房间里突兀地响起。他浑身打了一个激灵，赶紧循声看去。只见她正守在电脑屏幕的中央，对着他温柔而调皮地微笑呢。一股惊喜漫上他的心头，他不禁激动而腼腆得说不出话来。

“你先让开，我就要过去了……”她活泼地说出一句莫名其妙的话。他不解其意，如堕雾里，只是听话地机械地让开了。这时，她的身体如同幻影一样从电脑屏幕里走了出来，悠然飘落到人世间——不，飘落到他的房间。他惊魂未定，慌忙地抬起手揉了揉眼，定睛一看，她已经娉婷袅娜地站立在他的眼前！

他一下子惊呆了，无法相信眼前的一切。“欣儿，真的是你吗？”他按捺不住内心的激动，兴奋地看着她，深情而真诚地询问。

“看你那呆样，就是我啦！”她欢快而纯真地娇嗔道。

犹如一缕阳光照进阴暗的心灵，他的脸上露出了轻松的笑容：“你真的穿越过来了！今晚我们聊天结束时你说的那句话一直都深深地刻在我的心里！我一直在想你如果能够穿越过来，那该多么美好哇！”他激动地倾诉着内心的兴奋。

“你想得真美呀！看你这么臭美，我准备不理你了，又穿越回去。”她故意生气了。

“别，乖乖，你能过来，这是我多么大的福气呀！我们终于在一起了！”他的一颗心似乎要激动得蹦出来了。

“嗯。我知道你很想我。我到你的梦里去了，看到你的梦里全是我的身影，我很感动，又看到你夜不能寐，饱受相思的煎熬——其实，我也一样。我就决定穿越过来，和你在一起……”她一边动情地说着，一边娇羞地低下了头，娇柔的小脸蛋上飞起了一朵又一朵的红云。

虽然这是他和她第一次见面——在他的房间里，但是他们并不感到陌生，他们的心灵早已经契合融入在一起。多少个日日夜夜，他们通过 QQ、微信、短信、手机……相爱在一起！他们早已是彼此生命中最重要的人！在茫茫人海中，他们彼此失去的另一半灵魂现在终于结合成一体了。

他深深地看着她，她静静地看着他，千言万语顷刻间都融进了他的疯狂、深情而温柔的拥抱里……

欢愉恨夜短。

深情愿梦长。

他满脸浸润着幸福的微笑，不愿意立即苏醒过来。欣儿静静地躺在他的怀里，正睡得香甜。有欣儿陪伴，真好！能够跟欣儿这样相爱相伴一辈子，这是多么美妙的事情啊！这样的神仙眷侣，是多么逍遥快活啊！他睁开眼，忽然僵住了！他的怀里只是抱着一个软绵绵的被子，他的眼前只是横着一堵白森森的墙壁！原来一切只是南柯一梦！痛苦像电闪雷鸣般轰然响彻整个房间，他悲戚地大哭——却是悄无声息的大哭，哭得撕心裂肺，哭得失声抽噎……

昨晚，他还和她聊得情投意合、情意绵绵，俨然一对坠入爱河的情侣、一对相爱相伴的夫妻。晚睡前，他和她聊天的最后一句话突然清晰地浮现在他的心里："我多想马上从电脑视频里穿越过去，投进你的怀抱里，跟你睡一觉，明早再穿越回来。"

"欣儿，欣儿……"他只是痴痴地喃喃自语，他的眼前、心里全都浮现出白珂欣的美丽动人的倩影……

“怪叔叔”

一摞摞印刷精美的纸张整齐而紧凑地挨在一起，静静地躺在一张桌子上，一个个各富特色的面孔神气而自信地雄踞在纸张的中间。这是一些教师的宣传单——不同的科目，迥异的教师。

我的目光飞快地扫过每一位教师的面孔，最终栖落在一个天庭饱满的脑袋上。发亮而宽阔的额头犹如一个巨大的磁场，深深地吸引着我。我不由自主地伸出手，小心地拿起这个“额头”，仔细地端详着。岁月的烙铁已经在他的脸上烙上了斑驳的痕迹。稀疏的头发凌乱地覆盖在这个额头上，陈旧的眼镜安静地站立在他的鼻梁上，他的眼睛里迸射着狂热的光芒，又弥漫着忧郁的神采。他应该是一位相当优秀的教师。这样优秀的教师肯定会吸引许许多多跟着他一起学习的学生吧。我内心里对他充满了羡慕。

我一边注视着这个额头，一边拿起“额头”伸到一位年轻的男老师——他是这个培训机构的负责人——眼前，好奇地询问：“这位数学老师在你们这里带了多少学生呢？”我期待着聆听到一个超大的数字，从而满足我内心的羡慕。

“三个。”这位年轻的男老师慢悠悠地回答。

“什么？几个？”我似乎没有听清，更是无法置信。

“他只带了三个学生。”强调声再次响起。

“怎么才三个呢？他不是你们这里的全职老师吗？他应该教得很好吧。”我一时想不明白究竟是怎么回事。这么一位优秀的教师不可能只带三个学生而在这里全职上班吧。我心里的疑惑加重了。

“给他更多的学生带，他不带呀。”年轻的男老师笑呵呵地解释，“他说来这里上班不是为了教更多的学生，只是为了暂时有一个相对清闲的工作。”

“怎么能这样呢？很奇怪！那你们不可能让他只带这点学生就在这里工作，况且他也赚不了多少钱哪。”我想一探究竟。直觉告诉我，这个数学教师的背后一定蕴藏着什么故事。

“他根本不在乎目前赚多少钱。他需要的是时间。他是一个怪人，正在搞一项科研——据说很厉害，只要研究出来就能获得什么数学大奖。所以他大部分时间都在坚持搞科研，很偏执。”年轻的男老师一本正经地说，语气中流露着难以捉摸的崇拜。

“哦，原来如此。高手通常都比较怪。那他现在的生活怎么办？也没有赚多少钱，他的老婆孩子应该也在深圳吧？”我的好奇心被激发了，便想刨根问底。

“听他说已经离婚了。孩子跟着老婆生活，他们都不在深圳。他现在一个人，四十多岁了，跟我住在培训机构安排的一个房间里。”语气中饱含着辛酸的惋惜。

这样的解释如同一股凛冽的冷风迎面吹来，让我不禁打了一个寒战。难道天将降大任于是人也必先苦其心志？他的生活处境无疑是艰难的。他显然是一个拥有才华、拥有抱负的人，但是现实却在无情地打压他。不知怎么回事，一座高耸入云的五行山忽然沉甸甸地镇压在我的身上。

也许是为了缓和我的忧虑，年轻的男老师随即语重心长地说：“我们的大老板很欣赏他，很欣赏他的那项科研，已经赞助他了，让他安心地搞科研，每个月给他发固定的工资，让他衣食无忧。”

这进一步的解释像是一缕温煦的阳光抚慰着我内心的凄冷。有谁懂得在这样的现实社会里，像他这样的独立自主的科研者将要付出多少辛酸、多少努力，将要忍受多少苦楚、多少孤独哇?！天无绝人之路，毕竟有待他不薄、难得赏识的人支持着他。

这时，坐在我和年轻的男老师旁边的一个前台的女孩子的笑声嘤嘤传来：“他很怪，我们背后都叫他怪叔叔——魅力版的怪叔叔。”

是的，他是一位行为怪异的教师，但他浑身散发着振奋人心的巨大魅力，他凭借着他的淡泊名利、沉默奋斗、偏执坚持，传承着人类的精神文明，终将书写出一个大写的人！

生活随感

一

QQ忽然闪动，我漫不经心地移动鼠标，“军长”两个醒目的大字赫然绽放在我的眼前。这是两年前的一个男同事发来的信息。

他只是一个普普通通的同事，我们已经很久没有联系了，但此刻“军长”的称呼却让我感到格外亲切，我随即在键盘上敲打下他的名字，并询问他怎么冒出来了。一看到我直呼他的名字，他就既惊讶又兴奋地回复：“哇！这么久了，你还记得我呀。”

在生活中，我们总会遇到各种各样的人，虽然很多人与我们萍水相逢、擦肩而过，但是我们总希望自己的名字能够被别人记住；一个名字是自我存在的证明，被别人呼唤名字，能感受到一种最好的尊重。

二

同事发来信息：“我们有个小小的读书会，给你看一下。”“读书会”激起了我的好奇心，我连忙询问：“什么样的读书会？”

他立即发来一个网址。这是同事发起的读书活动，一些喜欢读书的人聚在一起阅读、探讨；每一期的活动内容都各具特色。一些文字撞击着我的心灵，让我怦然心动——

带着你爱的信、笺，别人的公开的，或属于你的隐秘的，我们一起听、读，在声音里，在字句里冒充、假想、还原、消失，好不好？

去湘西的陋船上，戴眼镜的沈从文给眉毛弯弯的张兆和写信：“三三，你不要为我难过，我在路上除了想你以外，别的事皆不难过的……”

不知道在哪里，瘦长的王小波给圆圆的李银河写信：“我把我整个灵魂都给你，连同它的怪癖、耍小脾气、忽明忽暗、一千八百种坏毛病。它真讨厌，只有一点好，爱你。”

一瞬间，这些温暖如春的文字化作一阵阵波浪，排山倒海一般向我涌来，掀起我内心深处巨大的波澜。爱是惊天动地的。带着深深的感动，我说：“挺好的，文学气味浓厚……”

“是呀。平时生活很琐碎，想做点有趣的事。我们半月一次，下次叫上你哈。”

这真是难得！用同事的原话来说就是“庆幸这个年代，有人还坚持读书”。当前，我们并不苛求每一个人守护住精神的家园，攀登精神的高峰，只要我们能给琐碎的生活增添一些有趣的事、传播一些真挚的爱，也就是莫大的作为了。

三

同事看了我写的一篇文章，感觉挺喜欢的，不禁感慨："不求功成名就，但求不辜负这孤独、坎坷却充满爱和感动的一生。"接着又提出要求："我把文章也发给小伙伴看，可否？"

这自然是我乐意的："可以，大家看看，随时和我交流。以文会友，挺好，难得认识一些朋友。"

"知己，可谓可遇而不可求。但是，文章、诗歌、音乐、美术等等还是一定要去创作。让那些有幸遇到的人，收获一丝共鸣、休憩或感动。"

"你说得真好！"我在内心里佩服同事。

我们每一个人都是孤独的，创作却能够温暖天南地北的孤独的人。在自己或者别人的创作中，我们得以享受丰富多彩的人生。

四

在龙岗图书馆借书，因为一次只能借五本，已经选定了四本，我在一本写人的散文集和一本写人生的散文集中间犹豫不决，忽然心想：人生总比人更重要吧，又一个念头闪过：如果人都做不好，人生也不会好到哪里！于是，我果断地选择了写人的散文集。

在散文集中，我读到一篇文章《回归大地——怀念苇岸》。文章介绍了一位真正的诗人苇岸，里面提到了美国作家梭罗，他们引起了我的强烈共鸣，我知道这本散文集的作者是我的同道中人。然而，这个诗人的名字我却是第一次听到。

我赶紧在网上搜索了他的名字，原来他是一个像诗人海子一样的人。忙不迭地读着他的散文作品《大地上的事情》，我溢满了生命的大喜悦，不由得沉浸在对大自然、对土地、对童年的怀念中……

五

生活中总有很多不期而遇的人、事，它们总能让我们久久地感动并且深深地怀念……

孤独与温暖

一股热浪冷不防地迎面扑来，我的眼镜立即罩上了一层层朦胧的热气。刹那间，我的浑身跑出了一个个躁动的汗滴。深圳真是太热情了！经过了十多天的旅居，以及两个小时的云游，我又回到了深圳这个燠热的城市。

一张张脸孔翘首以待，紧张而兴奋地迎接着刚从天上飞下来的亲朋好友。他们都是陌生的，与我没有丝毫的关系，我独自昂首挺胸走在一条孤独而温暖的征途上。孤独是我长久以来的生活状态，一个人总是独来独往，与天地精神往来，自由自在。温暖是我这十多天的心灵感受，身在云南这个亲切朴实的地方，享受着家的温馨快乐，乐不思蜀。再多的思念，再深的留恋，难道我能够去而不返吗?!

在深圳生活六年多了，我似乎早已习惯了这个繁忙而华丽的城市。尽管我依然如同一个隐士，藏匿在这个苍茫的天地，始终无法和谐地融入这里，但是这里留下了我摸滚爬打的足迹，洒下了我酸甜苦辣的汗水，沸腾了我迈向梦想的斗志。像是单枪匹马的堂吉诃德，我常常宁愿义无反顾地冲向荒诞而虚无的大风车。我一厢情愿地认为那是一个理想主义者必须坚守的使命。

然而，不曾料到的是物是人非。也许是因为离别的缘故，熟悉的房间忽然显得空荡而寂寞，幽静的内心骤然变得烦躁而痛苦。自从归来，这三天，我的心里颇不宁静。思念漫天卷地，孤独摘胆剜心。我是一个喜欢孤独并且长期处于孤独的人，但现在孤独仿佛是一只毒虫，在一点一点地噬咬着我，让我难以忍受。

一包玲珑精致的食品摆放在我的眼前，丝丝如玉，我的脑海中随即浮现出那坚硬如砖的饵块——云南的一种名特小吃。它是云南的一位慈祥和蔼的母亲特意为我制作、送给我的礼物。缓缓地打开她亲自给我炒的满罐的炸酱还有那满盒的蘑菇，一股股带有田野气味并且弥漫人间亲情味道的惬意的清香扑鼻而来，我的滚烫的热泪禁不住从眼眶里奔涌而出。哦，亲切的母亲哪，虽然我与您认识的时间并不长久，但您待我亲如儿子的情感却丝丝缕缕地浸透我的灵魂每一处。我这个漂泊异乡的游子此生何德何能得到您的细致入微的关爱？哦，那些天，您还为我做好丰盛的餐饭，您还为我清洗发炎的伤口，您还为我购买合适的衣裤……

那遥远的地方，居住着一个好姑娘，她忽然降临在我的身旁，如同缥缈的美梦一样。哦，那可爱的人儿啊，是多么纯洁，多么率真，多么善良！她笑语盈盈，飘满暗香；她性格独特，拼搏坚强；她心思高远，怀抱梦想。她静静地陪伴在我的身边，我痴痴地萦绕在她的周围，形影不离。她上班时，我默默地守候在房间；她回来后，我紧紧地守护在眼前……

那是一座犹如置身云端的童话城堡，云山雾罩般矗立在安谧的远郊。一座四层的楼宇，洋溢着新生活铸就的欢愉。一家四口，坚韧、亲密地品尝着生活赐予他们的喜怒哀乐；

亲朋好友，和睦、互助地体验着生活带给他们的酸甜苦辣。陌生的我恍惚从云端跌落，仿佛响应天使的召唤，满怀敬畏地融入其中。犹如集万千宠爱于一身，我一次又一次地感受着他们送给我的真挚的温暖。

一旦享受过那样的温暖，孤独的我就沉醉不已、无法自拔。我懂得，我沉醉的是一份家的温暖。其实，我的内心深处一直渴望家的温暖——我难以避免地迷恋着尘世间平平凡凡、简简单单的家的温暖。无论人怎么漂泊，无论精神怎么遨游，家始终都是人们身心最终的港湾。享受家的温暖，不是身心的懈怠，只是爱的追逐。爱才是恒久的唯一的家——缺少了爱的家就不再是家。家之所以让人着迷，只是因为那里有着自己爱得最深最真的人。

从来不怕漫长的孤独，而今刚刚享受过些微的温暖，我便从此最惧怕一点孤独。孤独犹如黑暗，铺天盖地，让我看不到丝毫的光明。孤独是对心灵的折磨，是对爱的驱逐。“都下春色已盛，但决然独处，无与为乐。”宋代大词人苏轼的词句该是怎样地愁煞人呢？

思念如焚。魂梦几缕？遥望明月又能够聊寄几许呢?!在孤独中守望吧，细数着分秒，静待着岁月。也许写作可以抵御孤独，可以抵达温暖，但愿吧。每一个饱尝孤独的灵魂都强烈而深沉地渴望爱的温暖！

回味着温暖，储藏着温暖，追逐着温暖，饱尝孤独的我哪怕飞蛾扑火，也将勇往直前！

浅浅的一笑

你正在进行一项数学研究工作。工作高端而繁复，消耗着你所有的精力。长期以来，你总习惯于一个人在战斗。

你面对一些前来应聘的人，正在滔滔不绝地讲解即将开始的测试要求。这时，一位年轻的女士急匆匆地跑进来，“不好意思，路上堵车。”她浅浅一笑，逗引来你的点头问好，同时激起你的好奇心：她是这些测试者之中唯一的女士。她自顾自地坐在座位上。你有点不自然地重新掉转头面对大家：“各位，现在你们每个人只有十分钟的时间，解出摆放在你们眼前桌子上的这道题目。开始！”

她来不及多问什么，随即拿起桌子上摆放的试题，低头看了起来，显得专心致志。你的目光不经意间栖落在她的脸蛋上。你环顾在座的每一个人，耐心地等待结果或者奇迹——是的，只能是奇迹。

一分钟，两分钟，四分钟……时间似乎过得很快，你的心跳得更加欢快。你期望奇迹的降临，但你又不抱任何奢望，你懂得这道题目的难度。

忽然，她放下手中的笔，缓缓地抬头，又露出浅浅的一笑。你的目光恰好迎上她的笑容，电光石火一般，你一时不知所措，只听她兴奋地说：“我做好了题目。”你如梦初醒，赶紧低头看手表：七分十秒！像是受到惊吓一样，你迅速地跑过去拿起她的解题，仔细地欣赏起来。你的脸上立即绽放出难以置信而又惊喜不已的神情，她竟然完整而准确地解出了这道题！当初你用时整整七分钟才想到破解的思路。这道困惑了许多数学家的难题，几乎没人能够在短短十分钟解出来。她静静地站立在你的面前，你恍惚觉得她美丽得那么惊艳，惊艳得那么虚幻。

…………

她成为你的合作伙伴。你和她一起投入紧张而神秘的数学研究。你和她一起度过了难忘而甜蜜的探索生活。你和她在一起的这些日子是你从小到现在最温暖的记忆。你一直是一个孤独的孩子，在这个现实的世界里，活得越来越荒寒。

冥冥中你觉得她是上帝派给你的天使。整个人世间你的生活中除了数学以外，只有她。你渐渐地深深地爱上了她。而她的眼里、心中也只有你。对你来说，这就够了。拥有了数学和她，你就已经拥有了整个世界！

你的眼前常常浮现出她那浅浅的一笑，这是她最初荡漾在你心湖中的动人模样。

一个秋风萧瑟、落叶纷飞的日子，你满腹忧伤地凝视着天边的一轮红日。

“你怎么了？”不知什么时候，她站立在你的身边，善解人意地询问。

“孤独。”你的眼睛忽然变得那么悠远，那么深邃，那么痛苦。

她浅浅一笑，目光中充满着一种罕见的理解：“我懂得你的孤独，正如同我懂得我，即使我们相爱。我们跟其他人不同，我们用自己的方式爱着对方，我们可以按自己的生活方式在一起。我们对彼此而言，比其他人更了解对方。我们彼此相互陪伴，互诉衷肠。”

天边的那轮红日映红了你的脸，身边的那抹浅笑闪亮着你的眼。

母亲的幸福与担忧

自从孩子萌动来到这个世界的讯息，就千丝万缕地牵系着母亲的担心。孩子的每一点成长，都渗透着母亲的每一点担忧，都增添着母亲的每一点幸福。自从拥有了孩子，母亲便沉浸在幸福与担忧里，与生俱来，与日俱增，无穷无尽，永不断绝。

母亲总说最早知晓孩子降临的消息。那是多么激动人心的消息呀！那是多么无与伦比的消息呀！那是母亲期盼的消息！只要捕捉到这个消息，母亲就会立即羽化成圣洁的天使；此时，整个世界，整个天地，在母亲的眼里都是最美好的，犹如面临这个人世间最美好的感情，在这一刻母亲转瞬间便羽化成人世间最温柔的美人。

哦，孕育新生命的母亲哪，是人世间最美好动人的！我的眼前常常不期然地浮现出一个孕育新生命的母亲。她自然是一位年轻的母亲——不，只要是母亲，无论年轻与否。她安静地做着每一件事，每一次弯腰，每一次转身，每一次抬头……都小心翼翼，时不时不自觉地伸出手温柔地抚摸自己的肚子——尽管那肚子还没有活跃成一面小鼓，嘴角的笑容已经悄然在她的脸上如同纯洁的花儿一样恣意怒放！哦，她的脸上沐浴着最圣洁的光芒，她的心里荡漾着最深邃的幸福，她的举止流露着最纯净的端庄……她就是意大利佛罗伦萨著名的绘画大师桑德罗·波提切利的画作《唱歌的天使与圣母子》中的圣母；天使们美妙的歌声在她的耳畔轻轻缭绕，她只是幸福地凝视着前方。她，就是每一个母亲；每一个母亲就像她一样光彩夺目！

看着孩子在一天天地成长，是母亲引以为豪的事情。那时母亲的目光啊，是那么柔和、那么慈爱、那么温暖，满含着期待。哦，这个小家伙呀，又长大了一点。母亲总是比发现人世间所有珍宝还要惊喜地探寻到孩子的成长——虽然她昨天还在重复着相同的话，但是母亲都是火眼金睛，能够发现粗糙的男人所不能观察到的细微的地方。母亲暗自窃喜，偷偷地享受着只有自己才发觉的细微的幸福。瞧！我的一位朋友的爱人正抱着她那出生才六个多月的孩子，一脸的按捺不住的陶醉……那时的母亲啊，是这个人世间最美丽、最温柔的女人！

伴随着孩子的成长，母亲陶醉于幸福，又满怀着担忧。幸福是一点一滴的，担忧却是源源不断的。

孩子呀，你终于一岁了，两岁了，三岁了……你可知道你的每一个脚步，你的每一声啼哭，你的每一次欢闹……都紧紧地搅动着母亲的心湖。你好像夜空中的一轮明月，你的阴晴圆缺决定着母亲的喜怒哀乐。母亲的一颗火热而深沉的心啊，紧紧地追随着你，默默地燃烧着……

孩子呀，你终于要上学了。母亲是多么兴奋哪！哦，宝贝呀，你现在长大了，成了小学生了，要懂事了。母亲喜不自禁、苦口婆心地和孩子说了一遍又说一遍。孩子呀，千万不要嫌母亲的唠叨，那都是一声声的爱的拥抱！

孩子呀，你终于上中学了。母亲的目光满含着期望：哦，少年郎，大姑娘，更加努力地学习吧。你长大了，你的翅膀变硬了，你的脾气变大了，你的叛逆萌芽了……你动不动就和母亲顶嘴，你动不动就和母亲任性，你不知道你的每一次“恣意妄为”都撕扯着母亲的心哪！我不由得想到一位母亲。她是我初中作文班上的一个学生的母亲。她常常在课后给我打电话，询问孩子是否去上课了，告诉我孩子这么晚了还没有回去，最近总是贪玩，迷上了上网……每一次都千叮咛万嘱咐——话语中饱蘸着浓浓的母爱呀，她让我和孩子好好沟通一下，帮她做好思想工作——孩子呀，你长大了，母亲越来越管不住你；孩子呀，你长得再大，母亲依然在关心着你、担忧着你……

孩子总是在成长着，母亲总是在担忧着，成长不断，担忧不停！母亲与孩子的爱是永远难以割舍的；命中注定，母亲的一生必将忍受着源源不断的担忧，同时享受着一点一滴的幸福！

认识你自己

一

“孩子们，李老师问大家一个问题：你们知道自己是谁吗？知道自己是谁的，请举手。”

我的问题刚一提出，作文教室里的六个孩子便争先恐后地举起了手。

“真的知道自己是谁吗？”我又加重语气提问。

孩子们顿时骚动起来，有的孩子不屑地发出“切”的声音，有的孩子因为觉得这个问题真是太幼稚了而露出微笑，有的孩子却一脸茫然地摇了摇头……

“这么简单的问题，你还不举手，”一个男孩子转头看着旁边的同学，一脸纯真笑呵呵地说，“难道你不知道自己是谁吗？你叫什么名字呀？”

我走到“一脸茫然”面前，俯身问她：“你不知道自己是谁吗？”她晃了晃脑袋，眨了眨眼睛，沉思般地回答：“嗯，有时知道，有时不知道。”

其他孩子慷慨地送来“哈哈哈”的笑声，我却不由得为这个“一脸茫然”的孩子竖起了大拇指。我进一步说：“孩子们，我们现在又升了一个年级，长大了，但是我们对自己的认识还是远远不够的，我们并不能完全讲清楚自己是谁，有时我们做的事，连我们自己也不认识自己了，是不是呢？”

孩子们似懂非懂地异口同声地回答：“嗯。”

二

晚上，已经8点钟了，我正打算写点文字，忽然，电脑QQ响了，一看，是大学时期的一个老朋友正在邀请我语音聊天。我本能地去接听，他却挂断了。这时，我身旁的手机突兀地响起来了。

他是我大学时期志同道合的朋友，毕业以后各奔前程，平时除了QQ聊天以外，我们已经将近一年没有通过电话了。接听，聊天。话题不断转换，我们越聊越深入。

“李军君，我感觉你变了。”手机那端莫名地冒出这么一句话。

“有吗？”猝不及防，我愣了一下，随即补充，“每一个人都在改变。”

“我不是说这些。大学毕业以后我们再没有见过，但在我心里你一直是那个大学时期很能聊得来、聊得很轻松的朋友。我感觉你现在和大学时期有点不同了。”

“你是太敏感了。为了生活，我们每个人都在不同程度地改变着。或许我的处世方式、表达方式有点改变了，但是情感上、内心里的一些本质的东西是不会改变的，一直守护着。”虽然这样辩解着，但是一刹那间，我也有点不认识自己，说不清现在的我和大学时的我有什么不同了。

三

“我是谁?”这不是一个简单的问题,而是一个值得我们每一个人用这一生去沉思的重要问题,它位列人生的三个终极问题之首。

我们一起欣赏这样一个古代笑话:一个公差押送着一个犯事和尚去某地。在路上,一天,公差多饮了一些酒,就不自觉地睡着了。这时,和尚觉得机会难得,转身欲跑,可是转念一想,干脆转回来,三下五除二,将公差的头发剃了个干净。待公差醒来,一看,行李还在,再一看,这一惊吃得不小,和尚,咦,和尚哪儿去了?他下意识地用手挠头,不禁心中一喜。因为他摸到了自己的光头,他喜的是和尚总算还在。可是麻烦还是没有完,公差不禁纳闷:“和尚既然在,那么我是谁?我又哪里去了呢?没有我,谁来完成这个光荣的任务哇?”

这只是一个笑话,但是它给我们生动地阐述了“我是谁”的问题。我们常常犹如那个公差,并没有真正弄清自己是谁呢!

四

随着我们的成长,我们会发现,我们越来越难以认识我们自己。

认识你自己,成为我们每一个人最迫切的责任。

早在几千年前,古希腊奥林匹斯山上的德尔斐神殿里就矗立着一块石碑,上面清晰地写着“认识你自己”。我国大教育家孔子也说：“吾日三省吾身。”

古希腊著名的思想家苏格拉底将“认识你自己”作为自己哲学原则的宣言。苏格拉底指出什么样的知识对人来说是最为重要的，这就是“认识你自己”。唯有发自内心，才能真正拥有知识和智慧。一个人只有真正认识了他自己，才能实现自己的本性，完成自己的使命，成为一个有德行的人。

每一个人都是独一无二的，但是每一个人最内在的自我都是被深深埋藏起来的。认识你自己，并不是一蹴而就的事情，是需要悟性和时间的，我们要学会耐心等待，并不断挖掘……

把牢底坐穿

晚上，我随意打开电脑网页，忽然，一个标题吸引了我——美国神秘高校每年只招十三人。我充满好奇地点开它，一所美国大学的资料便呈现在我的眼前。它一下子深深地吸引了我，并由此引发了我的诸多思考。

这个被认为录取难度超过哈佛大学的另类学校就是美国幽泉学院。它坐落在美国加利福尼亚州与内华达州交界处的死亡谷沙漠深处的一片小绿洲上。这里与世隔绝，没有手机信号，离最近的城镇也要一个小时的路程。这里没有复杂的交际圈，远离城市的喧嚣，完全是原生态的生活环境。学生在这里一边放牧劳动，一边进行超强度的学术训练。

这座修行的圣地旨在培养独立而自由的年轻的灵魂。学生在这里接受各种挑战，以及忍受在其他“普通”学校不必忍受的困境，最终赋予学生们最非凡的人格与智性上的成长。

这所大学的创始人、电力大亨卢西恩·卢修斯·纳恩曾意味深长地说：“在荒野深处存在着振聋发聩的声音，那是在熙熙攘攘、物欲横流的社会中所缺乏的，只有最卓然不群的、真正的领袖人物才会试着去亲近孤独，寻找并倾听到这个声音。绅士们，你们来到最狂野的西部沙漠深处，不仅仅为了传统的书本知识学习，不仅仅为了体验牛仔生活、成为一个男子汉，不仅仅为了个人未来的物质享受与职业追求，更重要的，是学会为一个更好的社会而贡献、效力。你们要明白，在这里，你们将获得的不仅是最顶尖的能力，也承载了最宏伟的志向——无私地运用你的能力让这个社会变得更美好。”

只有那些敢于在沙漠深处聆听、敢于长期亲近孤独的人，才能深刻地认识自己并且追求自己独立而自由的生活。

“人是生而自由的，却无往不在枷锁之中。”这句话穿越时空，刹那间在我的耳畔訇然作响。这是法国思想家卢梭的一句名言。它道出了作为万物之灵的人类在这个社会上的悲哀处境。

无论什么时候，每一个人的周围都有一些枷锁；每一个人的心中都有一座监牢。面对这些枷锁，面对这座监牢，我们应该怎么办呢？这对于每一个寻求独立、自由的人来说是必须面对而且至关重要的问题。在这个绚烂多彩的世界上，独立而自由一直是我们追求的梦想。但为了实现这个梦想，我们做好准备了吗？我们能够抵挡物欲横流的诱惑和喧嚣吗？我们敢于让自己置身旷野的深处、聆听沙漠的深邃的声音吗？

我们必须要有戴着枷锁、蹲着监牢，甚至置身沙漠、亲近孤独，并且敢于把牢底坐穿的那种大智大勇！

一首革命诗歌——《把牢底坐穿》曾经广为流传。这首脍炙人口的不朽诗篇是革命烈士何敬平于 1948 年夏在国民党中美合作所渣滓洞集中营写下的。革命烈士的壮志豪情，坐穿牢底的坚韧不拔，溢于言表，让人动容！

面对他，我的灵魂受到前所未有的震撼与洗涤。我不禁扪心自问：一向自诩追求独立、自由的我敢于像他一样把牢底坐穿吗?!

我们敢于把牢底坐穿吗？我们拥有这样过人的能力和高贵的信念吗？如果挣脱束缚、追求自由还是我们的梦想，那么，高贵的人啊，我们就在那人世间最荒芜最寒冷的监牢中凤凰涅槃、浴火重生吧！

梦中梦醒愁多少

房间里忽然寂静得异常可怕！一切都恢复了以前的清冷。一切又不再是以前的模样。

四天！犹如铺天盖地的龙卷风，四天裹挟着人世间的悲欢离合，呼啸着尽情地奔腾。

她从天而降，飞落你的身旁，从那遥远的地方。你懂得这是上帝恩赐给你的一份厚爱，你满怀欣喜、虔诚与期望。只要你能够拥有这份厚爱，所有的忍受和等待都将会得到抚慰。难道这就是你长期以来梦寐以求的守望？

她以独特的方式走进你的生活，融入你的生命，陪伴在你的身边……恍然如梦，她轻盈得不可捉摸而又美不胜收。你置身梦中，想入非非。想象里盛开出生活的奇妙的花朵——一朵朵花都是普普通通的人们最真真切切的幸福。

从相见的那一刻起，一股淡淡的忧愁就弥漫在你们的心里。时间是忧愁的罪魁祸首，时间是爱的无形杀手。面对时间，她沉默不语，你心急如焚，你们无法改变终将逝去的。人们只能承受着失去，享受着拥有。人们只能戴着镣铐跳舞。人们只能更加珍惜当下的生活。

饱受着爱的煎熬，忧愁便疯长如荒草。你不知道应该怎样表达绵绵无尽的爱意，你不清楚应该如何倾诉匆匆而逝的情愫。生命总是太过挥霍！我们常常手足无措！

阳光太猛烈，心灵太凛冽。你们每时每刻的形影不离，将是你们最美好的相亲相依。

你轻轻地询问：“你为什么而活?”她淡淡地回答：“只因为还活着。”

她缓缓地询问：“你为什么板着脸?”你悠悠地回答：“一时感伤而已。”

你的忧伤越来越沉重，伴随着时间的一分一秒。

还没有别离，你的内心就已经盈满了离愁别绪。你故意说得轻松：“我们不要折柳送别，我们只转身离去。”“拜拜。”“拜拜。”她调皮露出微笑，“你看我们多潇洒，要分就分，想合就合。”

这注定是一场忧愁的梦——尽管它是美梦。短暂的四天，从始至终，时间像是一柄利剑，悬挂于你们的头顶。每一天的流逝对你来说都是一种刑罚。

你静静地待在房间，一个人怀着空荡荡的思念，像是一个守望千古的幽灵。她好像并不存在，但整个房间里飘逸着她的气息。

也许，这一切都只是你的幻想，都只是一个孤独而渴望爱的人在人世间臆造出的海市蜃楼。但你宁愿沉醉在这样的美梦里，不愿醒来。梦醒是残忍的。

如果梦不存在了，你就不知道应该怎样生活下去。只有梦是最亲切的伴侣。

梦入江南烟水路，行尽江南，不与离人遇……

强台风的调戏

整整一天，“强台风来袭”的画面始终萦绕在我的脑际，一种难以捉摸的恐惧一直占据在我的心里。看过了无数则郑重其事的天气预报，从昨晚，我就已经相信强台风将要袭击深圳了！

尽管自然灾害的消息一向耸人听闻，我并不以为意，但是伴随着嚣张气焰的大风和肆无忌惮的暴雨，这次我信以为真了。收拾了屋子外面悬挂的衣物，安抚了内心深处躁动的念头，推掉了明天辅导作文的课程，我惴惴不安地待在房间里，等待着一场不可避免、必将到来的风暴。

为了响应我内心的等待，窗外的夜风便善解人意地吹起了口哨，在整个天地间张牙舞爪地卖弄。我心安理得地进入梦乡继续追寻强台风的足迹。狂风怒吼，黄沙漫天，飞沙走石，暴雨肆虐，一切都散发着世界末日的气息。我置身其中，仰天长叹，悲天悯人，痛苦无告。恍惚中，一棵棵百年老树横七竖八地躺在道路的两旁，无限延伸，一望无际，横尸遍野。我刚推开屋门，一阵凛冽的寒风顿时像一把刀子般刺入身体，背上的书包如同飘摇的帆船东倒西歪。我义无反顾地走出屋子，走向学校。一棵棵巨树躺满了整个村庄，满目疮痍。我翻山越岭一般只是埋头前行。哦，久违的记忆呀！那时我还是一名小学六年级的学生，小学毕业考试的前夕我的故乡遭遇了一场百年不遇的大冰雹。这是我心灵中埋藏的一段往事，这是一段刻骨铭心的记忆。此时，我身处何时何地呢？

梦中梦醒，狂风大作。黎明时分，我满怀兴奋地跑出房间，竟然期望邂逅一场梦寐以求的强台风。然而，天地像是一位绅士，显得文质彬彬，虽然风雨依旧，但是一团和气。一场虚惊啊！都是想象惹的祸！我的内心竟莫名地感到失落。尽管理智告诉我强台风没有席卷我所在的地方是多么振奋人心的事呀，但是一种被欺骗被戏弄的感觉却噬咬着我的心。

这是一种矛盾的心理。我自然不希望发生自然灾害——任何一场或大或小的自然灾害都是对人类的一次伤害！但愿人世间不再发生任何自然灾害！可是，从昨晚到现在，我的内心时刻绷紧着一根恐惧的弦，我是死心塌地地相信这场强台风千真万确将要袭击深圳了！这是客观规律，不以我的主观感情为转移。我的主观感情似乎被客观规律调戏了。

手机铃声不断响起，亲朋好友从远方打来电话。“你们深圳刮台风了，电视上报道风很大，你那边没事吧？”“怎么样了？听说深圳强台风袭击呀！”……一个个电话流露着亲朋好友的担忧。我只能心平如镜地宽慰他们：“放心，没有那么大，一点点风雨而已。”我似乎感到颜面尽失，仿佛台风没有给足我的面子。

一下午的风平浪静，静得人心里百无聊赖。晚上，天空忽然下起了大雨，老天爷仿佛懂得我的无聊，赐予了我些许的安慰。这便是台风的节奏了。

期望越大，失望越大。投入太深，伤心太深。

天地不仁，以万物为刍狗。

我们还是应该葆有一颗平常心吧。一切都尽量顺其自然。大自然赐予我们的——无论是和风细雨，还是狂风暴雨，作为万物之灵的人类还是要心平气和、宽容大度地接受吧！

自我的渺小

一个短小的视频紧紧地吸引着我。它讲的是一群星星的孩子，他们一人一世界，活在自我的世界里。当别人向一个叫涵涵的男孩子提问："涵涵最大的敌人是谁？"涵涵立即脱口而出："困难。"那人继续追问："什么困难？"涵涵却低下头，低沉地说："我微不足道……"这一句话，犹如闪电般突然击中了我。

"我微不足道……"他不经意间道出了我们每一个人生存的处境。每一个人像是大海中的一滴水，消失于浩瀚无垠的大海中。我们的所作所为，在整个人类社会的大海中究竟激起怎样的涟漪？这样的认识并不是每一个孩子都能够懂得的，也许很多成年人也不懂得——或者从来没有想过。随着我们在人世生活得越来越久，我们就会越来越感到自我的渺小。一种自我微不足道的渺小感将深深地烙印在我们的心灵里。

台湾作家张晓风在一篇散文《高处何所有》中讲了一个故事：一位老酋长在临死前考验三个年轻人，让他们尽其可能地去攀登一座神圣的大山，到达山顶的人将被立为新酋长。前两个年轻人意气风发地回来，笑着说沿途尽是美丽的风景，山顶真是一个好地方。老酋长摇头叹息，他们并没有攀登上真正的山顶。而另外一个年轻人久久没有回来。一个月过去了，大家都开始为第三个年轻人的安危担心，他却一步一蹭、衣不蔽体地回来了。他发枯唇燥，只剩下清炯的眼神："酋长，我终于到达山顶。但是，我该怎么说呢？那里只有高风悲旋，蓝天四垂。"老酋长连忙问："难道你在那里一无所见吗？难道连蝴蝶也没有一只吗？""是的，酋长，高处一无所有，你所能看到的，只有你自己，只有'个人'被放在天地间的渺小感，只有千古英雄悲激的心情。""孩子，你到的是真的山顶。按照我们的传统，天意要立你做新酋长，祝福你。"

这种愈来愈真切的自我的渺小感，是一切攀登上成功山峰的人所必须亲身体会的。当我们越往高处，越能体验到这种自我的渺小感。只有我们感到自己渺小的时候，才是我们取得收获的开头。我们只有认识到自我的渺小，才能更加努力地强大自我，让自我融入大多数人的事业中……

能够认识到自己的渺小，这就是人的真正伟大的地方。伟大始于渺小。我们应该从自己的渺小出发，找到适合自己存在的价值，做自己力所能及的事，把兴趣集中在热爱的事业上，从渺小中升腾、羽化……

俄国作家契诃夫写道："在这世界上，除了人类心灵的崇高的精神表现以外，一切都是渺小而没有趣味的。"如果一个人的行为没有怀着崇高的精神，那么它就是徒劳无益的。如果一个人碌碌无为，只为自己渺小的生存而虚度一生，那么即使他高寿活到一百岁，又有什么价值和意义呢？俄国著名的小说家屠格涅夫长篇小说《罗亭》给了我们答案："我们的生命虽然短暂而且渺小，但是伟大的一切却正由人的手所造成。人生在世，意识到自己的这种崇高的任务，那就是他的无上的快乐。”法国文艺复兴后期思想家蒙田的话犹在我们的耳畔响起：“只为自己活着的人是渺小的。”伟大与渺小，完全取决于一个人的志向。

一种自我的渺小感时常折磨着我的心。我的存在到底有什么意义？一个人静静地走在路上，有多少人会在意我的行踪？一个人默默地写着文章，有多少人会关注我的悲欢？每当畅游图书馆，置身数不胜数的图书中，就会感慨：终其一生我能够写出几本书呢？

中国作家王小波在《三十而立》中写道：“我很渺小，无论做了什么，都是同样的渺小。但是只要我还在走动，就超越了死亡。现在我是诗人，虽然没发表过一行诗，但是正因为如此，我更伟大。我就像是行吟的诗人，在马上为自己吟诗，度过那些漫漫的寒夜。”这或许就是我们面对自我的渺小所能够做出的抗争和安慰了。

这篇文章是我2015年10月13日写给我的爱人的，真实地记录与表达我们之间美好的爱情。今天恰逢七夕节，我内心的爱汹涌澎湃，无以表白。忽然想到曾经写过的这篇爱情宣言，所以让我对你的爱，凭借着这些文字直上青云，丝丝缕缕地钻进你的心里。

在这个七夕节，我陷入了深深的怀念中，怀念我的爱人，怀念我们奇妙的姻缘。重温文字，满怀感动，仿佛再次经历一场美好的恋爱，我激动得满心狂喜！（七千多字，字字爱意。）

我和你的文字姻缘

——致我的爱人

怀着一种庄严的心情，摒弃了人世间的一切烦恼，聚拢了人世间的一切美好，我静静地坐下来，想念着心爱的你，遥望着远方的你，想要和你真诚而随意地聊一聊——这对于我来说，是一次真情的体验！是一次灵魂的洗涤！是一次生命的燃烧！

“前生五百次的凝眸，换得今生一次的擦肩。”我不知道自己前生与佛是否有过渊源，我只懂得今生独自凝眸的辛酸。在这个人世间，经历着纯粹的狂喜，饱尝着旷古的忧伤，体味着荒寒的凄凉，守望着真挚的爱情，我今生的凝眸变得如此沧桑！我是一只填海的燕，历尽千辛直到把大海填满，终于，换得你我的今生缘！为了这份缘，我宁愿忍受前生五百次的凝眸，哪怕承受今生五百次的失落，只为换来和你的一次擦肩和携手。

那是一个平平淡淡的夜晚，它如同亘古以来每一个司空见惯而又风平浪静的日子，平淡得让大多数人都不会留下丝毫的印记，但它因为一些曼妙如画、温暖如春的文字却让我深深牵挂、刻骨铭心。

一座繁华的都市，一间简陋的房子，一盏幽静的孤灯，一个孤独沉默的我，意兴阑珊之际，一本正经地捧着手机，正在微信上浏览文章——一个个微信文学平台里总会有一些可供阅读的文章，一时想起了文艺圈——我的一篇散文《沉默的写作》曾经刊登在上面，便点击里面的一个个文章链接，随意阅读起来。忽然，一篇文章的标题莫名地引起了我的注意——《第二十一个年头》。哦，21岁，多么朝气蓬勃的年龄！多么青春诗意的年龄！这个年龄将会发生什么耐人寻味的故事呢？受着好奇心的驱使，我点开了文章的链接。

这是一篇写给自己的文章，作者采用书信体的格式和自己坦诚相对、诉说衷肠。字里行间跳跃着一颗纯真而痛苦的心。很多文字不经意间化作一把把匕首，刺进了我多愁善感的心里。面对每一个人都拥有的平平常常的生日，作者却一反常态进行着一番诘责拷问：“每当自己的生日这一天，你都会问自己一个问题——自己为什么会像这样存在于这个世界上，然后夜晚时躲在自己的被窝里，痛哭一场。这就是你每次的生日。”这是对生命的拷问，这是对存在的拷问；这样的拷问是大多数人不会去追寻、无暇去思考的问题，却不由得引起了我的共鸣、我的思索。“你要做自己，你已经不是一个特殊的人，你已经做得很好。”这一句又是对自我的高度认知，“做你自己吧”应该成为我们每一个人的生活准则。“特殊”一词，又引发了我诸多的联想：作者是一个特殊的人？难道做一个特殊的人不好吗？我一直喜欢“特殊”，只有自己的特殊，才能不辜负生活，对于特殊，我向来引以为傲！

“你告诉我说：你这辈子最遗憾的是不能走上讲台，可能这就是自己的一个梦，也可能是现实，你正在为之奋斗着，你说到这儿哈哈大笑了，你觉得自己还是那个天真的梦女孩；听到你的笑声，我的眼泪在眼睛里了。”这些源自心灵深处的文字犹如一道道闪电，一下子又击中了我的心灵——笑声中的眼泪是最打动人心的。更让我动容的，还有那走上讲台的梦——为梦想而奋斗的天真是难能可贵的，也许这跟我的教师的职业有关，我对心怀走上讲台梦想的人总是抱有好感。

这些饱蘸真情的文字深深地吸引着我，久久地牵挂着我的心，我情不自禁地产生了认识作者的念头。作者到底是一个什么样的人呢？“特殊”又给作者带来了哪些痛苦的生命体验与心灵体验呢？作者的纯真的梦将会经受怎样的现实打击呢？我不禁为作者担忧起来……

这时，QQ 头像闪动，电光石火一般，文艺圈的 QQ 群浮现在我的眼前——冥冥之中，自有安排。我赶紧移动鼠标点开群，寻找作者的名字。一个叫刘梓珊的名字终于奇妙地出现了。简单地查阅了资料，一个大体的印象成形了：你应该是一个女孩吧。你的 QQ 头像分明是一个天真烂漫的小女孩，她高昂着头，一副寻梦一般的美丽模样。哦，多么可爱的小女孩！多么美妙的安琪儿啊！小时候的你已经如此天真梦幻，长大的你还是那么无邪烂漫吗？于是，我主动添加了你的 QQ。对于未知，我充满了无限期待；对于美好，我盈满了无限爱意。

然而，犹如石沉大海，我的盛意并没有换来你即刻的回复。所有的希望往往迎来的都是一次又一次的失望；所有的追逐换来的都是一次又一次的感伤。它算是一个梦吧，就让它梦得缥缈难寻、不可企及吧。现实是多么遥远，我似乎习惯了梦的生活——梦是最亲爱的伴侣，便不再理会了。一切顺其自然吧。大自然最终会给予每一个渴望真爱的人最温馨的慰藉。

时间流逝得飞快，逝去了多少青春岁月，逝去了多少执着期待。已经将近深夜 12 点，一如既往，我按部就班地正准备关电脑休息。突然，刘梓珊的名字闪烁在 QQ 上面，像是一个奇迹从绝望中屹立！我顿时喜不自禁、惊慌失措，赶紧点击，确认成为好友。一个陌生的女孩子转眼间就成了我的好友，难道生活真的就是这么神奇？按捺住内心的激动，觉察到时间的足迹，很晚了，我不应该再扰乱你即将开始的清梦。现在应该是你休息的时间吧。况且，我通常都是深夜 12 点左右睡觉的，这次也不例外，所以，我只礼貌性地给你发去信息：“很晚了。再聊。晚安……”你随即回复信息：“好的，晚安！”千言万语，化作问候，举重若轻，如释重负。我紧接着关掉了电脑。这就是两个天涯相隔的陌生人之间的第一次相遇、第一次对话。来不及多说什么，只互道一声“晚安”。一切就是这么简单。一切就像是从来没有发生过，生活依然不动声色地消磨。

那是2015年9月25日，一个平平淡淡的日子，就这样静悄悄地随风飘逝。但是你的那些文字像是一颗颗种子，已经深深地播撒在我的内心里……

接下来的几天，我都一直忙于看书写作，无暇顾及上网聊天。9月29日的晚上，当我在网上看书渐有困意时，又是深夜12点。像往常一样，我准备关电脑休息。电脑上的网民们已经安静下来，我顺手准备关掉QQ，不经意间一个身影出现——你竟然还在线！哦，这个“夜猫子”怎么还不休息呢？你像是在等待我的到来，一直守候在时间的边缘。好奇心逗引着我，那些深藏于心的真挚的文字驱使着我，我决定一探究竟。

“打扰了。”我冒昧地和你说话。

“没有啦。”这次，你随即回复了信息。哦，多么幸运啊！我的兴致被激化了。

“看到你还在线，这么晚了，你怎么还不休息呢？”我客气地询问。

“嗯，我还早。”你平静地回答。

“为什么要让自己的时间更晚一些呢？早一点休息，对你应该会更好的……”我积极地建议，友好地关心。

“呵呵，习惯了。谢谢。”你轻松地表示了感谢。

我的思绪飞舞起来：“记得我是9月25日那晚添加了你的QQ的。那晚已经挺晚了，所以没有聊。今晚这么晚又看到你还在线，我就不禁担心了。”我似乎还在为今晚冒昧和你说话而辩解着，同时对你的晚睡表示忧虑。

“呵呵，我一般都是2点30分睡觉。”你又轻松地说出你的晚睡的习惯，而它刺激着我的眼，我的眉头不禁皱成一团。但既然是习惯，就不是一次两次能轻易改掉的。我只好暂时沉默地接受了你的这个习惯，再一厢情愿地希望慢慢地为你改掉。

我依然沉浸在那个随风飘逝的夜晚：“那晚我主动添加你的QQ，是因为忽然在文艺圈看到你写的那篇文章《第二十一个年头》，我很喜欢你写的文字，被深深地感动了，所以情不自禁地在文艺圈的QQ群里专门寻找到你，特意添加了你。”

“谢谢您。我现在看了，觉得写得还不是很好——是两年前写的，一直寻找投稿机会。”你审视着自己的文字，流露着谦虚。

你的那些文字突如其来地涌上我的心头，如同猛涨的潮水一般在我的心里汹涌澎湃，我按捺不住内心的激动，敲打着文字：“感觉到你的真诚了，感觉到你的追寻了，感觉到你的忧伤了，感觉到你的坚强了……”

“谢谢您。很遗憾，没有通过终审。”你比较在乎这里的评判。

“你不要因为这个而产生一些忧愁，这只是对自我的一次肯定。是否通过终审并不能决定什么，你用心写了就好，你的文字能够让像我一样的读者读了受到感动，这些就是对你最好的终审……”我赶紧安慰着你，疏导着你的遗憾。

“嗯嗯，谢谢您的鼓励。”毕竟我们还是陌生人，你的言辞满含着客气。

为了增进彼此的了解，我顺便介绍着自己：“我也是一个文学写作者，一直以来每天都在坚持着写作——沉默的写作……”

“让我们以后多多交流，共同进步。”对于一个有着共同爱好的人，你充满着交流的渴望。这让我感到欣喜。

我想让你多注重写作本身的幸福：“就像我在我的散文《沉默的写作》中写道的那样：其实写作时带给自己的那种美好的感受已经是一件很幸福的事情。……也许就是为了这种美好的幸福感觉，自己默默地写着，自己默默地陶醉着，自己默默地坚持着……”

“这篇文章好像我在什么地方看过。”你在记忆的河里打捞着一条漏网之鱼。

“对呀，我的这篇散文也在文艺圈里发表过，你有没有看呢？——我就是李军君。”哦，你看过我的文字了，我惊喜不已。

“看了，我就觉得标题很熟悉。我还转发了一下。”你打捞上了这条漏网之鱼，并且殷勤地赠予别人。

“哦，真有缘。谢谢你。”我的文字能够让你喜欢，这让我多么兴奋哪！哦，美妙的文字，跨越千山万水，神奇地把两个陌生人牵系在一起！

“最近各方面都很忙，加上压力大，心情差，在哪儿看到的都忘了。”你忽然坦诚地解释着。

你的“一般 2 点 30 分睡觉”的话刹那间又在我的耳畔响起，我的担忧加重了：“你看你，压力大，心情差，每晚还不早点休息呀！”

“没办法，到那时事情才做得完，我要加大强度，再不努力，就老了！”你的言语中透露着对命运和时间的奋争！

你的努力让我感到欣慰。我也是一个视时间为生命的人，时间流逝的焦虑感总是折磨着我，我每天都在和时间赛跑，一直抓紧时间在文学写作上不断奋斗呢，但一个女孩子竟然开口就言老，却让我觉得有点好笑：“你看你说的话，年纪轻轻，花儿一般，就随意说‘老’。你能意识到时间的紧迫性，要加大强度要努力，这非常难得，也非常好！但是你不要太苛刻自己了……”

“呵呵，说到点了，这是我的优点，也是我的缺点。”你清醒地认识着自己。

“苛刻——珂珂。你看你，天生的吧，故意苛刻。哦，真相大白。”你对自己的“苛刻”引起了我的不满，但我想轻松地“进谏”。

“唉，我也不希望，哈哈哈。”你笑逐颜开，如花绽放。

千金难买佳人笑！你的欢笑在我的眼前恣意怒放！我内心的狂喜刹那间仿佛火焰一样熊熊燃烧，犹如波浪一般滚滚奔腾：“我的眼前想象着一个可爱美好的姑娘忽然微笑起来，如同朝阳从乌云背后偷偷溜了出来，捉迷藏一般。‘哇！终于找到你了！原来躲在这里呢！’你说在寻找的我能不快乐吗？”

“文笔真不错！多多向你学习！”你的称赞像一缕温煦的阳光照亮了我的心胸，燃烧着我的激情。

“一起学习吧。我呢，主要写散文，发表过几篇散文，但每天坚持至少写一篇文章，已经写了成百上千篇散文了，可以结集出书了……”我兴奋地与你分享我的丰收的成果。

“佩服佩服。”你又一次称赞，我有点不好意思了。

兴味盎然，我又兴奋地和盘托出最近的创作情况：“每天我都在坚持写呢，也写诗歌、小说——最近一段时间我在同时创作两部长篇小说：一部当代的，一部武侠的。”

“我没有每天都写，也没有这样的水平和时间，我就是灵感一来抒发一下罢了。”你真诚地表达着自己。

“挺好的，想写就随时写。珂珂，你喜欢读武侠小说吗？给你看看我正在写的那部武侠小说——”我激动地希望与你一起分享作品。

“嗯，我不喜欢小说，但我很乐意读你写的，这样我也有提高。——那你也要看看我的，希望您多多给予指导。”你的“乐意”又一次掀起了我内心的波澜，我自然同样“乐意”看你写的文章。哦，文字呀，你给予了我多少快乐呀！你是我生命的支柱！你是我幸福的源泉！

你紧张而害羞地给我发来了自己写的文字——四篇文章，我一篇又一篇地欣赏。透过文字，进入你的内心，探寻你内心的奥秘。我和你一起做着《蒲公英的梦》，思绪《天马行空》，和你一起飞到那如同仙境的《世外桃源》，享受着《在今夜的一段恋情》。哦，我在你的文字里自由地飞翔、沉醉地观赏！“那里只有海味一样清澈的水 / 我在那里 / 看到离天边最近的日出日落 / 每天看到日出 / 我对它笑 / 它也对我笑”。在那里，“今夜的夜空是那么的美 / 是格外的美”“我们就这样一起奔跑着 / 去寻找孤岛外的那一杯能品味人生的咖啡”……

当我和你还在文字聊天中游山玩水、乐不思蜀时，时间也梦一般悄然飞走了。倏忽间，已经是 9 月 30 日的凌晨 2 点。我如梦方醒，赶紧催促你准备休息吧。你却说还正在做明晚要用的心理学课宣。

你强调：“自己的强度还不够，这几天六个小时的睡眠，过几天要五个小时，慢慢加强。”

我生气：“晕！珂珂，先别这样苛刻了！早点睡！早点起！对身体更好！可以晚上12点睡，早上6点多起，也一样啊！”

你委屈：“但是事情做不完，到12点。每天这么晚睡是有原因的：等我有了点希望，我就早睡早起。——你怎么也睡得这么晚？”

我解释：“我今晚不是为了陪同你嘛，原本我都是早睡早起的，但今晚刚开始时建议你早点睡，你不睡，说要晚睡，习惯了，我只好破例晚睡了。但也想在今晚陪同你晚睡一下，希望你以后能养成早睡早起的习惯！”

你道歉：“抱歉。”

我激动：“不用抱歉，我很乐意！今晚能够和珂珂聊天，并且认识珂珂，是我这几年最大的福气！我梦寐以求的！”

你害羞：“呵呵，被你说得我都不好意思了。”

我情难自抑：“彼此纯粹就好……彼此真诚就好……彼此珍惜就好……今晚，竟然意外地和你说话，这是一次多么让我心醉神迷的纯粹的真诚啊！我又是多么激动而狂热地满怀着珍惜！”

你娓娓道来：“您能因为我的一篇文章而找到我，还从我的文章中体会到我的情感，我真的挺感动的。”

你的这句话说得真是太妙了！又是文字的功劳哇！幸亏有了文字，才能让我找到你。“这就是心有灵犀，这就是千里缘分。彼此珍惜就好，彼此感动就好。好了，你乖乖睡吧。我也一起睡了……”

“好的，晚安。”

已经是凌晨 2 点 15 分了。这是一次漫长而短暂的聊天。说它漫长，是因为长期以来，我的生活规律性地早睡早起，我好长时间没有在这样的夜晚和一个女孩子长聊了；说它短暂，是因为这是一次轻松快乐的聊天，单纯的情感在你和我的文字中快乐地传递着，而快乐总是格外短暂的。

沉沉地睡去，两个多小时的聊天犹如一朵朵鲜花一样散发着迷人的芬芳，弥漫了整个梦乡……

闹钟习惯性地响起，我忽然睁开眼，房间里静悄悄的，空气里散发着燥热的气息。我的脑海中立即浮现出一个身影，闪现出一些充满力量的话。你的一些文字在我的心里活蹦乱跳。一个鲤鱼打挺，我从床上一跃而起，走出房间。热情高涨，我并不感到累，尽管只睡了四个多小时。我又投入到紧张的看书写作中……

时间的脚步嗒嗒地响起，十一国庆节来到了，我和你每晚依然保持着聊天。我们谈文章，我们谈写作，我们谈生活，我们谈人生……我时不时被你的认真学习的精神感动着。我每晚都催促你早点休息。我每天早晨都打电话叫你起床。你经常把你喜欢的文章分享给我。我把每天写的文章发给你看。我们随时语音聊天，我们随时打电话，我们随时发信息……通过文字，我们每时每刻都在一起！通过文字，我们的心儿融合到一起！哦，这真是梦幻的神话生活呀！

我消除你的顾虑，我欣赏你的独特！心爱的珂珂，我从来没有想到上天会让我遇到你。直到遇到了你，我还是想不明白为什么遇到的竟是你。我想这就是缘分吧，没有为什么，只是命中注定遇到了，从此，我的心里就溢满了忧愁的甜蜜，怀着对美好的深切疼惜，念念难忘想要我们在一起……

你总是那么乖巧真挚！你总是那么善解人意！你深情地说："感谢上天让我们相遇，感谢你接受了不完美。总之，我珍惜和你在一起的时光，谢谢你，想念你……"你总是那么自责，你愧疚地说："我觉得我为你做得太少了。"你总是那么单纯，你动情地说："我好幸福！"

哦，那人世间最美好的爱情啊，我从来不曾深吻过你的芬芳、沐浴到你的光辉！我无数次跋涉在香草山上，在沉重的相思和绵延的寻觅中常常热血沸腾、热泪盈眶！在孤独的煎熬和挣扎中伸展飞翔的翅膀！

一直以来，我感慨着"孤标傲世偕谁隐"，宁愿忍受着清高孤独，坚守着"质本洁来还洁去"。我曾经说过这样的话："一份痴爱、深爱、大爱，不是随意一个女孩子所能够终生享有的！"现在，我心甘情愿地把这份爱给予你——我的爱人！哪怕远隔万水千山，我也要义无反顾地奔赴你的身边！

在爱的纯粹世界里，我一直渴望的是"执子之手，与子偕老"的纯粹和永远！我是一个文学的痴情儿，我是一个爱情的坚守者，千年的孤独相思，只为守候你的到来。我心爱的人儿啊，虽然你身在远方，但是你已经铭刻在我的内心深处！你将是我的骨中骨、肉中肉。昨天是加拿大的感恩节，我昨晚告诉你做我的爱人，今天是农历九月初一，一大早我就向全世界正式宣布：我们正式相爱了！

我们通过文字相识，文字就是我们的月下老人，文字就是那美丽绚烂的鹊桥，搭建起我们遥远的爱情、永久的幸福！沐浴在真爱的光辉下，在这孤独的天地间，在这荒寒的人世间，我和你的生命将绽放得更加璀璨！有你，有我，有爱，我们还奢望怎样美满幸福的世界啊?!

只留下一些感悟

你经历过许许多多的生活，书写过许许多多的文字，它们渐渐都化作一片空白，只留下一些感悟。然而，这就够了。

为了生的独立和自由，你在人世艰难地体验、跋涉，尝尽苦楚，饱受孤独……你是那么高傲，不愿意屈从世俗的规矩，一心想冲破世俗的牢笼，做一个俯仰随心的逍遥散人。但是，谈何容易！神通广大的齐天大圣也难以逃出如来佛祖的五行山！你却依然明知不可为而为之！在人世沉浮这么多年，你早已守护住自己的一颗真心。

生活抛给人们的沉重是没完没了的，在这方面，生活总是无私慷慨的，似乎不把人们压弯腰绝不放松——很多人借此练就了能屈能伸的本领，这也是生活始料未及的吧。你呢？是否懂得能屈能伸？

周围的一切看得司空见惯了，你渐渐就看出了荒诞——这种荒诞中又何尝没有悲哀呢？

总是不忍别离，别离是痛苦的，但是回归呢？回归更是痛苦的——很多时候，一旦别离，就永远很难再回归了。人生的回归是需要勇气以及成就的。

我们必须去经历生活，只有在真实的生活体验中才能慢慢感悟人生的意义——别想太多，抓紧时间去做吧。

“也许你是一颗开心果，也许你的纯真的快乐感染着我，我总禁不住想和你说说话……”也许“你”并不存在，你只是因为内心太过孤独，而在和一个理想中的可爱的人默默私语。你痛恨阿Q的精神胜利法，但它常常让你的心得到暂时的平静。人生是美好的，总会有一些可爱的人出现在你的世界里，尽管那只是幻觉，或者是在虚拟的空间。

生活总是要继续逆风前行的，你只能让自己足够强大，能够抵御那无情风暴的肆虐！

这个世界上总有一些特殊的人，在长久的沉默中突然就显山露水了——也许这就是自然之道。

你重读作家路遥的文字——人品决定文品，他的人格魅力深深地吸引着你。不沉迷于已有的成就，走进沙漠，开始新的征途——虽然前途一片渺茫，但是你依然奋不顾身地挺进！

文字是能给人安慰的。当你的生活中只剩下了文字——

这个唯一能够安慰你的朋友，你就禁不住时时沉浸在文字的世界里。生的沉重和虚幻都渐渐远去，在文字的世界里，你成了人世间最幸福的人——你宁愿沉醉不复醒！

随着写作的坚持不懈，它已经习以为常并且成为你生命中不可分割的一部分，融进你的血液，汇入你的灵魂。是写作成就了现在的你，还是你成就了写作本身？

喜欢写作的人，一定是品尝到了写作的甜头。那种创造时的快乐、那种创造后的满足，常常可以抵消写作时的一些辛苦，让写作者心甘情愿为此付出——付出时间、付出孤独，甚至付出生命。

好的东西总想与人分享，同样，好的文章总想与人分享。每一个写作者都在追寻好的文章的道路上探索着，希望写出好的文章，给自己阅读，与别人分享。然而，每一个人的审美标准都是各异其趣的，你认为的美好，在别人眼里可能并不觉得美好，于是，失望就光临了。但是一个好的写作者常常并不以别人的好恶来决定自己的写作，你依然坚持着自己的独特的写作。

以前，你总觉得没有什么可写的，便不想写，这时写作就变得困难。现在，你感觉确实有很多东西可写，但是又出现了新问题：担心写不好或者并不能传达给人们一些有益的东西，这样的写作就变得毫无意义了。随着写作的深入，你渐渐感到文字的沉重，不敢随意写作了。这如同一名虔诚的佛教徒，总是对佛怀着一种深深的敬意，不敢亵渎丝毫。

当你的写作和大多数人融为一体，你就不仅仅是为自己而写，你更是为大多数人而写，为整个人类而写，这样的写作便被赋予了神圣感、责任感和使命感。

有时，写作是要冒着生命危险的，是需要巨大的勇气的。它需要一颗强大的心灵敢于冲进黑暗、体验黑暗，只有这样才能更好地反抗黑暗以及寻找光明。写作是伟大的事业，需要伟大的献身，同时我们将成就自身的伟大！

发脾气的背后

在蒙眬的梦里，她浅浅地睡着，大脑中隐隐约约传来一阵悦耳的歌声。歌声是那么熟悉，那么亲切，犹如爱人的轻语。不经意间，她的娇嫩的小脸蛋上荡漾起幸福的笑容。

忽然，她倏地睁开了眼睛，呆呆地仰望着房间的天花板。周围怎么这么安静呢？安静得让她感到害怕，她的身体不禁打了一个寒战。静静地聆听，耳畔依然是死一般的沉寂。她无法忍受等待的煎熬，连忙伸手去捕捉枕边的手机，犹如想要抓住眼前的一根救命稻草。她急忙打开手机，时间赫然在目——8:13！这三个数字像是箭一样射进她的眼睛里，她的眼睛划过一丝刺痛。已经过了13分钟，手机怎么没有响呢？亲切的歌声怎么没有唱呢？一种怅然若失的感觉刹那间袭上她的心头。

平时，每当8点之前，手机铃声都会温柔地响起，他都会如约而至地给她打来电话，叫她起床。今天怎么一反常态，他的电话去哪里了？难道他忘了？是不是他临时有事没有时间打呢？还是他故意不想打？她胡思乱想，心乱如麻。

一个念头突然掠过她的脑际：现在打电话过去询问他为什么不给她打电话。但她随即就抛弃了这个念头。也许他真的有事正在忙呢，还是不要打扰他。她自我慰藉。打不打都无所谓了，这么多年她都是一个人独自度过每一个早晨的，她早已习惯了独自醒来的寂寞感。然而，自从遇到他以后，她习以为常的生活被彻底打乱了——嘭的一声，他从天而降，犹如一块巨石砸进她的平静的生活湖泊里。从此，她深深地迷恋拥有他的日子。有他在，多好哇！他让她感到以前的日子原来是那么荒凉乏味。

可是，此刻，他在哪里呢？他应该是生气了。清晰地记得昨晚他落寞的神情。她痛彻肺腑地告诉他以后她要完全独立，不再和他共享生活中的一切，即使是结婚了也要各自为营。她一边斩钉截铁地宣告，一边黯然神伤地流泪。他始终一言不发地聆听着，满脸流露着落寞。她本来说的都是气话，只是为了激发他的更多的爱意。但看到他那无动于衷的样子，一时感到委屈，她就怒气冲冲地斥责道："以后不要管我，你是你，我是我！"

她觉得她必须对他发脾气，他是她最在意的人哪，不对他发脾气还能对谁任性发火呢？这两天她一直没有搭理他。就不想搭理他，哼，冷落他！让他尝点相思苦吧！她暗自嘟着小嘴巴。无论他打多少次电话，她就是不想接听。她觉得他不能设身处地地为她着想，现实让她承受了多么巨大的压力呀，他不但不能为她分担，而且让她独自饱受伤害。直到他接连打了两天的电话，她才不耐烦地接听并且生硬地告诫他："有什么话赶紧说，我正忙着呢！"

…………

现在，缺少了他的这个电话，她的身体里似乎少了一块东西，走起路来都是轻飘飘的。其实，她心里在想念着他，但是由于自尊心在作祟，她忍耐着没有追根究底，独自默默地起床梳洗。她在时间一分一秒的流逝中饱尝着煎熬。上午快 11 点了，她按捺不住地拨打了他的电话。电话刚一接通，她只是急促地说："看你早上没有打电话，问一下——没什么事就挂了。"

…………

下午，她忽然给他发去微信："其实吧！有一天有位老师告诉我：愤怒的背后是恐惧。我自己又反思了一下，我们在一起的时光，为什么我经常对你发脾气呢？那天我本来想问你我对你发脾气的时候，你是什么感受，我再向你坦白我内心的恐惧。但是那天晚上，面对你，我什么话都说不出来。你一直催促我抓紧时间学习，要锻炼独立能力，等等，说了一大堆唠叨话，其实我觉得自己挺享受这个过程，我觉得挺幸福的，就好像在享受小时候缺失的一种爱。像今天，因为我昨晚的一些话，早上你没有打电话给我，我一直在蒙眬的睡梦中等待你的电话。其实那么多年，我一个人也走过来了，什么都自己承受，现在多了一个你，只想要多一份陪伴。就说这么多吧！"

他并没有生气。他从内心深处挚爱着她。他愿意陪伴她一起走过恐惧、走向幸福……

寻 找

他的右手里紧握着一个红色的塑料袋子，他步履匆匆地穿梭于一个个商铺。他汗流浃背，他茫然无措。已经是晚上10点钟，他依然固执地在寻找着什么……

就在刚才他提着电脑包，急忙走进房间，随即掏出笔记本电脑，往书桌上一放，一边拿着电源线，一边弯腰去拿插座。嘭的一个声响在房间里突兀而诡秘地响起，只见一股淡淡的轻烟从充电器边上任性地蹿出，在空中袅娜起舞。这真是有点不可思议。他赶紧再一次试图插好电源线，又是嘭的一声。真倒霉。急用电脑，幸亏里面还有储存的电，他便争分夺秒地开机操作起来。

他迅速关机，把充电器电源线折叠整理，放在一个红色的塑料袋子里。赶紧抽空拿去修一修，晚上还要用电脑呢。他一边走着，一边看看附近有没有可以修理的地方。这时夕阳已经隐去了踪迹，天空渐渐变得昏暗，没有多少时间了。他只好拎着红色的袋子，乘车赶往另一个地方。

晚上要忙起来了，没有时间出去买新的充电器电源线，他不由得着急起来。他立即给一个修理电脑的朋友打电话，麻烦朋友帮忙送一套新的充电器电源线过来。朋友抱歉地说已经关门了，有事出去了，明天才能送过来。“如果你急用，可以去其他店里问问，也许有的。”朋友最后又提醒了一句。他谢过朋友，继续忙他的事情了。

他步履匆匆，忽然抬头，一个修理电脑的招牌映入眼帘。如获至宝，他不由分说地朝着“宝物”挺进。招牌在二楼的上空静悄悄地注视着他的一举一动。他却还在一楼一家家店铺前徘徊。这里应该是入口了，他赶紧走过去。这时，一个保安突然出现在他的眼前。低着头，看着手机，静静地坐在一只小凳子上，这个保安似乎隐身一般让人不易察觉。出于礼貌，他客气地问道：“请问这上面有修理电脑的吗？”“没有！”一声冰冷冷的回答让他不禁浑身一凛。“上面不是明明写着吗？”“我说没有就是没有！——我又没有必要骗你！”他感到有点莫名其妙，但还是相信了这个保安的话——他宁愿相信，悄然转身。

回去吧，有些事情不要太勉强，不要太坚持，不要太固执，他似乎在劝诫自己。又路过一家电器商店，他走过去询问了一声。一个中年人缓缓地看着他，关切地说：“你去前面那家看看吧，那里有卖的——那里关门晚一点。”

听着这个中年人的话，一股暖流一下子涌上了他的全身心。他激动难耐，他真诚地道谢。他感到他终于在这个燥热的晚上寻找到了自己一直固执地要寻找的一些东西。他匆忙朝着一个充满着温暖的地方拼命狂奔……

沉醉那片山水

忙碌了一星期，趁着休息，你终于走出去散散心。你坐在飞快行驶的地铁里，静静地凝望着广阔无垠的窗外。这是一段露天的地铁线路。

远处，一座座山连绵起伏，守护在它身边的是一片片树。它们像一对对神仙眷侣，远离人群，高居云端，散发着属于自己的独特魅力，以自然的清幽旷远深深地吸引着你。你的目光是那么痴迷，你的思绪在飘飞。嘘！听！你的耳畔突然传来“哗哗哗”的流水声。哦，你早已心驰神往，沉醉在那片山水中……

时间总是流逝得异常可怕，让你每一次刚刚怀念就禁不住吓得胆战心惊。然而，美好的一切是永恒的，是无法被时间吞噬的，是随着时间的无情流逝而越发多情醇香的。那是六年前的岁月——你身在广州的日子。虽然那只是短暂的五个月，但是每一天都弥漫着亲切的味道。那种亲切感此时在你的心中氤氲发酵，让你犹如见到最亲爱的人一样感到心旷神怡。哦，她就是那片自然的山水！那是普普通通的一天，你和她就在这种普通中竟然神奇地邂逅了！

那是一个美丽的黄昏。天边的云彩似乎一直在召唤着你的灵魂。你随意走着，沿着那道路两旁的绿树幽径，静静地走向苍茫的远处。还是熟悉的路，还是熟悉的树，车辆一如既往地穿梭……不知走了多久，夕阳已经隐去了芳容，仅仅留下淡淡的余晖，你依然在行走。

突如其来，一股温柔的风儿蓦地扑向你的怀里，飕飕的响声轻吟在你的耳畔。你手足无措，你受宠若惊。你正在心里感激着风儿的热情，享受着风儿的温柔。嘘！听！不，不仅仅是风声，那分明夹杂着潺潺的流水声啊！喜上眉梢，抬头寻去，你的左前方竟赫然出现了一条小河！那是玲珑剔透的小河呀！那是冰清玉洁的小河呀！仿佛是从天而降，她专门在这里等待你的到来！像是千年的守望，她只为守候你的深情的目光。这该是怎样的姻缘啊?！你急不可耐地跑到她的身边；你一下子被她深深地吸引。清澈的河水缓缓地、静静地流淌，显得多么温婉清爽……

情不自禁，你脉脉地沿着河床去追溯她的源头。你一边小心翼翼地走着，一边不时驻留细致入微地聆听她的欢歌；你不敢发出丝毫的声音，你的内心溢满了最甜蜜的幸福。不知何时，你忽然发现你已在群山的怀抱里！山风轻抚着你的身体，河水涤荡着你的灵魂，在这燠热的季节，你犹如置身春天一样惬意！

这时，一个山洞又奇迹般降临到你的眼前。它屹立在那里，显得幽静而深邃；它威严地凝视着你，散发着一种不可抗拒的魔力。天渐渐漆黑了，虽然山洞也一片模糊，但站在这边依然可以望到尽头黯淡的光线。借着这“曙光”的力量，在好奇心的驱动下，你不由自主地走向它，融入它。匆匆地穿过，眼前豁然一片开朗——不是光明，而是一片广阔的野地！那条清澈的小河呀，在广阔的绿野中，依然自在地、婉转地流淌着，流向无穷无尽的远方。一股大自然的神力汩汩地注入你的体内，你顿时身心舒泰，激情满怀，飞快地跑到她的身边，轻轻地掬起一捧水，一阵清凉顷刻间沁满你的五脏六腑……

你欢呼雀跃，如同一匹向往大自然的脱缰的野马，你在那广阔的野地里尽情地奔跑起来……天已经完全漆黑，你却一味地沉醉在那片山水中，忘记了夜幕的降临，忘记了回家的归路，忘记了喧嚣的世俗……

别离的思念

一看到眼前的这个女孩子，他就莫名地惊呆了。

女孩子静静地坐在床铺上，白色的床单映衬着红色的外衣，紧绷的裤子勾勒出消瘦的身材。一副弱不禁风的模样，看起来应该还没有 20 岁。

恍惚间，一张小巧玲珑的面孔浮现在他的心头。那纯真的笑脸是多么妩媚娇柔，那瘦弱的姿容是多么惹人爱怜，那别离的神态是多么深情缠绵。

为什么两个陌生的女孩子竟然如此相像？为什么他要在这里遇到这个陌生的女孩子？难道那心爱的人化作一缕轻柔的春风追逐着他、飘落在他的身边？难道这是念念难忘、必有回响所产生的一种幻觉？

人来人往，熙熙攘攘。嘈杂的声音在狭小的空间里犹如一群被袭击了蜂巢的蜜蜂，“嗡嗡嗡”地四散逃窜，左突右奔。他把一袋简单的行李悄悄地放置在床头，就默默地坐在洁白的床铺上，陷入了美梦与现实的“太虚幻境”里。

“查票。”一个男列车员忽然走过来。他刚顺手从上衣口袋里掏出火车票，只听对面的女孩子轻声细语地说：“我是用学生证购票的。”一张绿色的学生证闪现出青春的光芒，飘荡着青春的气息。那些早已逝去的青春岁月此时穿越千山万水扑面而来，让他感到格外的亲切。

哦，眼前的这个女孩子一瞬间浑身上下散发着迷人的魅力。

“你是大学生？”他终于鼓足了勇气，向女孩子询问。

“嗯。”女孩子燕语呢喃。

“在深圳读大学？”他充满了无限好奇。

“没有。”女孩子略一停顿，“我在赣州读书。”

他感到有点惊讶，不禁脱口而出：“你怎么坐这趟开往深圳的火车呢？”

“我到广州下车呀。再转车去赣州。”

“那挺麻烦的。曲靖到南昌也可以呀。”

“距离都差不多。”

“一个人到外地读书也不容易。”

“到外地很好哇，能够走出去看看。”

“我看你的行李很多呀，”他像是发现新大陆一样，担心地询问道，“你那么瘦弱，身体能承受得了吗？”

“没关系，能背得动。”

他和女孩子聊起了学习，聊起了读书，聊起了大学……他诚恳地提醒女孩子一定要珍惜大学时光，专心学习，博览精读。他不无感慨地追忆他的飞逝得缥缈难寻的大学时代。作为一个已经进入社会工作了七年多的过来人，他在和女孩子的聊天中一边重温已逝去的青春，一边拥抱接踵而至的岁月。他们的聊天随意而散漫，像是一缕云烟一样轻飘飘地散入整个火车车厢里，了无踪迹。

旅途是漫长的。与陌生人之间的交流是有限的。每一个人都要在漫长的时间里独自面对自己。与自己的交流是每一个人终生必须完成的责任。我们将如何面对自己呢？

女孩子静静地躺在床铺上，手里紧握着一个精致的手机，似乎在浏览网上的文字。他默默地坐在床铺上，手里轻抚着一本典雅的书籍，细致地阅读书上的文字。这是一本关于心理学的书。这是这趟行程出发前他从心爱的人儿的书架上取下的一本喜欢的书。虽然他是因为喜欢才带上这本书的，但是他更想让这本书搭建起他和她之间的思念的桥梁——有她喜欢的东西在身边陪伴着他，对身在远方的他将是一种莫大的安慰。这是他私心的做法。

手里轻抚着书，心里思念着她。他总是情不自禁地想到她。也许正是因为对面床铺上的女孩子酷似他心爱的她，所以他才一反常态地鼓足勇气主动和一个陌生的女孩子聊天。她的确是和眼前的女孩子一样的瘦弱。已经 24 岁的她体重竟然只有 80 斤——多么让人不能承受的轻盈啊。每当看到瘦弱的她，他的心里就掀起一阵阵爱的惊涛骇浪！他不知道该怎样疼爱她！他总是不厌其烦地向她强调并且叮嘱：要多吃饭、要按时吃、要照顾好自己！她常常娇嗔地说："这叫苗条。""我不要苗条！我只要健康！"他甚至生气了。

一想到在短暂的相聚以后，他又要别离她，一个天南，一个地北，他就禁不住黯然神伤。一想到他离开以后，她又要一个人待在一个僻静的房间里，他就禁不住心急如焚。"我一个人待着早晚要被吓出心脏病。"她开玩笑的话依然在他的耳畔温柔地回荡着……

别离倏然痛彻心扉，思念骤然铺天盖地，他急不可耐地打开手机，寻找一些寄托思念的音乐。音乐响起，思念飞翔，久久地盘旋上空，犹如一声声温存的话在随风飘舞。

她的倩影顷刻间伴随着曼妙的音乐走向他的身边……他慢慢地沉醉了……

实用与无用

一整天，手里捧着一本厚厚的书，我沉浸在书的世界里。它是一本纯文学的书。它是一本陈旧的书。它不是工具书，似乎没有实际的作用。它看起来更像是一本完全无用的“闲”书。人们忙于世俗的生活与工作，已经很少有人再读这样的“闲”书。

虽然我还保有悠闲的心情，能够身临其境地融入其中，但是这些遥远的别人的故事，总是与我当下的生活毫不相干，对我目前的工作起不到丝毫的影响。一想到手头还有一些没有完成的工作，忽然，我感到烦躁难耐。一瞬间，我感到极度压抑，无法再静下心来，去做这貌似无用的事情。随着入世的加深，现在每当阅读文学书时，时间上已然没有那么从容，工作、生活的琐事剪不断理还乱，纠缠不休，让人牵肠挂肚。

书沉默、无辜地躺在我的面前，显得那么幽静、神秘。它只是静静地凝视着我，像是一位善解人意的佳人，并不说什么安慰的话，仿佛洞悉我烦躁的内心。我禁不住伸出手，缓缓地抚摸着它。书中的人物一下子浮现在我的眼前，活灵活现，或悲或喜，感人肺腑。他们是多么真实亲切呀，就如同我的亲朋好友一样站立在我的身边。人性的善与恶，生活的真与假，世俗的美与丑，都清晰可见地裸露出来，冲击我的内心，洗涤我的灵魂。内心与灵魂对每一个人来说都是无比重要的！难道这还不够实用吗？什么才是无用的呢？

人们阅读的目的往往是想运用很少的时间掌握一些实用的知识，这的确是无可非议的。短暂的实用是重要的。但是也有一些人在用大量的时间阅读一些无用的故事，这看似是匪夷所思的。他们阅读的目的何在？意义何在？只因为他们懂得这看似无用的故事却蕴涵着生命通俗的智慧和人类普遍的价值——这样的智慧和价值总是隐于现在而惠及未来。

记得前段时间我在返回深圳的火车上意外地遇到了一位在大学教授英语的老师。他是一位年过半百的老教师。在闲聊中，他兴奋地对我说他目前在编写自己的家族年谱——《刘氏宗谱》。十多年以来，他利用自己所有的业余时间来搜集、整理《刘氏宗谱》。他寻亲访友，采访记录，跨越千山万水，探寻历史足迹……不辞劳苦，就为了完成这本《刘氏宗谱》——这是他后半生活着的最大、唯一的心愿。他这么做，到底值还是不值？他自我宽慰地说尽管亲朋好友中经常有人指责他在这无用的事情上浪费时间，但是他感觉这寄托着他的梦想，是他活着的意义所在！他愿意竭尽毕生的精力来完成这无用的工作！我对他致以由衷的敬意。

我们在世俗生活中渐渐变得太过现实，我们常常只注重眼前实用的东西，而忽视未来无用的事情。这是值得我们反思的。实用与无用只是相对的。实用的并不是非常有用，无用的并不是真的没用。一些具有大智慧的人对实用与无用的看法是耐人寻味的。

道家的庄子对无用推崇至极。有一次，庄子在山中行走时，看到一棵大树。树干粗壮，枝叶茂盛，伐木工人在树旁休息，却不砍伐这棵大树。庄子就问他什么缘故，工人说："这棵树没有任何用处。"于是，庄子教导弟子说："这棵树因为不成材，得以过完自然的寿命。"树以无用而终天年。看似无用，不显山不露水，在隐逸与蛰伏中，它安然度过一生。这样的无用才是真的有用啊！

无用展示的是一种人生的大智慧呀！

受伤的白蝴蝶

太阳又一次高踞中天，日复一日的炎热已经完全消磨了太阳的耐心，它变得越来越狂躁不安。一棵棵树木没精打采地站立在道路的边缘，承受着无人问津的冷淡。一辆辆汽车风驰电掣般地在宽阔的柏油路上奔腾着，奔向生活的冗长的彼岸。喧哗，聒噪，冷清，寂寞，四处弥漫……

忽然，一团朦胧的雾气从渺远的天空飘来，飘浮不定，漫无目的。飘啊，飘啊，一只蝴蝶神奇地从那团雾气中破茧而出。近了，近了，哦，一只白色的蝴蝶！它在天空尽情地飞舞，整个天空都是它的家园。它似乎并不在意人世间的喧哗与冷清，它只顾舞动自己曼妙的身姿。哦，它是多么纯洁，多么轻盈，多么随意，自由自在，无拘无束，欢天喜地！

一个小女孩兴高采烈地唱起了歌，歌声悠扬，飞进爸爸的耳朵里，飞进燥热的天地间。小女孩一边唱歌，一边眨动着清澈明亮的眼睛好奇地打量着飞逝而过的树木和汽车。一些问题，她一直想不明白——树木为什么会这么无精打采呢？汽车为什么会这么急不可耐呢？她也顾不了那么多了，她只想快快乐乐地唱着自己喜欢的歌曲，她只想轻轻松松地坐在爸爸脊背的后面。

“呀！爸爸，快看！一只蝴蝶——白色的！”小女孩突然惊喜地呼喊着，稚嫩而欢快的声音在风中寂寞地飘荡。“快坐好，别乱动。”爸爸淡漠地命令着。一辆黑色而陈旧的自行车，一个瘦弱而安静的父亲，一个娇柔而活泼的小女孩，渲染出一幅淡雅的图画。

“啊！爸爸，快停！我的脚丫——很痛啊！”小女孩突然惊呆地呼喊着，嘶哑而悲切的声音在风中寂寞地飘荡。“怎么了？我看看……”父亲焦急地询问着。一个瘦弱而温暖的怀抱，一副慌乱而无助的神情，一只柔软而血红的小脚，渲染出一幅悲惨的图画……

那只翩翩飞舞的白蝴蝶突然从空中跌落，轻轻地伏在小女孩的身上，俨然一副受伤的弱不禁风的模样。它是多么无助，多么脆弱，多么痛苦……

我静静地行走在喧哗与冷清中，正在深深地凝视着擦肩而过的一个白色的小身影，那美妙的歌声依然在我的耳畔自由欢快地飞翔。一幅幅山水风景在我的脑海中目不暇接地浮现，露出各自俊俏迷人的笑容。突然，一声刺耳的呼喊穿越周围重重喧哗与冷清，犹如一把小刀径直刺进我的内心，刺伤了人世间所有的幽静与快乐。

“赶快！送孩子去医院！”我禁不住失声喊了起来。我的声音在这寂静的中午显得那么突兀而沉痛。一个路过的我，一个陌生的我，一颗受伤的心……

这时，一群乌鸦不知道从什么地方逃跑出来，一窝蜂地冲向天空，化作一团团漆黑的乌云。树木显得更加憔悴，汽车跑得越发飞快……

追忆时光

在现实的生活中，在时光的流逝里，一些细小的东西总会不经意间触动我们内心最柔软的角落。于是，如烟的往事恍惚中清晰地浮现出来，它们深深地吸引着我们，我们禁不住沉浸在那些过去的时光里……

追忆大学

“嘚嘚嘚”，微信唱起了歌。顺手打开微信，我不禁感到一阵惊喜：一个老朋友罗志强发来两张照片——他和女朋友的亲密婚纱照。欣喜若狂，我随即回复信息：“真帅！真美！终于要结婚了！真高兴！”

婚纱照中的他显得年轻而快乐。幸福洋溢在他瘦削的脸上，遮盖了岁月的刻刀雕琢留下的痕迹。曾经青涩的眼眸透露出历经时间的成熟。时光打磨着每一个人，我和他都已经在人世间度过了三十个春秋。凝视着照片中的他，我的眼前忽然站立着另外一个他——那仿佛是一个不可触及的遥远的时代。

他是我大学时期的好朋友，他是我所读的汉语言文学专业唯一的情投意合的好朋友。整个大学，四年的时光，他是我相处最多的朋友。同一个宿舍，让我和他成了新的一家人。远离了家乡，置身陌生的环境，一个好朋友就是我们最亲密的家人。我和他都是热爱文学的人，我和他都是喜欢读书的人，共同的爱好，冥冥中拉近了两个孤独的灵魂。

大学时的我是孤僻而忧郁的，时常独来独往，自认为与天地精神往来，响应着使命的遥远的召唤，徜徉于精神的浩渺星空。还记得我们专业的一个女孩子戏谑地称呼我是“忧郁王子”。我很少与其他同学交谈。读书是我最痴迷的爱好。图书馆是我寄托身心的归宿，一本本书是我最亲密的伴侣。他也经常出入图书馆。在无言的时光里，彼此默默地进行阅读。私底下，我却与他相谈融洽。无论是宿舍、课堂，还是餐厅，我和他总是结伴同行。我善于聆听，他犀利的思想呈现在我的眼前，他率真的情感裸露在我的耳畔。他对身边事情的深刻评价让我久久地回味；他对我们班里一个女孩子执着的爱情让我长时间地感动。因为他的存在，我寂寞的求学生涯增添了珍贵的乐趣；因为他的存在，我孤独的心灵世界享受了温暖的友谊。这份大学同窗的情谊，对我来说，是刻骨铭心而一生难忘的！

大学四年，我们在书海中尽情遨游。青春的热血在我们的身心中熊熊燃烧。我们激昂文字，畅谈理想；我们展望未来，放飞希望。大学的时光，铸就了我们灵魂的底色和刚强。那随风飘逝的大学时光啊，将是我们一辈子追忆和怀念的天堂！

追忆童年

晚上，手机铃声忽然响起。我拿起手机，一个陌生的号码呈现在我的面前。上海的，会是谁呢？我还是果断地点击了接听。一个陌生的声音传了过来："是李军君吗？""是我。你是？"他随即说出自己的名字。原来是小学同学，他是从一个老乡那里获知我的手机号的。

既是同学，又是老乡，亲切感自然滋生出来。似乎彼此已经是交往多年的老朋友，我们谈得随意而尽兴。"想想真快，小学毕业以后，咱们都有十五年没有见过面了。"他轻松地说出了这句话。然而，一听到这句话，我的内心轰然一震，"十五年"如同一个从高空抛下的重物，狠狠地砸在我的心上。我一时喃喃自语："十五年了，十五年了！确实太快了！"他依然自如地和我聊着这些年的境况，我的忧愁却逐渐弥漫开来……

十五年的光阴，在懵懂中随风飘逝了。飘逝的永远不再回来，我们只能在时间的荒漠中寻觅追忆。每当回忆往事，我们一开口便历经沧桑："记得十多年前……"这是怎样的沉重啊！生命不能承受之重，慢慢侵袭着成长中的我们。我们别无选择，只是一如既往地前行……

小学时代依然记忆犹新，它是我们生命的源头，承载着我们最初的梦想。那是最真实的记忆！翻阅童年的记忆，我的脑海中总能浮现出一张张稚嫩而淳朴的面孔。那时，我们拥有最天真烂漫的童年，我们活在最简单自由的岁月。

突如其来，一张面孔是那么鲜活，似乎他就站立在我的眼前。我赶紧打开电脑 QQ，搜寻童年的那个伙伴。哦，他静悄悄地待在这里，不经意成了被遗忘的角落。我们很久没有联系了。我一时动容，急不可耐地敲下文字：“最近可好？”回答的是一片沉默。我又敲下文字：“不由得回忆起小时候的事，感觉你还是童年的好伙伴……”时光在悄悄地流逝，我在默默中等待。

过了一会儿，他终于回复了信息：“那肯定是好伙伴哪。今天你怎么有空跟我聊天哪！”哦，犹如一手捕捉到了童年，我顿时溢满了兴奋：“忽然想到童年，忽然想起你……时间过得太快，过去的都失去了……”“咋忽然这么多愁善感的？”他笑呵呵地询问。

是呀，我怎么忽然就多愁善感了呢？虽然时光流逝得惊人的可怕，童年已经一去不复返，但是正当青年的我们才刚开始迈开人生的豪迈脚步，正迎风起航呢！看呢！黎明的曙光将迸射着熠熠的光辉呀！

时光的流逝是不可挽回的！过去的一切在不断追忆中沉淀得越发美好。享受着美好的时光，我们携带着各自的使命，朝着梦想的地方勇往直前吧！

变与不变

“电脑的硬盘损坏得非常严重，无法读取数据，里面的所有资料看来是取不出来了。”修理电脑的师傅一边盯着运行的电脑，一边惋惜地叹了一口气。站在旁边心急如焚的我，一听到这不容置疑的“死刑判决”，顿时感到心口被狠狠地刺进了一把锋利的刀，痛得要命！我的眼前笼罩着一片黑暗。

我根本没有想到问题会如此严重！这样的变化来得猝不及防，没有给我留丝毫准备的时间——一旦来临，就是最糟糕的结果！它是一台才用了两年的笔记本电脑，使用起来得心应手。它是我生活中必不可少、亲密无间的伴侣。它每天陪伴着我，驱散着我内心排遣不去的孤独，带给我精神上无言的安慰。作为一个孤独的写作者，在与电脑长期的朝夕相处中，我早已与它建立了一种相互信赖、相依相偎的关系——它犹如我的爱人！我与它坦诚相见，我内心的喜怒哀乐都一览无余地展现在它的眼前。通过文字，我与它成为知己。每天晚上，我都会一如既往地打开电脑，平心静气地坐在它的身边，熟练地敲击键盘，敲打出一篇篇饱含情感与理智的文章。它是那么温婉娴静，那么善解人意，那么可亲可爱！我无法想象，它怎么可能转眼间就坏了呢？

又是平平常常的一天晚上，我照例独自坐在电脑前写文章。忽然，QQ 响起，身在异地的她给我发来了视频邀请。接听，聊天，我们的话题自然从即将到来的国庆谈起。她一改常态，目不转睛地凝视着我，一本正经地对我说："告诉你一件事，和你商量一下——我已经决定了。"

"你说，我听。"我满怀期待地侧耳聆听。

"我国庆不过去深圳了……"她缓缓说道。

"不是已经决定要过来吗？票都买好了！怎么突然变化呢?!"突如其来的变故，让我惊讶不已。

她感受到了我的态度的变化，轻声细语地说："我知道你心里不好受，我也不愿意这样。但是事情临时有变，我的督导老师国庆不外出工作了，我们国庆还要上班……"

"一个月前，陈老师（督导老师）就已经同意你过来，现在怎么能变卦呢？"我据理力争。

"她是同意我过去，而且现在即使国庆不放假，她也同意我过去。但是你要知道这次国庆我的工作很重要。我们有很多心理学案例要接，我不能丢下不管。"她坦诚地解释。

"你的工作有那么重要吗?! 暂时缺少你，别人照样工作！"一股无名怒火"嗖"地蹿上我的心头，我一时不能接受这样的变故，"当时说好的要来，就必须来，怎么能出尔反尔呢?!"

这时，电脑的键盘中不知从什么地方掉进一个小木屑。眼里容不得沙子，我不由分说伸手去拨弄这不请自来的东西。它却故意捣蛋，死活不出来，我随即用双手擎住电脑，倒转翻过来，用左手轻轻一拍后壳，抖掉讨厌的它。

"我也不想啊。这几天陈老师请来了一个博士生一起工作。我的压力很大。你清楚我毕业以后找到这份喜欢的工作是多么不容易，这份工作对我来说很重要。我想把它做好。”

“我理解你说的。工作固然重要，但我们彼此更重要！我们在一起也不容易呀！”我不禁有点咄咄逼人地继续说，“生活常常面临各种各样的选择，有得必有失，鱼和熊掌不可兼得。这次对我们也是一次选择，你选择了，我尊重你的选择！”

她听出了我话中的恼怒与言外之意，脸上露出了忧愁的神色，赶紧急切地询问：“会失去什么？”

“2016 年只有一个国庆节，错过了就永远失去了这个节日，这将是我们一辈子的遗憾。”

“我知道。我很珍惜我们的感情，我心里有太多的焦虑，几个晚上都睡不踏实。这次是我做得不对，对不起。”

看着她紧张而失落的模样，听着她委屈而伤感的声音，我的心中一下子盈满了疼惜的感情。难道我不懂得她现在的处境？难道我不懂得她的一颗敏感而真挚的心？难道我不懂得现实的残酷吗？我又怎么能够忍心责怪她呢？

面对这样的变化，她也是实属无奈的。无奈的恼怒渐渐沦为深沉的忧愁。我的心沉淀下来，现实与梦幻不断交织重叠，一明一灭。我不是责怪她，我只是怨恨人生中的一些变化。什么都不可捉摸，说变就变！什么才是不变的呢？难道这真像哲学里所说的“变化是无处不在的，只有变才是不变的”？那么，我们人类的一颗柔软的心哪里能够承受这么多的变化呢？无处不在的变化，令人不寒而栗。什么样的不变才能慰藉我们惶恐不安的心呢？

正当我承受着“变”的打击，沉浸在“变与不变”的思考时，不经意移动鼠标，我却傻眼了：电脑卡机。这一个小变化并没有引起我的重视。最近电脑里存放的资料比较多，我打算抽空整理一下。每天使用电脑的时间那么长，它难免会累。既然卡机了，我就耐心地等待它的苏醒。

一分钟，两分钟……半小时，一小时……两个小时过去了，电脑依然面无表情，冷漠地看着我。该让电脑休息一下了。我索性直接紧按电源键，强行关机了。电脑用不了，文章就不能写了，每天在网上发表的文章就不能发了。这可真是倒霉！

回顾今晚一大一小的变化，我不禁感慨万千，于是，在我的微信公众平台上写下了几句话：电脑忽然坏了，文章就发不了。人生随时都充满着变故，什么才是永恒不变的呢？我陷入了深深的忧虑……

第二天早晨，一起床，我就急忙打开电脑。休息了一整晚，它应该恢复如初了吧。顺利地开机启动，我正欣喜，它却原地踏步，不再前进。焦急地等待，我总觉得它会按部就班地依照固定的程序抵达光明的世界。我的等待是徒劳无益的。强制关机，重启再来，我希望奇迹的降临。它始终是不解风情的。唉，它的确是出问题了——一个小问题。系统需要重装吧。

附近几家电脑维修店的门敞开着，淡漠地看着一个个路人。我背着电脑包走进一家店铺。一个中年人百无聊赖地坐在电脑前上网。我简单地说明了情况，他迅速地启动了我的电脑。他熟练地重装系统。然而，电脑似乎在抵制外来的侵略，他无法重装。

“这应该是硬盘的问题。”他用专业的口吻说。他拆开硬盘，连接到他的电脑上。电脑依然无法读取数据。“必须换一个新的硬盘。你的资料无法取出了。”他叹息。

一个小问题怎么忽然变成了灭顶之灾？我百思不得其解。我的大脑中闪过无数念头：这些天电脑会出现“系统不稳定”的字眼，应该是系统的问题，怎么会殃及硬盘呢？硬盘怎么就轻易地损坏呢？我那么多的文章和资料都放在硬盘里，我一直掉以轻心没有备份，眼下应该怎么办呢？人生不如意事十之八九，怎么又是大的变故呢？我心神恍惚……

尽管电脑可以正常使用了，但是资料的失去完全侵袭了我的心，我没有心思做其他事。明天去深圳华强北看看吧，也许高人自有妙招。我安慰自己。一想到几年的劳动成果顷刻间都灰飞烟灭时，我的心就痛苦得难以自持。煎熬。漫漫长夜。

面对电脑，面对变故，我在深重的绝望中寻找一点渺茫的希望。无意中看到三个字“快修王”，我抱着侥幸的心理联系了客服。一个年轻的技术员被派来了。他诊断了电脑硬盘后，释然地告诉我：“硬盘还可以用，里面的资料都在呢。”他的话仿佛为了响应我内心的呐喊，让我感到一种新生的快慰。这样的变化，真是喜从天降。

读取硬盘，进入电脑，一切都是顺利的。一个个资料活蹦乱跳地跑到一个新的移动硬盘里。我的内心充满狂喜。

狂喜抽丝剥茧，漫长的等待时间让心情变得无比压抑。整整一天，那些资料似乎是无底洞，没完没了。

这一个个变化，点点滴滴地折磨着我的心。短短三天，我仿佛经历了一个世纪，一个轮回。变化总是难以预料的。人心总要饱经忧患的。虽然绝望总时不时侵袭我们，但是希望总是隐隐约约地降临。该变的总会变。不变的总会不变。

“我对你的爱是永恒不变的。”她的声音一直在我的耳畔萦绕，久久不绝……

希望总是永远存在的！人类的呼唤始终回响在历史的云烟深处，飘向远方……

生命中的寄托

我遇到过这样的小孩子：才读小学三年级便对一切都表现出无所谓的样子。上课时一旦问他问题，他就慵懒地坐在那里，心不在焉，满不在乎。“我就不学，无所谓。”这句话成了他的口头禅。这样的孩子让我感到悲哀和愤怒。他的生命中缺少寄托和目标。

我遇到过这样的中学生：才十三岁，便对一切都显示出看透了的神情。他对一切都不那么感兴趣。在他看来，太阳底下已经无新鲜事。他就像是一个历经沧桑的老人，人未老，心已衰。这样的孩子更让我感到悲哀和愤怒。他的生命中缺少寄托的东西。

一位大学生曾经写道：“岁月让我们变得对一切麻木，变得对一切冷漠，变得对一切无所谓，失去了许多作为人的最纯洁的感动。我现在对自己的将来却毫无所知，而且不愿意去知道。就这样，让我们年轻的生命消逝在每天每时的平庸里，整天这样飘来飘去，没有方向，漫无目标……”

没有方向，漫无目标，对什么都不在意，对什么都无所谓，有的人精神没有了寄托，犹如失去了灵魂，似乎沉沦为行尸走肉。德国哲学家尼采的那句“上帝死了”，成为一些人心中最绝望的呐喊。

我们应该怎么办呢？难道青天白日去招魂吗？我们的寄托到底在哪里？

我的目光不由得倾注到“民国那些人”身上。化学家曾昭抡便是其中一位。这位不修边幅的名教授有很多怪癖传闻：他曾经站在沙滩红楼前，和电线杆子又说又笑地谈论化学上的新发现，让过往行人不胜骇然；一次，他带着雨伞外出，天降暴雨，他的衣服完全湿透了，却仍然只是用手提着伞埋头走路；他忙于工作，很少回家，有一次回到家里，保姆甚至不知道他是主人，把他当客人招待，见他到了晚上还不走，觉得他非常奇怪。而他所穿的鞋，西南联大的学生几乎都知道，是前后见天的。

著名社会学家、人类学家费孝通曾这样评论曾昭抡的种种“怪癖”：“在他的心里想不到有边幅可修。他的生活里边有个东西，比其他东西都重要，那就是‘匹夫不可夺志’的‘志’。知识分子心里总要有个着落，有个寄托。曾昭抡把一生的精力放在化学里边，没有这样的人在那里拼命，一个学科是不可能出来的。现在的学者，当个教授好像很容易，他已经不是为了一个学科在那里拼命了，他并不一定清楚这个学科追求的是什么，不一定会觉得这个学科比自己穿的鞋还重要。”

化学就是曾昭抡生命中的寄托，“比其他东西都重要”。自从有了这个寄托，他的心便有了着落，他的精神便有了归宿。他用全身心守护着这个寄托，活得充实而生动，活得卓越而有趣。

罗念生是我喜欢的一位著名的学者、翻译家，他以翻译和研究古希腊文学而享誉世界。他的一生，过得单纯而丰富；他的生命，全部寄托在“古希腊”。他说：“每天早上，我展开古希腊文学书卷，别的事全都置诸脑后，我感到这是我平生的最大幸福。”他的心灵空间充盈着古希腊，他用古希腊著作的精神来对待这个世界。教育儿子，他讲的故事全是古希腊的；和友人聚会，他讲的笑话全部出自古希腊；好友失恋要自杀，他认真地劝诫好友：“去看看《俄狄浦斯王》吧，你会明白人的意志多么宝贵。”他的整个一生都沉醉在古希腊，他用整个生命热烈地拥抱着古希腊，人类的精神文明在他心中迸射出光辉灿烂的火花。这就足够了。

他们的生命因为拥有了热爱的寄托，所以绽放出璀璨的光芒。生命中有了寄托，生命便不再无助，生命便不会麻木，生命便显得丰富，生命便享受幸福。我们应该如何选择呢？

人们哪，快去寻找我们生命中的寄托吧！“天生我材必有用”，每个人的生命中都必定有属于自己的那一个美好的寄托。沉醉在这个美好的寄托里，作为最优秀的人类，我们终将获得“高贵的单纯和静穆的伟大”。

默契的朋友

趁着国庆节放假，我是应该出去散散心了。外面的世界这么大，不由得让人的心里感到渺茫得没有着落。哪里才是归宿呢？忽然，一个朋友的面孔清晰地浮现在我的眼前。同样寄居深圳，朋友和我已经好久没有见面。我该去看望一下朋友了。

拿出手机，找到朋友的号码，我开始拨打。一串银铃般的音乐欢快地响起，仿佛女孩子天真无邪的笑声婉转地飘荡，令人顿觉心旷神怡。怎么这么久还不接听电话呢？难道朋友忙得无暇顾及？正在我急不可耐时，朋友的声音缓缓地传出来："李军君，是你呀，怎么有空要过来吗？"我一愣，随即惊喜道："你肯定我要过来？""不过来的话，你这个大忙人怎么会在国庆节打电话呢？""哈哈。你没有出去？""一个人待着。""我现在就过去，到时见。""好！"

朋友是一个与众不同的人。他热爱文学，视文学为生命，在文学上做出一番大的作为是他生活的野心——唯一的野心，除此，别无所好。他深谙"文能穷人"的道理，所以，大学毕业以后他果断地奔赴深圳——一个能够赚钱的城市。能够赚钱，是他来到深圳的最大目的，但不是最终目的。只有在衣食无忧的基础上，他才可以心无旁骛地从事文学写作。他义无反顾地踏上了文学这条光荣的荆棘路。为了文学写作，他心甘情愿地献身。虽然身在深圳，但是他显得格格不入。

朋友和我的相识颇有缘分。我也是一个热爱文学、痴迷写作的人。这是我们的共同爱好。冥冥中，命运安排了我们的相识。那是2015年9月份的一天，我写的一篇散文《沉默的写作》在《宝安日报》发表以后，不经意间闯入他的视野。简简单单的文字，默默无闻的表述，却引起了他的关注。他从网络上搜到了我的联系方式，添加了我的微信。通过文字，我们默默地聊天，热烈地交谈，两个人从陌生到相识其实非常容易，心灵的相通往往扫除了天涯路上的繁杂障碍，架起了友谊河上的平坦桥梁……没有顾虑，只有真诚，两颗孤独的心灵在漫无边际的荒凉中感受到了人世间一阵阵温暖的春风。哦，不知道那是怎样的缘分哪！他竟然居住在深圳龙岗，离我并不遥远的地方。如同月亮和潮汐，我们注定是要相逢的。

匆匆地来到了他居住的小区门口，我立即拨打了他的手机。一边静静地等待，我一边环视周围。我们第一次相逢是在半年前。时间的流逝增添了沧桑，岁月的消磨笼罩着迷惘。一切都在改变着容颜。我凝神静思的瞬间，他已经悄无声息地站立在我的身边。白色的上衣衬托着沉静的脸庞，他站在厚实的大地上，遗世独立。

“真快！你来了。”他沉静的神色中洋溢着热情。

“难得一见！”我平缓的语气里流露着惊喜。

“走！进屋去聊！”

他的房间是在6楼。这是一栋没有电梯的楼房。他在前，我在后，彼此无言，心里默契。一打开房门，一个高耸的书架便映入我的眼帘。一排排书整齐地摆放在书架上，欢迎着每一个有缘走进这里的人。文学、哲学、心理学、教育学……不同种类的世界经典名著一本本亲密无间地挨在一起。一种寂寞而清幽的气息弥漫着，这里的一切是那么熟悉。

“我这里好久都没有别人来过了。我也不习惯别人过来……”仿佛是随意说出的两句话，却传递着难以驱除的孤独。

茶香在空气中氤氲，心灵在沉默中砥砺。短暂的畅谈以后，就是长久的沉默。他忽然陷入了深渊般的沉默中，仰望着远方，似有所思。我心有灵犀，并不说话，懂得他捕捉到了一个神奇的境地。

“我们真的很像。”他如梦方醒。

“其实你就是我。”我心照不宣。

沉默的反抗

国庆节长假，人们摆脱了工作的纠缠，放松了身心的束缚，可以外出自由地、尽情地游山玩水了。然而，并不是所有人都能够跳出正常的生活轨道，偷得浮生几日闲，尽管节假日来临，但是很多人依然坚守在自己的岗位上。谈不上敬业爱岗，从现实的利益考虑，更多的人是为了过上优渥的生活，有一些人却仅仅是为了基本生存的需要。

距离我居住的小区不远的地方，一个菜市场在人来人往中不知道从什么时候开始就已经形成了固定的规模。居住在附近的人常常会路过这个菜市场而顺便买一些瓜果蔬菜。在长期的买卖中，这里顾客的数量是相当可观的。于是，一些来自天南地北、寄居深圳龙岗的小贩瞅准商机，在这里选好了位置摆起了小摊儿。他们大多是生活在社会最底层的劳动者。虽然他们地位卑微，但是他们尊严可贵，凭借自己的辛勤劳动挣扎在深圳这个繁华的大都市里。

一对年轻的夫妻就是这群人中的典范。夫妻俩是大约 30 岁的人，来自河南，在深圳已经生活五年了。丈夫沉默寡言，妻子略显腼腆，都给人一种朴实、可信赖的感觉。每天早晨，夫妻俩骑着一辆三轮车就早早地来到菜市场。三轮车上瓜果蔬菜琳琅满目，有的青翠欲滴，有的新鲜亮丽，有的饱满圆润……妻子负责招徕过往的行人，丈夫负责称秤结算账目，有条不紊。

国庆节的第一天，夫妻俩没有时间休息，一如既往地来到菜市场卖东西。时间在急匆匆地流逝，行人却稀稀拉拉地来往。不管人多人少，丈夫沉默寡言，妻子略显腼腆。

这时，一个40岁左右的胖胖的妇女慢悠悠地来到夫妻俩的小摊儿前。“呀，今早你俩也过来了，我刚才在路上还担心你俩不过来呢。”妇女还没有走到身边，声音就已经传到夫妻俩的耳畔。夫妻俩的脸上立即露出笑容——真诚的、热情的，犹如深圳十月份灿烂的阳光。

妇女显然是老顾客。熟练地挑选了几样蔬菜，妇女把蔬菜一放置在电子秤上，眼睛就直视着秤，嘴巴爽快地说：“哎呀，你可要看清楚了，我都是老主顾了。”丈夫不经意间皱了皱眉，但只是低着头称秤、算账，一直没有说出任何一句话。

“你多算了一两的钱！刚才我明明看了只有一斤四两。”妇女忽然大声喊道，像是获得了重大的发现，不大声喊不足以显示内心的不满。

周围的人都被这响亮的声音吸引了，好奇地观望着。

似乎有一抹红晕从丈夫的脸上泛出来，妻子局促不安地凝视着丈夫，等待着丈夫处理这突发的变故。

丈夫忽然站得挺直，像是一棵松树。“一斤半都超了，我还给你少算了。”丈夫竟然说话了！但声音是那么温和，丈夫像是做贼心虚，不敢高声说话。

周围的人都觉得这样的解释真是太无力了，继续好奇地观望着。

“我在你这里买了不止一次了，都是老顾客了，你还不优惠一些！”妇女的双手不自然地插在腰间，仿佛是请来的两个帮手，一起在给她助威呐喊。

周围的人眼里也投来火辣辣的目光，审判地观望着。

丈夫的脸“嗖”地变得通红，好像是醒悟到自己的过错而羞愧难当。大家都满心期待地盼望丈夫进一步的表现。然而，丈夫一下子变得更加沉默了，面色冷峻，不再去理会妇女，只把刚刚给妇女称好的东西往自己的摊子里面放了放，继续忙着给其他顾客称东西——在妇女买东西的时间，很多老顾客都已经来到夫妻俩的摊子前争先恐后地等着称东西呢！

好戏刚上演就结束了，周围的人感到一点莫名的失望。

妇女呆呆地站在那里，一种被冷落的感觉袭上她的心头。“好了，给你钱，给我找！”妇女似乎给自己找了一个台阶，赶紧从口袋里掏出50元钱，使劲一抖，摆在丈夫面前。丈夫始终沉默着，并不看眼前的人，只静静地接过钱，熟练地找了零钱。妇女一边口里说着什么，一边拎过刚才称好的东西，无理又没趣地转身离开了。

丈夫依然沉默而热情地招呼着其他顾客，真诚而亲切地注视着每一个人，常常给顾客们多称一些东西。

周围的人都在心底里默默地敬佩这个沉默的丈夫，为他的沉默的反抗而齐刷刷地投来赞赏的目光。

夫妻俩摊子前的生意一如既往地红红火火，无论日常，还是节假日。这正如同深圳的天气一样，太阳春夏秋冬都一视同仁、热情似火地照耀着每一个生活在这大地上的人……

没兴一齐来

刚下课，已经是中午 12 点 15 分。目送孩子们离去，来不及多想什么，你就赶紧收拾好上课用的东西，忙不迭地奔赴另一场旅途。你像一根拼命上紧的发条，只要一松手就永不停息地自转起来。

虽然时令是秋天了，但是深圳的阳光依然以它巨大的热情慷慨地款待着你，承蒙它的无私的盛情，你义无反顾地投入了它的怀里。你满怀感恩，你一片虔诚，你思绪飞舞，你只顾行走……

不自觉地伸出右手，一摸裤子口袋，平平如也，不禁一惊，你忽然发现手机不翼而飞。顷刻间，手机安静地躺在一张黑色的桌子上充电的图像浮现在你的眼前。你的眉毛皱成一团：真糟糕，忘带了。刚才下课走出教室时头脑中明明闪现着拔掉充电器、拿走手机的画面。然而，只因为朋友的一些突如其来的关怀，你在友情的滋润下，满脑子弥漫着感动的情愫，不经意间淡忘了手机。浮想联翩之际，你又加快了脚步。你暗自思忖：赶紧先随便吃点午饭吧，再迅速地去取手机。

这时，太阳高踞中天，豪气干云。你在阳光下疾走，重复着来时的路，如同一只脱缰奔跑的蛮牛，向着那块散发着诱惑的鲜艳的红布奋力冲去！哦，高耸的楼宇顶天立地，绵长的巷子曲径通幽。刷电子卡，乘坐电梯，你一头撞进你和朋友合作经营的培训地，径直奔向那沉默的黑色的桌子。“忘了带吧。”朋友关切地询问。你却羞涩地自责，“赶时间，不说了。”你无法停止脚步，一转身，时空错位，你就站立在楼下街道旁边的公交车站牌前。

你目不转睛，翘首企盼，像是想要把那漫漫天涯路尽情望断。如同出征远去的归人，迟迟不肯露面，那辆公交车始终云山雾罩，形影全无，哪管千呼万唤！“嘀嘀嘀……”一辆辆汽车停在道路上，有气无力地失声呜咽。你顿觉意兴阑珊，你始终归心似箭。

一分钟，两分钟，五分钟，十分钟……一个个“仙女”飘飘然“从天而降”，一次次失望昏昏然由心而生。到处都是“仙女”，哪是你的归宿？哪怕天荒地老，你只是苦苦守候！

真是没兴一齐来呀！你忽然觉得人生是一出闹剧，无处不巧遇。倒霉的事总是爱凑热闹扎堆起哄。天朗气清时，总是风平浪静，而一旦刮风下雨时，就是波涛汹涌。这就是人生的普遍真理。

正在感慨万千，却终于守得云开见日出，你携带着一身的阳光呼啸而去——不经历风雨，怎能见彩虹！没兴一齐来，有福真可贵！

一秒秒的时间如同一个个鼓槌儿一样在你的心里不停地敲击着，敲醒了逝去的时光，敲来了未来的希望。你急忙拿出手机，给一个负责管理学生上课的老师发去短信：“有事耽搁了，等公交车晚点了，再过十多分钟就到。”

你在狂奔，如同逐日的夸父，只愿身心化作一道闪电，一下子闪现在奔赴的地方。一种使命感在召唤，一种生命力在燃烧！你正在疾奔，一个学作文的女孩子的妈妈突然迎面过来，微笑着打招呼："李老师，辛苦了。"你只是匆忙而急促地回应："来不及，怕晚了。"不等那个女孩子的妈妈多说什么，你急着上课，早已经疾步如飞地向前奔去。

一走进作文教室，你下意识地转头，墙壁上的钟表指针正慵懒而寂寞地慢慢挪动。六个孩子齐刷刷地坐在教室里，一双双纯真的眼睛里流露着期待。"李老师，你可来了！"孩子们的欢笑声在教室里热烈而活跃地飘荡……

一股暖流刹那间涌入你的内心深处，让你顿时感到春风拂面、春满人间。满怀着深深的感动，面对孩子们，你真诚而兴奋地说："孩子们，准备上课！"

沉默的朋友

黑夜笼罩了整个的天地，喧嚣充斥着周遭的一切。你独自置身幽静的房间里，面对电脑中打开的空白文档，心灵陷入了无边的寂寞与空虚。忧思满腹，你是如此的沉默。

忽然，一个熟悉的声音响起。QQ头像闪动，一个朋友发来了信息："最近可好？"

一句简单的话，蕴藏着真挚的情感。他是你最好的朋友。他总是牵挂着你，常常在你内心最脆弱的时候，心有灵犀地关怀着你，让你感受到人世间永不寒冷的温暖。

"孤独。只有写作。你呢？"你只想真实地表达自己。

"感同身受。唯有思念……"他懂得你就如同懂得他。

一种生命不能承受的重量压在你的心上，你又跌落进沉默的谷底。

一股寂静的味道在空气中温馨地弥漫着，他不动声色、一言不发。

时间在这一刻凝固了，散发着经久不息的芳香。你和他在沉默中沐浴着圣洁的阳光。

一分钟，两分钟……相对无言，思绪万千。

"我不如你……"他打破了沉默。

"我羡慕你！"你倾诉着心声。

你们不是在客套，你们在表达着各自内心最真实的想法。他佩服你的坚持与奋斗，你赏识他的天赋与才华。你们被各自的独特所深深吸引，相互倾慕，引为知己。的确，这个世界上，没有谁比你更了解他，同样也没有谁比他更了解你。也许，正因为各有所长，取长补短，你们才更加紧密地并肩同行走在朝圣的道路上。

写作，是你们通向朝圣道路的一种最虔诚的方式。你们都以写作为生命。

“生活太枯寂了，生命太沉重了，不写作的话简直要命！”你发自肺腑，说出自己内心深处隐藏的痛苦。

“人才。”过了一会儿，他缓缓地发来信息——只有这短短的两个字。这是他最喜欢称赞别人的词语，这两个字是他对自己喜欢的有才能的人的最高的赞赏。他的内心为自己保留了一份特殊的田地。

“我刚写了一首词。”他随即发来一首新词。

“诗词创作颇丰啊。”你连忙肯定他的写作。

“米娃让写的。”他欣喜地解释着。

米娃是你和他的朋友——一个舞姿优美的女孩，一个喜欢诗词的才女。他为米娃写过许多诗词，米娃是他的忠实粉丝。

你欣赏着他的诗词，并指出其中的精彩。而这写得精彩的地方正是他内心的伤痛处。许多伤痛只能通过文字来表达，一说出来就变了滋味，添了厌恶。

他突然又陷入了沉默，并不说话。你懂得他的落寞，就像深谙你的沉默……

沉默是他生活的方式，他以自己的方式感染着身边的人。那是一种美丽而富有感染力的沉默。一言不发，胜似千言万语。这种沉默如此深刻，让人不经意间窥见生命的奇妙。在这种沉默中，一个人内心的隐痛与柔情，都淋漓尽致地表现出来。

作家鲁迅痛心疾首地呐喊："沉默呵，沉默呵！不在沉默中爆发，就在沉默中灭亡。"沉默并不是怯懦，死火山总在沉默中积蓄着熊熊燃烧的喷薄。你和他享受着沉默，并在沉默中回归自我——所有尘世的秘密都将在这里得到解答。

你是一个作者，你为文学而生，文学是你来到这个人世间生活的依据和见证。真爱是你追逐的终极梦想，你常常跌落进真爱的幽谷。有人说，你应该生活在古代，然而命中注定你偏偏生活在当代。文学是你与这个现实生活连接的桥梁，有文学相伴，你一定是幸福的——可是，谁又能保证你的幸福里蕴含着多少痛苦呢？

他是一个诗人，他为诗词而生，诗词是他来到这个人世间生活的依据和见证。柳永是他喜欢的宋代词人，他常常吟诵着柳永的诗词。有人说，他应该生活在古代，然而命中注定他偏偏生活在当代。诗词是他与这个现实生活连接的桥梁，有诗词相伴，他一定是幸福的——可是，谁又能保证他的幸福里蕴含着多少痛苦呢？

你和他都不自觉地选择了沉默。你们是为了逃避痛苦，还是咀嚼痛苦？你和他从来都是沉默的人。这是你们与众不同的特点。你们敏感于这个人世间的一切，总是用外在的沉默来坚守内心的纯洁与脆弱。

写作是你们抵抗孤独的武器，沉默是你们保护自己的方式。法国作家帕斯卡尔·皮亚将文学置于一切之上，并认为只有一种东西高于写作，那就是：沉默。坚守着写作，保持着沉默，你和他在现实与梦幻中自由自在地飞翔。那无穷的远方，那柔和的风儿，那轻盈的雪花，那皎洁的月亮……那人世间不可言说的美好的一切都是你们永恒不变的朋友！

涤荡灵魂

一阵阵凉意丝丝缕缕地侵入我的身体，一种温馨的惬意缓缓地弥漫我的内心。深圳的天气怎么变得如此善解人意？柔和的风儿在天地间自由自在地飘逸，我的灵魂从来没有像此刻这样澄明静谧。

一

音乐如同风儿一样在我的房间里潇洒地飞舞。激烈中飘散着淡淡的忧愁，伤感里浸透着浓浓的温柔。

这是波兰作曲家和钢琴家肖邦的音乐。虽然我并不懂得古典音乐，但是聆听带来的却是灵魂的洗涤。一切音乐都是相通的，在音乐的起伏跳跃里，灵魂便沉浸在一个个美妙的境地。

喜欢他的音乐，我自然对他也充满了好奇，所以特意阅读了一些关于他的传记。

音乐是他身心的寄托，拥有了音乐，便拥有了世界。这个音乐天才通过音乐拯救着自己。身体似乎变得越来越不重要了，灵魂只一味地遨游在音乐的美妙世界里。他是适合过精神生活的。

精神是自由的，然而精神注定也是孤独的，总是需要真爱的慰藉。精神的孤独是可怕的，它成就天才也毁灭天才。他是幸运的，命运对他是关照的，法国小说家乔治·桑走进了他的生命里。这个独特的女人用她母爱的情怀呵护、爱恋着这个孩子一般的音乐天才。她理解他，聆听他，成为他孤独的精神世界里的知音。这是音乐与文学的联姻。两个炽热的灵魂在深沉的爱里相互砥砺、相互爱慕，散发着永恒的艺术魅力。

有些人来到这个世界上，是带着使命的，他们的生命是为了特定的东西而燃烧的。肖邦就是这样的人，他是为音乐而燃烧和生活的。音乐和他的生命融为一体，在一首首曲子的弹奏中，他的整个生命羽化为流芳千古的音乐。

沉醉在这柔和的音乐的圣殿，人的灵魂轻盈得一尘不染。

二

灵魂在自由地飞翔，星空是多么的辉煌。夜色越来越暗淡，光明越来越璀璨！这是怎样绚丽多彩的画卷哪！哦，一个遥远的身影穿越苍凉而漫长的时间，突然闪现在我的眼前。

他就是荷兰天才画家凡·高。没有哪个画家能像凡·高那样深深地吸引着我，让我一次又一次地探索着他的世界，沉浸于他的精神。他对艺术的那种狂热、那种痴爱，一次又一次涤荡着我的灵魂。

在他的眼里，艺术是一方造梦的净土，是神圣而不可侵犯的，不容许任何社会功利的东西玷污。当有人指责他连一幅画也没有卖出时——他生前只卖出过一幅画，价值仅仅四英镑，他愤怒地反问道：“难道艺术意味着卖？我认为艺术家指的是一种始终在寻求，但未必一定有所收获的人。我认为这个含义与‘我知道它，我已经得到它’正相反。我说我是艺术家，我的意思是‘我在寻求，我在奋斗，我全心全意投身于艺术之中’。”

这是多么铿锵有力的回答！只有用整个身心、整个生命真正地狂热、痴爱艺术的人才能做出这样的回答。

一个独特而深邃的生命不是用来让我们仰望的，而是让我们从中汲取丰厚的精神营养，用来更好地塑造自己、强大自己并为自己所热爱的事业不断奋斗的！

星空在迎风起舞，美丽得仿佛梦幻。我的灵魂在梦幻中犹如烟花一般尽情绽放……

痛苦的噬咬

他的内心忽然感到烦躁不安，莫名的痛苦像一只只小虫子一样一点一点地噬咬着他的疲惫的躯干。

一缕缕清冷的气息张牙舞爪地狂欢，裸露出狰狞阴森的容颜。一幕幕绚丽的画面电光石火地闪现，绽放着勾魂摄魄的灿烂。闭上眼，他只能跌落无边的幽暗；伸出手，他无法捕捉一时的璀璨。不！请停留一会儿吧！慢点！母亲，父亲，故乡，童年，学校，朋友，孩子，青春……一个个倏忽而至，瞬间飘远。一切飞逝得让人毛骨悚然！来自陕西、漂泊异乡的他独自待在南方深圳的一个寂静的房间，思绪万千……

窗外，人声喧哗，来自天南地北的人们早已经开始了新的一天。奔波，忙碌，工作，交谈，人人马不停蹄地拨动着生活的琴弦，演奏着生命不能承受之轻的曲篇。生活在现在，过去与未来变得遥远。谁在不经意间聆听《昨日重现》？谁在闲暇之余仰望缥缈蓝天？

一阵阵整齐的口号穿越时空齐刷刷地袭到他的耳畔。那是附近学校的学生出早操的呼喊，声音是那么年轻响亮、生机盎然。他的浑身不禁微微发颤。生命是多么奔腾啊，而他依然呆呆地躺在床板上！

他求救般拿起手机，时间定格在早晨8点。不能再这样肆无忌惮地躺下去了，他斥责着自己的慵懒！每天，他都在与自己对练；每天，他都在与时间作战；每天，他都在暗自嗟叹：又是起得太晚！每天，他都在扪心自问：怎能不再奋战？

最近他的生活节奏变得自由散漫，作息时间完全被打乱。每当夜晚，他就显得精神抖擞而陷入失眠。许多的思绪在他的头脑中舞姿翩翩，别开生面而恣意漫天。孤枕难眠。那些终将逝去的青春，那些不可挽回的情感，众里寻他千百度，却总是灯火阑珊处。书，始终是他最亲密的陪伴。看书，写作，给予他生活最大的温暖——对于她们，他是刻骨铭心地依恋！既然睡意无心眷顾，那么他就一如既往地畅游书的海洋。一本经典的书，仿佛倾国的佳人，历尽沧桑，洗尽铅华，素面朝天。他沉醉不知归路，在书中理清迷乱的思绪、忘记时间的冷淡。直到困意渐渐弥漫，他才意识到时光一去不复返。晚上尚且不能安心入眠，早晨岂能迎着黎明的召唤？

他知道必须调整好自己的状态，让生活驶进正常的航线，抵达理想的彼岸。然而，他的内心盘桓着一个强烈的意念——时间似箭。时间流逝得多么可怕呀！他常常无比清晰地聆听到时间从他的身边一分一秒不断流过的声音，那种声音是那么冷漠而荒寒！像是凌迟，一刀一刀地切割着他的躯干。他变得恐慌，变得烦躁，变得不安。他不由得低吟轻唤："流光容易把人抛 / 红了樱桃 / 绿了芭蕉。"痛苦席卷。

他的身心弥漫着一种时不我待、一事无成的紧迫感和虚无感。

他的身心激荡着一种舍我其谁、流芳人间的使命感和责任感。

每当他看到别人享受着热闹欢愉时，每天他看到有人追逐着心灵自由时，他的痛苦便肆虐泛滥。他深深地感到自己灵魂深处的那股狂热、强劲的风暴正在呼啸奔腾、蔽日遮天！

断魂惆怅无寻处

不知何时，我站在红绿灯闪烁的十字路口，茫然不知所措。人声喧哗，车辆穿梭。悄然独立，黯然伤怀。细雨如丝，空蒙无际。风萧萧，雨淅淅，秋愁细细添。天已黄昏，人在何处？

雨，已经下了两天一夜，洗刷了整个大地，濡湿了我的内心。意兴阑珊，独自漫步。大自然总能够给予人无言的安慰、无尽的希冀。我缓缓地行走，傻傻地观望，痴痴地思念。

一把把陌生的伞急匆匆地走过，奔赴家的温暖港湾。一把红色的伞像是一团燃烧的火，忽然在远方召唤着我。不由自主地向它走近，我像是一只扑火的飞蛾，想要在单调的生活里寻找一些意外的奇迹。雨声淅沥，吹奏一支舒缓的进行曲。

伞，红得纯粹，红得灿烂，熊熊燃烧；一袭白色的衣裙从火中缓缓地飘来。仿佛是一朵白云，那衣裙白得一尘不染，白得神秘虚幻。红与白，相得益彰，美轮美奂。我呆呆地站立，陶醉在美不胜收的景色里。不经意间，一张熟悉的脸突然绽放在我的眼前。哦，那张脸哪，多么玲珑精致！多么清丽脱俗！多么天真无邪！这简直不可思议！难道她来到了这里?!

一股股丁香花的香气飘荡在微风细雨里。我呆若木鸡，心神恍惚。“轰隆隆……”一阵闷雷滚过天空，滚到我的耳畔。惊魂甫定，抬眼望去，一片迷蒙。红，在哪里？白，在哪里？“唰唰唰……”雨在大声而热情地回答我的询问。

怎么可能是她呢？她不会这么快在这里出现的。只要她过来，就一定会告诉我的。况且她的身姿是那么独特。她依然在那遥远的地方。

别有幽愁暗恨生。雨打孤伞，点点滴滴。

怎么可能不是她呢？那张脸是多么相似呀。难道心意相通，只为相见？茫茫人海，匆匆一面。擦肩而过，情何以堪？

寻找！冲进雨雾，划破长空，只为寻找她的芳踪！

静静地驻足巡视，没有她的身影；细细地侧耳聆听，没有她的声音；深深地呼吸品味，没有她的清香……哦，黑夜正悄无声息地降临，逐渐吞噬着我的身心。

曲径通幽，我不知不觉地来到了一片幽静的天地。古树如盖，绿叶葳蕤。一棵棵树昂然挺立。然而，地上，一大片一大片的是什么呢？一片落叶，一片落叶，铺天盖地，浩浩荡荡，如同海洋。哦，这美的胜景啊，这死的精灵啊。生命的陨落竟然如此的豪华奢侈、惊心动魄！炎热的深圳哪，也无法挽留它的四季常青的绿叶！一场绵绵不绝的大雨，究竟侵害了多少黯然神伤的落叶？“满地黄花堆积，憔悴损，如今有谁堪摘？”

愁绪满怀，愁肠千结。路灯凄清，夜色渐浓。秋花惨淡秋草黄，耿耿秋灯秋夜长。

我的心里弥漫着浓得化不开的惆怅。这惆怅像雨中的仙子那样圣洁奇妙，虚无缥缈。这惆怅又像美好的梦境一般凄婉迷茫，不可捉摸。哦，这一切只是一场梦——梦得那么真实可亲，那么痛彻心扉！

空荡荡的房间，我孤零零地守望，思绪弥漫。近在咫尺，却远隔天涯，芳容难寻，魂牵梦萦。人生弹指事成空，断魂惆怅无寻处。

一寸柔肠情几许？薄衾孤枕，梦回人静，彻晓潇潇雨……

我与台风的情感纠葛

当昨天下午我的手机传来中国移动发布的天气预报“台风海马将于10月21日正面袭击、严重影响深圳”时，我的第一反应是轻描淡写的：哦，深圳又来台风了。当昨天晚上我的手机又收到台风来袭的红色预警“全市范围内实行停工停业停市停课”时，我却哑然失笑了：深圳哪，又是小题大做、见风是雨。我的确是不相信深圳的台风了！

在深圳，我已经居住了六年多，经历过三番五次台风来袭的预警，承受着纷至沓来提心吊胆的折磨，忍耐着一次一次惶恐不安的失落，想象中的惊慌失措成为现实里的自讨没趣，面对深圳的台风，我变得麻木不仁以至不屑一顾。

我并不是真的对台风情有独钟、朝思暮想，头脑中根深蒂固的印象让台风化作一个恐怖的恶魔，使我敏感而脆弱的心谈虎色变、惶惶不可终日。台风在我的童年给我的心灵留下了不可磨灭的创伤。我的老家是陕西渭南的一个小村庄：筱村——村庄的名字经常被偷懒的人写作“小村”。风平浪静是老家的生活常态。然而，一个平平常常的下午却在我的心里掀起了惊涛骇浪。

那天下午，我置身小学，不知何时，漫天卷地的飞沙走石突如其来地席卷了整个天地。我的眼前是一片混浊的泥土色，我的耳畔是一阵呼啸的狂风声，我的心里是一团恐怖的黑煞气。瘦弱腼腆的我，被眼前不可预测的自然现象吓呆了。一个狰狞的魔鬼的面孔伴随着那尖厉的狂风闪现在我的心头。整个晚上，狂风肆虐，冰雹袭击，躺在黑暗的炕上的我仿佛置身在一艘风雨飘摇的破船上，聆听着屋子上的砖瓦一个个被砸碎的声响，内心里充满了无助的绝望——狂风撕裂着一颗幼小的心灵。饱尝了整晚的折磨，第二天早上，当我打开屋子的门走到外面时，我一下子震惊了：一棵棵参天苍劲的树横七竖八地倒在地上，死得支离破碎。死亡，在那一刻侵袭了我的心。一棵树，一棵树，一个生命，一个生命……就这样轻而易举地倒下了，倒得惨不忍睹，倒得毫无尊严。跨过那一棵棵死去的树，我背着书包去往学校参加小学毕业考试。我似乎是在参加一个葬礼——只有我自己知道的葬礼，为了那一棵棵曾经守望我的村庄、陪伴我成长的古树。生命的脆弱、自然的残酷、人生的无奈，都排山倒海般涌入我的心里，悲哀、忧愁弥漫开来。

那次百年一遇的暴风雨让我更加懂得珍惜生命、热爱生活！

从那时开始，我痛恨暴风雨，痛恨台风，痛恨摧毁大自然的一切自然灾害。我再也不想遇到这样的天气！我再也不想忍受这样的恐惧！从那次以后，我在老家再也没有遭遇过如同台风一样的自然灾害，我心灵的创伤逐渐愈合。然而，自从来到深圳，遭遇一次次台风，那早已淡忘的恐惧又从我的记忆里死灰复燃。

第一次在深圳收到台风来袭的预警时，我的心就慌乱了。手机短信、网络报道……各种渠道狂轰滥炸，台风便成了一个无处不在、阴森恐怖的恶魔，飘荡在我的身边。尤其是那一个个字眼——“正面袭击”“严重影响”“停工停业停市停课”——像一把把刀子一样刺进我的身体。无数次做好心理准备，打算迎接台风的到来，在无尽的煎熬中，台风却和我开了一场玩笑，调戏一番，烟消云散。我的心在煎熬中品味着痛苦。

第二次，第三次……深圳仿佛喜欢上了台风，与台风结下了情感纠葛，剪不断理还乱。居住在深圳的我，自然而然与台风扯上了理不清道不明的暧昧关系。我害怕它来，它准备要来，我承受它来，它掉头而去。我的心在期待中饱尝着绝望。

长此以往，我不再相信深圳的台风了！我的心里笼罩了一个厚厚的防护层。每当听到台风预警时，我就满腹狐疑，继而无动于衷，自以为虚惊一场。

但是，这次台风真的来了！我想我该彻底解决我和台风的情感纠葛了！我不能让台风在我心里留下一辈子的阴影，我必须战胜台风！作为一个旁观者，我站在深圳的一间屋子里，静静地聆听台风袭来时狂风暴雨的呐喊，犹如在聆听一支雄浑澎湃的交响乐。台风化作力量的源泉，带给我美的享受。雾里看花，一切都笼罩上一层不可言说的朦胧的美。

我斗志昂扬地走到屋外，我沐浴在狂风暴雨中，任凭它们冲刷我受伤的身心。我呼唤一股狂怒的力量。屋外的台风不再像屋里聆听的台风那般充满诗情画意，而是洋溢着生命惊心动魄的残酷的毁灭的力。

台风啊！我愿意走出内心，走出屋子，置身在屋外，与你，进行一场坚韧不拔的战斗，锲而不舍！

演讲与自我

当督导老师通知她后天将带她参加两场千人演讲时，她一下子变得喜不自禁、激动难耐。演讲，是她梦寐以求的工作；她希望演讲能够成为她以后从事的职业；演讲，温暖着她的生活，寄托着她的梦想，引领着她的未来。

必须认真地对待这两场演讲，她打算提前写好演讲稿，规范自己的演讲，为了更好地从事这份工作而努力。演讲会让她真实地感受到自我的存在。潜意识里，她不假思索地觉得这两场演讲还是以自我为主题吧。她现在从事的是心理学方面的工作，回归内心，认识自我，在这份工作中，她不断地改变、成长。她想要通过这次演讲展示自我的成长，提升对自我的认识，成就更好的自我。她愿意由自我出发，启迪更多的人疗愈内心的创伤，认识自我的价值，鼓舞生活的斗志。她尚且凤凰浴火，谁还要自甘堕落?!

与生俱来，上天垂暮，她就是一个特殊的人——一个被上帝咬了一口的残疾人。

生命从一开始就给她装载了不能承受的重量。瘦弱的身体必须肩负起外在世界与内部心灵无处不在、纷至沓来的双重负荷。一颗脆弱而敏感的心忐忑不安地凝视、接受着这个变化万端的世界。

她拥有自己的梦想！她一直勇敢地行走在通往梦想的荆棘丛生的道路上！为了梦想，她曾经饱尝世俗的冷眼寻找着简单的事情；为了梦想，她曾经凭借顽强的毅力自学了心理学的课程；为了梦想，她曾经抛弃安逸的生活承担了繁忙的工作……她热爱目前的工作，她要遇见更好的自我！

也许因为身体长期的残疾给她带来了心灵的深重创伤，她时常处于焦虑的心境。周围的一切都在无形中给予她莫名其妙的压力。面对喜欢的演讲，她的内心依然充满着小小的兴奋和大大的紧张。对于她来说，克服内心的恐惧是她面临的最大难题。

写完演讲稿，她专心致志地投入演讲的氛围里，讲得热情洋溢，讲得感人肺腑。随着正式演讲的到来，一股强烈的寒流逐渐侵袭着她的身心，她胆战心惊。虽然她清醒地觉察到内心的恐惧，但是她始终无法克服它。自我成长需要一个漫长的过程，需要艰苦卓绝的磨砺、攀登。

在内心的煎熬中，她如愿以偿地来到了千人演讲的现场。黑压压的人群化作一块块巨石，从天而降，一瞬间把她镇压在巍峨的五指山下。她心跳加速，举止失措，整篇的演讲稿都在脑袋里冻结成冰，一时倒不出来。当她经历千辛万苦从嘴里挤出第一句话时，人群里却传来窸窸窣窣的嘲笑声，她意识到这样的嘲笑声是不可避免的——从小到大谁能说清楚她到底聆听过多少次这样的嘲笑声？她并不介意，只懂得那些嘲笑声会变成真诚的期待，会变成警醒他们的黄钟大吕。她痛恨自己的嗓音，害怕那么多人听到这特殊的声音。一直以来，她并没有完全接纳自我。她的刻意的自信里蕴藏着浓厚的自卑。

为什么在面对一个渴盼已久的属于自己的演讲舞台时，她会害怕它，逃避它？她一方面想要以独特的方式存在于这个世界，一方面却被这种独特牵制着身心。精神高度集中，太过重视反而造成伤害。她调整着自我，在第二场演讲中，她得以以更好的状态来展示自我。虽然那不是最好的状态，但是她感到自我的成长和变化。

“亲爱的！外面没有别人，只有你自己。”当代著名作家张德芬的《遇见未知的自己》给了她最初的启迪。她认为只有让自己变得足够优秀，才能实现自己存在的价值。在工作中，她越来越发现自己要更好地从事这份职业，并不是学习多少疗法，更重要的是接纳自己、成长自己、改变自己。

她是幸福的。她沉浸在自我的认识与提升中，为了早日成为一名优秀的心理咨询师，她不放过任何学习的机会。她想要进行更多心理励志的演讲，主要面对的是学生和残疾人群。她坚信：未来的她，是一位特殊、优秀的心理咨询师！她坚信：只要坚持，她总有一天能成为那个想要的自我！

她单纯而深刻地觉得：中国的教育缺乏的就是自我认识。如果每一个人都能够充分地认识自我、改变自我、成就自我，那该多好哇！

英国前首相丘吉尔说过：“你能面对多少人，未来就有多大的成就。”她面对的人群将会越来越多，她对自我的认识，她对事业的炽热，都将会越来越旺盛！

光辉的背后

上午，我特意去了一趟深圳欢乐海岸椰林沙滩，聆听培训师乐嘉的演讲。肆无忌惮，乐嘉坦率真诚地呼吁人们关爱男性健康。现身说法，乐嘉结合自己近来惨遭重创的事情向人们倾诉他身体的折磨以及内心的痛苦。面对眼前的这个已经成名的男人，我不禁唏嘘不已、感慨万千。

2015 年 12 月 30 日晚上，乐嘉在一次录制节目中不幸意外受伤。这是一场非同小可的意外。乐嘉遭受着身体的巨大打击，在医院里度过了漫长的黑夜。他无限忧伤却又满腹调侃地把自己的遭遇写成了文章，发布到网络上。然而，作为公众人物的他，笼罩在万众瞩目的光辉下，不可避免地迎来了众人的评价——有的是关心呵护，有的是惋惜同情，有的是幸灾乐祸……人性的繁杂叵测五彩纷呈、纤毫毕现。流言蜚语，唇枪舌剑，接踵而至。他防不胜防，尴尬无奈，义愤填膺。他不厌其烦地强调为了这件事他专门写了一本新书，似乎写这本书的目的就是为自己洗清污秽。

提到别人心怀不轨的行为，乐嘉难以释怀地讲到一件小事：他本来是为了开导好朋友说了几句感同身受的话，没想到一些无事生非的媒体、一些无聊透顶的记者断章取义，用他的话造谣生事，掀起轩然大波。在外人看来，这也许是炒作，但在他看来，却是刺骨的伤害。他气得跺脚骂街而又唉声叹气。

生活在人世间，每一个人都渴望赢来各种各样的光辉的荣耀；沐浴着光辉，是人性对美好的向往。但是事物具有两面性，有明亮就有黑暗，有光辉就有阴晦。人们在沐浴光辉的时候，阴晦常常如影随形，驱之不散。这些阴晦也许是诋毁，也许是艰苦……每一个沐浴光辉的人，背后都有着让人同情或者心疼的一面，名人、伟人，更是如此。

布鲁诺生前在哲学思想领域、自然科学领域以及文学领域都做出过光辉灿烂的成就，他曾经勇敢地捍卫、传播天文学家哥白尼的“日心说”。然而这个捍卫真理的殉道者却被宗教裁判所判为“异端”，饱受诋毁，最终被烧死在罗马鲜花广场。

我的老乡陕西作家路遥在而立之年就已经写出足以令他立足于文学巅峰的著作《人生》，从此名声大噪，享誉文坛。但是他仰望星空，赴汤蹈火，继续攀登文学的“珠穆朗玛峰”。夜以继日，呕心沥血，在一番艰苦卓绝的奋战中，创作了人类文学史上的皇皇巨著《平凡的世界》。然而这个逐日的夸父却为此付出了生命的代价，渴死在追逐的路上。

那些造福人类、流芳百世的伟大的人，在生前享受着盛誉的同时也忍耐着痛苦，光辉是表面的，而背后的辛酸又有谁懂得呢？

盖棺论定，对一个人的评价，往往是毁誉参半。诋毁是如影随形的。但我们应该坚信：我接受过多大的赞美，就能承受多大的诋毁。那些诋毁，像蜘蛛网一样，我们只管把它们随手拂去。

世事是艰难的。人们在通往成功的道路上，常常要经历九九八十一难。不经历风雨，怎么见彩虹？如果我们敢于沐浴光辉，那么我们就要敢于承受苦难——无论是诋毁，还是艰苦，或者死亡！

赏景写诗

你好奇地点击开她的QQ空间，查看她的相册，你想欣赏一下千姿百态的她。

咦，六个相册绽放着同样的笑脸，只有一个相册显得与众不同：加了密码，设了防线，犹抱琵琶半遮面。你特意点击了这个相册，一个小小的方框突然弹了出来，一个问题横亘在你的眼前：我的名字？这么简单的问题呀，显然她是想让认识她的人自由欣赏的。

你轻快地输入了她的芳名，点击“确定”，一片灿烂的天地豁然开朗。哇，这里是她的世外桃源。一道道优美的风景，一张张靓丽的照片，每一道风景中都有一个独特的她，她静静地站在风景里，犹如众星捧月般，她幻化得更加妩媚夺目。你欣喜地欣赏着一个她，又一个她——同样的她，不同的韵味。

一个声音忽然在你的耳畔响起，你不由得查看来源，却是她发来的信息：“你进我的空间了。”

你赶紧兴奋地回复：“误入藕花深处。”

“看了我的那些照片，你最喜欢哪张呢？”

“都喜欢，各具情态，美不胜收，流连忘返。”

“你知道我最喜欢哪一张？”

“一定是——我猜猜——那张黄叶树下悄然独立的照片！”

“啊，你怎么知道的？”

“猜的呗，我无意间发现了一个小秘密：那张照片下面，你写了悄悄话——我喜欢银杏。所以我就觉得你最喜欢这张了。”

“你观察得真细心。这是我在清凉山上拍的一张照片。”

“我也很喜欢你这张照片哪，它散发着一种独特的美——美得让人心醉……”

“哦，有那么美吗？”

“这是一种梦幻般的美。黄叶、佳人、伫立、忧思、静谧。置身其中，如同仙境……”

“你真会想象啊！很有诗意呀。我都被你说得不好意思了。”

“我现在还想为它写一首诗呢，特意送给你……”

“真的？我太幸运了！”

“别急，我马上写好送给你！”

“嗯，期待中……”

你一下子兴奋起来，你沉浸在一种恍兮惚兮的梦幻里，你置身在那幅佳人与黄叶的风景里，你在感悟，你在幽思，你在迷醉，诗意飘飘然地飞舞在你的心神里。一个美人轻轻地走到一座亭台上，倚靠着栏杆，静静地站立在一棵银杏树下，满脸忧思。她的手里握着一本书，只有风儿陪伴着她，一起享受着这无边的幽静。你一边想入非非，一边思绪飞飞——

佳人莲步上亭台，
背倚雕栏独自悲。
一地金黄银杏染，
周天静寂野莺辞。
捧书掩卷时翻起，
吹袂卷衣谁与披。
纵使清凉无好受，
相逢还向此山栖。

终于写好了！你赶紧整理好，发给了她，等待着她的“审判”。

片刻的沉默，便迎来了她的一阵惊喜而害羞的称赞：“你写得真好！好有诗意，清凉淡远，惹人留恋。”

“佳人一笑，此生真妙……”

请停留一会儿

道路宽阔辽远，汽车风驰电掣。清风吹拂，绿树成荫，花团锦簇，群山相拥……目不暇接，美不胜收。朋友驾车长驱直入，我坐在汽车里，深吸一口气，目不转睛地欣赏着这天赐的美景。一切都还来不及细看，转瞬间已经一掠而过。我求救般赶紧拿出手机，拍摄一张张照片。但遗憾满腹，徒唤奈何：美呀，我只想把你精心收藏，你是否愿意为我而停留？

虽然时令已是深秋，但是深圳的阳光依然热情似火。我和朋友一行四人，偷得浮生一日闲，来到位于深圳市大鹏新区南澳的杨梅坑观光旅游。这里据称是深圳最美的溪谷，百闻不如一见，我们一探究竟。刚过了周末，现在是周一的早晨，大多数人都忙于上班工作，人山人海便不复存在，游客寥落。一排排自行车寂寞地站立在道路的两旁，焦灼地渴望着游客的宠幸。一家家小店门口停放着各式各样的自行车：单人的、双人骑的、亲子三人的……怎么会有这么多自行车呢？

正当我诧异的时候，朋友已经走到一家小店的门前，租了四辆自行车。一人一辆，我们准备骑车前行。哦，骑行游览是这里的一大特色呀。这小小的自行车于我真是久违了！

十多年了，我不曾再与它结伴而行。此刻，它像是久别重逢的老友，满怀盛意地欢迎着我。老伙计呀，我们就一起御风飞翔吧。

一跨上自行车，熟悉的感觉就漫上身心。久坐汽车，我在惊叹汽车的速度与激情的同时，更多的是感慨汽车奔驰得太过迅疾，犹如时间的流逝，让人提心吊胆，让人难以挽留，让人不可捉摸。面对大自然的美，时间是无情的杀手，时过境迁，物是人非。汽车追逐着时间，倏忽而过，胜景不再。时间啊，你可否停留一会儿？我多么希望时间能够慢一些，再慢一些。这久违的自行车呀，在缓慢的行驶中，仿佛清风徐来，让我一下子捕捉到了急匆匆的时间。那是多么遥远的高中时代呀！每一个周末下午，我都骑着一辆自行车，去奔赴我的高中——陕西渭南的一所普通的高中。二十里的路程，我一边不急不躁地骑着自行车，一边悠哉乐哉地欣赏着沿途农家的风景。那时，时间似乎真的很慢、很慢；自行车为我保留了时光的印记，带我体验着生活的乐趣。自从上大学到如今，我在城市生活了十多年，远离了自行车，我的生活度过得很快、很快……自行车呀，感谢你让我重温了往日的时光，让我享受着当下的美好！

三个朋友骑着自行车在我的前面逍遥地远去，我只是缓缓地蹬着自行车，沿着海边，悠闲地行进，贪婪地欣赏。不需要太快，我只想慢慢地、慢慢地前行，让心情足够平静、足够舒坦，与海风窃窃私语，与绿树喁喁细语，与青山默默无语……哦，大自然的一切在这里为我而停留！我那脉脉含情的眼睛啊，只是贪婪地欣赏着天地间的一切美景——仰望，太阳在散心；平视，青山在微笑；俯瞰，海水在漫步；

哦，绿树、红花在向我招手致意；清风、蝴蝶又邀我驻足跳舞……我正陶醉在这琳琅满目的美景中，忽然一阵阵清脆悦耳的欢笑声轻飘飘地飞来。我定睛细看，哦，一辆辆自行车从我的身后轻快地驶来，一群女孩子的欢声笑语荡漾在山水间。她们骑得那么悠闲，那么欢畅，那么痛快！美丽、可爱的女孩呀，你们慢点，你们是这天地间最活泼、最恒久的精灵！你们停留一会儿吧，让一个沉溺于美的游客多看你们几眼，把你们的美好永远珍藏在心里。哪管时间流逝，我只顾沉醉不知归路！

这里是深圳的一处度假胜地。“原始生态、山海情怀、蜜月天堂、运动海岸”是这里的写照。怪石嶙峋，海水碧蓝，林木茂盛，鸟雀争鸣，帆船游弋，山海辉映。渺渺的大海仿佛亘古以来就坚守在这里，绵绵的七娘山仿佛大海的情人静静地陪伴着它。无论人事如何变迁，它们始终都相亲相爱，忠贞不渝，不离不弃！它们成为深圳这个繁华的城市之外的坚定的守望者。

登高临海，意兴飞舞；曲径通幽，妙趣洋溢。我们四个人穿山绕石，不知不觉来到密林深处。石凳环立，古树伏地，我们置身绿荫，谈笑自如，追忆着过去，憧憬着未来，忘记了时间，忘记了生活……没有了都市的快节奏，一切都变得慢了下来。我们细品人生，我们心旷神怡，我们想在心底大声地呐喊：“人生啊！你太美了！请停留一会儿！”

痴痴的守望

桃红柳绿，两度春风。山花烂漫，戏蝶游蜂。

庭院深深，帘幕低垂。独守空房，琴声悠扬。转轴拨弦，含情脉脉。良人哪，万水千山，你在哪里？你有没有想念过我？为什么你还不回来？难道你不懂得我对你的缱绻情深吗？难道你不懂得我一直在痴痴守望着你？这日日夜夜，我朝思暮想，只为见你一面！为什么你还不回来找我？

“才华绝代夺诗魁，巾帼胜须眉。”这是你写给我的诗句，这是你对我的理解、赞美。谁将慧眼觅知音，何日结同心？在茫茫人海中，你的一双慧眼能够拨云见日，发现了我，但是你我的缘分为什么如此淡薄？

我久慕你的才名，熟读你的文章，你的热情、深情都让我深深着迷。在这个人世间，有你，有我，这是多么美妙的事情啊！一想到这里，我就禁不住脸红心跳。如果能够见到你，那就是上天对我最好的怜爱。

上天待我毕竟不薄。我的一个好姐妹的爱人恰好认识你，特意约你与我相见。我和姐妹们欢歌笑语，诗酒唱和，好不热闹！这时，一个喜欢我的男人竟然擅自闯进我们姐妹的盛宴，醉醺醺地向我表达爱意。他是一个富家公子，依仗有权有势的老爸到处拈花惹草、耀武扬威。但我不怕他！我毫不客气地教训了他！他自讨没趣，气急败坏地逃走了。我兴致高昂，不由得任性、豪爽地多喝了几杯酒——唉，都怪我喝醉了！记得那次，我明明见到了你，可是我却不知道你就在我的面前——你一直在我的心里！我被搀扶回了家里。听说你恰好过来，看到我怒斥那个富家公子的场面，一种快意恩仇、敢作敢为的豪气在你的心里恣意翻腾，你当场盛赞我是“奇女子”。虽然我无奈沦为烟花女子，但是我洁身自好，渴望真爱。

你痴痴地凝视着我离开姐妹们，我的醉态不知是否给你留下了不好的印象。当时的我嘴里不停地念叨着你的才名，又否定你已经来到了我的身边。我真是醉得一塌糊涂哇！让你见笑了。你呆呆地目送我，为我的容貌而惊叹，为我的率性而惊讶，为我的爱意而惊喜……

爱花迟眠，惜花早起。你是一个懂得怜香惜玉的才子。那个晚上你失眠了：窈窕淑女，君子好逑；辗转反侧，寤寐思之。第二天早晨，你早早地起床，来我的家里探望我。我睡得昏天暗地，你不忍心打扰我，静静地回家守候。中午，你又来找我，而我因为有急事临时出门，你和我又错过了。等到晚上，你又过来，我的母亲告诉你我就要回来了，你激动兴奋，就要见到心爱的人儿了。然而，天有不测风云，一个突如其来的消息把你召回到远方：你的父母病危，催你火速赶回老家——一个多么遥远的地方，我在南，你在北。你急匆匆地离开，离开前你特意为我写了诗词。你也早就读过我的诗词，对我心仪已久。我们未曾谋面，却情投意合。

然而，造化弄人！为什么你和我要一次次错过？既然上天安排我们相见，为什么就不让我们相爱呢？人生到底要承受多少艰难苦恨？心灵到底要经历多少离愁别绪呢？

两年了，我只想默默地守望着你的归来。每个日子，我都坐在琴前，弹奏演唱你为我写的诗词。字里行间，饱含着你对我的爱，滋润着我的心，慰藉着我的情。我沉醉在琴声、诗词里，常常分不清现实与梦境。

隐隐约约，一个声音从屋外传来，是那么深沉，那么熟悉，那么真挚！幻听！我摇了摇头，一定是幻听！声音再度响起，我惊呆了。母亲火急火燎地跑进来告诉我：你终于回来了！什么！你回来了！就在屋子外面！

欣喜若狂，我顿时化作一缕春风飘向你的身旁，衣袂飘飘，情意在飞舞；脚步迟迟，心儿似小鹿。我急忙跑进闺房，镜子里映出我的姿容，美得风华绝代，美得清丽脱俗，美得娇羞妩媚……

不知何时，你神奇地站立在我的眼前。幻觉！我揉了揉眼，一定是幻觉！朝思暮想、痴痴守望的你呀，怎么可能忽然出现呢？你像一股洪水汹涌澎湃地涌入我的整个灵府。

相顾无言，唯有泪千行……

沉醉年轻

一走进这里，几张年轻的面孔就闪现在我的眼前。一声清脆的问好，一抹率真的微笑，一阵热烈的掌声，都散发着迷人的魅力，一股青春的气息顿时扑鼻而来。我静静地站着，轻轻地嗅着，缓缓地沉醉着。

通过我的朋友陈达波老师的介绍，我认识了一个开培训机构的女老师——熊老师。当昨天早上她主动邀请我去她的培训机构给老师们做作文培训时，我爽快地答应了。我和她新认识，只有一面之缘。为什么我答应得这么干脆呢？一个相当重要的原因是她的机构的老师们都是一些年轻人——大多是刚毕业的大学生，初生牛犊，朝气蓬勃，但是经验匮乏，有待雕琢。作为一个过来人，冷暖自知，我希望能够给予年轻人一些指导、帮助。

一间小小的教室，六个老师安静地坐着，熊老师带领她的整个团队聆听我的讲课。这是一支娘子军，她们的脸上绽放着纯真的神采。她们充满期待，渴望获得新鲜的启迪；她们密切配合，展露属于自己的才华；她们陷入沉思，质问曾经遵循的准则；她们顿开茅塞，记录来自心灵的顿悟……她们真实地表现自己，她们坦诚地诠释青春。注视着她们，我一边滔滔不绝地讲课，思绪一边漫天飞舞。哦，多么年轻的模样啊！

曾经，我和她们一样的年轻。大学毕业，进入社会，心高气傲，自以为是，总想改变世界，却不料四处碰壁。一肚子的不合时宜，满脑袋的灰心丧气。一个人沉沦在内心深处，没有人伸出援助之手。谁能够自我解救？仰望天空，一片迷惘，谁会在意一个与世难谐而又初出茅庐的人呢？乌云密布，黯然神伤；风沙弥漫，独自前行。我多么渴望有人从天而降，度我脱离苦海。自我磨砺，韬光养晦，冲出一片天地。经历过重重艰辛，因缘巧合，我来到了深圳，进入了培训行业成为一名作文培训的老师。结束了一个人的摸爬滚打，我开始在良师益友的指导下进修学习。接受过前辈的教诲，享受过同行的培训，在一次次的学习中，我不断地成长，以至脱胎换骨——守护住了内心，融进了生活。我多么感激那些指导、帮助过我的人哪！

此刻，面对眼前的几位年轻的老师，我忽然感到责任的重大。如果她们中的任何一个人因为我不厌其烦的指导而受到一丁点思维的影响，那么我就是光荣而欣慰的。也许我是自作多情，但我心甘情愿。一时激动，我结合自己的经验教训，回顾自己的写作历程，畅谈起人生，呼唤着梦想。我只是一厢情愿地希望能够给在座的年轻老师播撒一些温暖的阳光——至少那是一个美好的希望啊！

之所以我满腹忧虑，是因为我品尝过年轻的酸甜苦辣。年轻给我们带来单纯的同时，更多的是迷失。我们需要擦亮双眼，看清前进的方向，一边抵御着生活的寒冷，一边搏击着现实的风浪！

虽然年轻让我们承受着生命不可预测的重量，但是年轻同样让我们沐浴着生命难以遏制的辉煌。

年轻的你们，拥有着无穷无尽的时间，可以自由自在地指点江山，激扬文字；年轻的你们，在跌宕起伏中感受着挑战和机遇，可以随心所欲地享受生活，扭转乾坤……年轻是激情澎湃的，年轻是斗志昂扬的，年轻是勇往直前的……年轻，多好哇！我不假思索地融入你们，就是因为我愿意随时走出自己，与年轻人在一起！年轻的心是单纯的，是火热的，是狂放的！年轻的心是生命力的迸射，是战斗力的欢腾，是创造力的奔涌！

正当我沉醉年轻而意犹未尽时，熊老师侃侃而谈："虽然李老师比你们大十岁……"一听到这句话，我就禁不住脸红心跳，随即喃喃自语："哪有那么大呀。"一直以来，我无法接受自己一年比一年长大，记得以前我在一首诗歌《风语》中写道："一提起年龄便滋生顾虑／时光燃烧着青春的火炬／除了梦想还能剩下什么。"尽管我在人世间已经度过了三十个春秋，但是我仍然狂热地向往着年轻，葆有着年轻，迷恋着年轻！

是呀，我多么想像你们一样永远年轻啊！我愿意一辈子保持一颗年轻的心——童心！我只想呵护好一颗颗年轻的心，并且祝福天底下所有年轻的心哪怕踏着光荣的荆棘路，也依然能够朝着自己的梦想勇往直前！

沉思与沉醉

人们哪，仔细地听啊！那个依然默默无闻蜗居深圳龙岗的孤独而敏感的人面对苍凉的夜空在痛苦而失声地呐喊：生活真是太枯寂了！生命真是太沉重了！时光一点一点地流逝，日子一天一天地重复，辉煌的未来在哪里？美好的幸福在哪里？我们将如何度过这碌碌无为、茫茫无际、遥遥无期的岁月呢？

这些应该是每一个人都会面临并且都要解决的问题，但是究竟有多少人沉思过这些问题？难道这些问题都不重要吗？难道我们忙于琐碎的事务而没有时间沉思这些吗？难道我们享受着平淡的生活而逐渐变得麻木了吗？“我思故我在。”法国哲学家笛卡儿的这句名言是否还在我们的大脑中闪现？我们还在沉思吗？面对变幻莫测的生命，面对单调乏味的生活，又有多少人在沉思人生的意义？

先哲们的沉思犹如晨钟暮鼓，穿越时空，依然经久不息地回荡在我们的耳畔。古希腊伟大的思想家苏格拉底对人们语重心长地说：“我每日讨论道德问题，省察自己和别人，原是于人最有益的事情。”“未经省察的人生没有价值。”这是他留给人类最后的遗训。人类呀，我们是否经常省察自己的人生呢？我们的老祖宗孔子也不厌其烦地告诫我们：“吾日三省吾身。”在反躬自省、沉思默想中，孔子为我们树立了做人的标杆、生活的榜样。

18世纪伟的大法国启蒙思想家卢梭始终在沉思自己的生活。无论是《忏悔录》，还是《一个孤独漫步者的遐想》，他的一生都在进行道德探索和灵魂拷问。他沉思自身的命运，他沉思生活的价值，他沉思幸福的真谛，“只有在孤独和沉思的时刻，我才是真正的我，才是符合本性的我，我才是没有忧烦和拘束的我”。在沉思里，他认识了自己，享受着生活，创造着价值。

缺少了沉思，我们的生活只是一潭死水，也许表面华丽，但内在空虚。拥有了沉思，我们的生活就是一片大海，也许表面沉静，但内在奔腾。懂得沉思的人，往往懂得享受，懂得沉醉。沉思在一种境界里，生命变得妙趣横生而诗意盎然——让人沉醉不知归路。

沉思与沉醉，多么玄妙的两个词呀！我情不自禁地为这两个词而欣喜若狂。这是这几天萦绕在我内心深处的两个“宁馨儿”，我一直小心翼翼地呵护着它们。

记得上周末给七年级的孩子们上作文课时，我特意强调了这两个词，孩子们似懂非懂地点头表示赞许。我满怀憧憬地向往着这样一种生活：时时刻刻都能够沉思、沉醉，人世间的一切都在我的脑袋、内心经过沉思，我继而心满意足地沉醉其中，难以自拔，乐不思蜀。这该是怎样充满趣味的诗意生活呀！

最近，它们一时成为我生活的主宰，无论是坐在车上，还是走在路上，我都处于一种沉思的状态，并且深深沉醉于这种状态。沉思与沉醉，就像两个连体婴儿，密不可分而又各自独立。沉思是不可割舍的回忆品味，是莫名其妙的好奇探求；沉醉是莫逆于心的会心一笑，是浑然忘我的逍遥神游。沉思与沉醉之间，半醒与半醉之间，生活似乎变得更加妙不可言……

然而，处在当下这个繁华而喧闹的社会中，我们怎能轻易且随意地沉思与沉醉呢？这岂不是痴人说梦？这岂不是没事找抽？这就要我们守护着内心的那份难得的宁静，燃烧着内心的那份火热的爱意，静静地观察着这个司空见惯的社会，深深地体味着这个变幻莫测的世界。

古希腊哲学家亚里士多德说："人生最终的价值在于觉醒和思考的能力，而不只在于生存。"没有经过沉思、不懂沉醉的人生是不值得度过的人生。在沉思与沉醉中，我们将度过一个富有价值而饱含幸福的人生！

作为一种生活状态，沉思与沉醉显得简单却又神秘，越发弥足珍贵而又让人神往痴迷。在沉思中，我们就会不由得沉醉了……

月夜的启迪

独自在房间里看了一整天的书，我忽然感到头脑昏沉。夜晚已经悄无声息、猝不及防地降临，幽居的我应该出去散散心了。

“嗒嗒嗒”，拖鞋轻吟着一支单调的歌，虽然细若蚊哼，但是清晰可辨。也许安静得久了，我的听力变得异常灵敏，一些细微的声音总是不请自来，频频光顾着我的耳朵。脚上的拖鞋趿拉地响，我穿着短袖短裤行走在幽居的小区里，行走在幽静的黑暗里，显得自在而随意。

时令已经是冬天了，但温暖依然慷慨地眷顾着深圳的人们。劳累了一天的人们高居在温暖舒适的卧室里，享受着生活的琐碎的幸福。温暖从每个小小的窗户里迸射出来，绚烂了一幢幢遥不可及的高楼。

我平静地行走着，冷静地观看着周围的一切。一家商铺的女店主——四十多岁的样子——正安闲地坐在柜台的后面，耷拉着头，似乎在沉思着什么，又似乎流露着茫然无助。此时，商店里一片清冷，无人问津。难道她正在时间的寂寞长河里细数着那已经逝去的蹉跎岁月吗？那逝去的岁月任凭她如何追忆也早已难以捉摸。哦，那个弯腰的年轻人在干什么呢？他的手里牢牢地握着一管竹筒，他的嘴巴紧紧地贴在竹筒上面，他的表情是那么陶醉！他的模样却是那么憔悴！啊！年轻人哪，你还是那么年轻，却在这里肆无忌惮地挥霍着青春韶华！我的心里顿时充满着愤怒，但我忍受着我的沉默，依然静静地行走！一阵阵哄闹声骤然从前面传来，一堆又一堆的人围坐在一张张滚圆的桌子旁，畅快地高谈阔论、猜拳行令。这是他们的生活，他们尽情地享受着丰富的物质生活。而我呢？我只是一个过客，来去匆匆，坐观垂钓者，徒有羡鱼情。

一抹悲凉慢慢地弥漫上我的心头。我只是一味沉沦在内心的幽暗深处。不经意间一抬头，犹如晴天霹雳，我被震惊得呆住了：一轮月亮正高悬在幽暗的天空中！它是那么圆满！它是那么清亮！它是那么淡定！在深圳居住五年多了，我好像从来没有看到过这样的月亮！哦，难道它以前并不存在？难道它今晚只为我而圆？难道我这五年多的时光就是在没有月亮的陪伴中黯淡地度过的？一想到这里，我不寒而栗！月亮啊，你为什么偏偏今夜为我而圆？难道你懂得我的心事？懂得我此刻的悲凉？懂得我一整天看书的荒寒？你是在怜惜我吗？你是在启迪我吗？我呆呆地站在路上，高高地昂起昏沉的头，深深地凝望神圣的月！

神圣的月呀，你寄托着我多少相思的情愫！你蕴藏着我多少执着的梦想！你见证了我多少痛苦的经历！你鼓舞了我多少生活的抗争！哦，那些书中的天才人物哇，忽然都一齐奔涌进我的心灵里。他们饱尝忧患，他们夙兴夜寐，他们面对生活、面对生命的不屈不挠，执着痴迷的抗争精神一瞬间都流淌进我的血液里，我的热血在轰轰沸腾，在熊熊燃烧！

生活总是残酷地转瞬即逝，而行走中的我们能够抓住一些什么呢？生命的燃烧又能挽留住一些什么呢？失去的昨日，如何才能重现?!

她的迷茫

她缓缓地讲述着她现在的处境："我的人生一直都很迷茫……"

从小到大，她都是一个热爱做梦的女孩。每天，总有许许多多奇怪美妙的梦浮现在她的脑海中，无论白天，还是晚上，这些梦都形影不离地陪伴着她；虽然这些梦是那么缥缈，但是它们是她在人世间最亲密无间的朋友——它们与生俱来，与她融为一体。她活在自己的梦里，她称自己是"梦女孩"——她是多么纯真而兴奋地享受着这个称呼哇！她常常幻想她能够像风儿一样自由自在地随处游荡；她常常憧憬她以后的生活将是多么甜蜜而美好。

在梦的呵护里，她飞快地成长着，尽管她时时感受着周围异样的眼光，但她总是爽快地笑口常开。她一直在努力地学习，功夫不负有心人，她终于顺利地考上了一所大学。这时，她的梦做得更加绚丽。她懂得她是一个与众不同的女孩。梦，早已为她插上了飞翔的翅膀。在大学里，她就读医学院，攻读药学专业。她仿佛一个白衣天使，在无边无际的医学的天空中飞舞。

因为长期与梦相处，她总觉得现实中的一切是那么虚幻。小时候，她只沉醉在梦里，虽然梦虚幻得不可捉摸，但是它毕竟是格外美丽的；长大了，她依然沉醉在梦里，虽然梦还是那么美丽，但是它虚幻得难以企及。她觉得她是应该生活在梦里的，现实离她是那么遥远。

大学毕业了，她满怀着梦想，满怀着热情，想要自由地飞翔。然而，面对复杂的社会，面对艰辛的生活，她忽然掉入了迷茫的峡谷。她太单纯了，她太独特了，她感觉她与这个社会格格不入，她难以融入其中——确切地说，她找不到梦中的工作……

面对现实、面对理想，她的眼前一片迷茫："大学毕业以后，我才懂得梦想与现实是有差距的，自己要在这两者之间做平衡——但是我不知道该怎样平衡。总之我相信只要坚持就会成功，可是现实不断地打压梦想，自己要不断地在这逆境中坚持。所以我很迷茫。"

她停顿了一下，脸上又闪烁着梦幻般的光彩："我感觉自己总在朝一个方向努力，但是这个方向越来越模糊，然而我又感觉它在那里没有变。"她一时无法说清自己的处境，陷入了难以自拔的痛苦："感觉目标在那里，但是不知道怎样去实现这个目标，我总在过程中迷茫、彷徨、质疑……"

我在认真地聆听着她的倾诉，不时安慰着、引导着她。她突然睁大了眼睛，一双眼睛里透露出聪慧以及迷惑："你要生活吧，当生活过不下去的时候，你会不会选择改变？"她像是在询问我，又像是在拷问自己。

顷刻间，她又变得沮丧了："我的实力不能支撑我的梦想……"她有点脆弱地说："也许我为我自己找借口了吧，也许我自卑了吧……"那些与生俱来的梦在无形中给她太过沉重的压力，让她承受着来自现实的残酷折磨。

“我现在正抓紧时间学习，我是有点想考研……”她似乎为自己找到了一条出路，用这句话安慰着自己。她的眼前充满着不可预测的梦幻……

她的迷茫是那么真切地吞噬着她的身心。她希望自己能够变得足够强大，从而为自己开创出一条属于自己的独特的道路。

她的迷茫不仅属于自己，也属于和她一样刚毕业的更多的年轻人。他们该何去何从呢？我想他们应该遵循自己内心的召唤，并且懂得忍耐以及坚持，朝着自己的梦持之以恒地勇往直前吧！

地铁惊魂记

天色阴沉，乌云密布，寒风刺骨。

一辆长长的地铁在一片又一片荒凉冷清的野地上埋头前行，显得慵懒而迟缓。

整个天地一团死寂。

“啪啪啪……”

那是什么？密密麻麻，漫天而下。

雨，白得耀眼，似乎忍受不了天空的沉闷无聊，忍耐不住地铁的慵懒迟缓，一瞬间就气急败坏地从天空中纷乱地冲下来，像一只只发疯的猛兽，狂躁暴怒地砸在地铁的身上。

地铁发出痛苦的呻吟声。

人们静悄悄地坐在座位上，摆出一副无动于衷的模样——外面的雨再大，与身处“晴空”的人们又有什么关系呢？

门呆板地打开了，他快速地走进来。环顾四周，他的眉头不禁一皱：每一个座位上都坐着陌生的人，挨挨挤挤，亲如一家。

一股家的温暖刹那间弥漫他的全身心——在人世间饱尝孤独的他多么渴望家的温暖哪！真好！他的嘴角不经意间绽放出喜悦的笑容。他热切地凝望着车厢里的每一个人，贪婪地捕捉人们脸上迸射出的一丝一毫的神采。

咦？一张张脸孔怎么千篇一律？人们犹如一个模子里出来的兄弟姐妹，都神情严肃，表情冷漠。他感到不可思议。他感到绝望窒息。

他挺了挺胸，笔直地站立在车厢里，如同抓住一根救命稻草一般，一只手紧紧地抓住铁栏杆，一双眼睛死死地盯着窗玻璃外的雨雾发呆——雨雾变幻莫测，仿佛是一个仙境。他希望暂时脱离这里，尽管身体无法移动，但心灵可以自由飞翔。

他默默地站立着，全神贯注地望着窗外，望着远方……

“嘭——”

一个站到了，门自动开了。应该会有人出去吧，他暗自思忖。

“嘭——”

门又自动关了。没有人下车；没有人上车。车厢里一团死寂。

他自讨没趣地站立着，呆呆地望着窗外，望着远方……

“嘭——”

一个站又到了，门自动开了。这次总该有人出去吧，他心存侥幸。

“嘭——”

门又自动关了。没有人下车；也没有人上车。车厢里一团死寂。

他满怀落寞地站立着，呆呆地望着窗外，望着远方……

一站又一站，到了。门自动开了。门又自动关了。没有人下车；也没有人上车。车厢里一团死寂。

忽然，一股烦躁不安的情绪席卷了他的身心。他转过头，再一次试探着凝视车厢里的人们，人们依然面无表情地坐着。

有点不对劲，整个车厢怎么始终只有他一个人站着？他恍若置身一间没有门窗的铁屋子，眼前只有漫无边际的漆黑，呼吸不到一点新鲜的空气。

他的心无法再平静了，他禁不住感到身后袭来一阵阵凉意。

正在这时，一大群鱼突然从天空径直飞下，又横冲直撞地向车厢涌来，在他眼前激起一股滔天恶浪。他顿时一阵惊慌，吓得魂飞天外！

“爷爷，快看，车厢玻璃上有很多小水珠，在游来游去，好像一群小鱼在自由地游泳……”一个小男孩坐在他的旁边惊喜地喊道。

他从梦中惊醒……

雄鹰与蜗牛的对话

“激动啊！激动吗？”朋友看到我的一篇文章发表了，立即向我发来信息问候。

“自然激动。”我随即向他表达着我内心的喜悦。

对于一个文学写作者来说，长期默默无闻、孤独冷清的写作——尤其是在当下这个文学不被重视的时代——能够得到现实社会的一点认可，自然是让人欣喜若狂的。但欣喜的同时，我不禁忧从中来。并没有想象中的激动，反而我的心里莫名其妙地显得异常平静。这是2015年12月22日我写的一篇文章。像这样的文章，我写过几百篇了，比它好的文章也不乏其数。也许是随着时间的推移，是否发表已经变得淡漠了。发表的快乐远远比不上写作的快乐。对于每一个真正的写作者来说，写作本身就是最大的快乐，这是任何快乐都无法替代的。

“哇，你真幸运，命运的宠儿。”他赞不绝口。

“宠什么呢！谁能懂得要付出多少努力、多少辛酸?!”我不以为然。

“比起我，你不是幸运得太多吗？”他竟然说出这样的话。

比起他目前的处境，我的确是占一点优势，但是比起他在文学上的才华，我是望尘莫及的。我从内心深处羡慕他，他与生俱来携带着写作的才华，他是我在人世间唯一认识的天才，天赋异禀，无与伦比！

“其实我非常羡慕你，命运已经赐给了你最珍贵的东西：天赋！这是任何人都比不上的。拥有这样天赋的人，那是举世瞩目的天才呀！”我满怀憧憬，感慨万千，“你是雄鹰，我是蜗牛，每天一点一点地坚持爬行着，向金字塔顶不断攀登！”

…………

我的话应该说到了他的心坎上，他忽然陷入了凝重的沉默。

“我常常感觉我就是为文学而活的，这是一种使命感，为了这个我情愿牺牲一切。”我倾诉着内心对文学的狂热、痴迷的爱。有些人来到世界上，与生俱来就被赋予了一种使命。只为这种使命而活成为生命最大的目标。

“夸张了。”他淡淡地说。

“一无所有，一无是处！”除了对文学的爱，我还能做些什么呢?！我顿时显得异常激动！

他郑重其事地告诫：“一无是处还不努力！”

我痛苦不堪地呐喊：“所以我每天都在努力读书写作，只为做好这个——最深的爱！”

“我羡慕你有恒心。”

“天赋差点，要做出伟大的成就，我必须比任何人都要有恒心！”

我一直知道自己只是一只蜗牛。别人拥有与生俱来的天赋，而我拥有的只是坚持不懈的勤奋。我只能一步一步永不停息地向前爬行，直至攀登上理想中的奥林匹斯山。这是我的梦想，我愿意用整个生命来实现它！

记得新东方董事长俞敏洪在《平凡的日子与伟大的人生》一文中说过这样的话：“能够到达金字塔顶端的只有两种动物，一是雄鹰，靠自己的天赋和翅膀飞了上去……还有另外一种动物，也到了金字塔顶端，那就是蜗牛。我相信蜗牛绝对不会一帆风顺地爬上去，一定会掉下来，再爬，掉下来，再爬。但是，蜗牛只要爬上了金字塔顶端，它眼中所看到的世界，它收获的成就，跟雄鹰是一模一样的……生命的起点由不得自己选择，但是生命的终点是自己选择的。”这番话道出了蜗牛的辛酸。然而，哪怕只是一只蜗牛，只要坚持不懈地跋涉，就依然能够攀登上生命最辉煌的顶峰！

我不由得想起了伟大的童话大师安徒生。这个用全部生命来守望文学、追求文学的痴情儿，疯狂地燃烧自己，在一条光荣的荆棘路上，满怀忧伤而又满怀幸福，成就自我，造福人类，超越时代，走向永恒……

投 入

“哼，你别跑，打你这个臭爸爸，竟然故意踩我的风筝。”

“爸爸”在前面慢跑，“女儿”在后面急追。

“爸爸”乐开怀，嘻嘻哈哈地慢跑，“女儿”嘟着嘴，认认真真地急追。

欢笑声在整个空间自由地回荡。哦，多么充满童趣的“父女俩”!

忽然，“爸爸”推开了门，跑了出去；“女儿”紧随其后，追了出来。

这时，站在“父女俩”旁边的另一个人焦急地大喊：“停，停，停!”

“父女俩”已经忘乎所以地跑了出去。另一个人只好转身面对我，无奈地说：“他俩太投入了，不听我这个导演的指挥。”

这是下午的作文课上，孩子们表演着一个家庭故事。一个三年级的小女孩正在追打着一个三年级的小男孩。

一会儿，“爸爸”原路返回，推门而入，“女儿”不依不饶，指责娇嗔。淘气的“爸爸”，可爱的“女儿”，又在教室里继续上演着一幕别出心裁的喜剧。

“这个爸爸太调皮，你别那么当真。好了，别追他了。”我赶紧制止“女儿”无止无休的追逐。

“这个爸爸太坏了，竟然踩我的风筝。”虽然“女儿”安静地坐了下来，但是心中的怨气依旧难以消除。

“你这个臭爸爸。”课间休息时，“女儿”又一次娇嗔地数落着“爸爸”，似乎无法从刚才的剧情中走出来。那个小男孩终于不好意思地笑红了小脸蛋。

她还投入在角色里，一个劲地抱怨。她真是一个有意思的小女孩呀。一个小小的表演，她竟然投入得那么专注、那么长久。她在全身心的投入中体验着玩耍的快乐，她在全身心的投入中感受着生活的趣味。

她因为投入而感到好玩、幸福。她因为投入而让我赞赏、羡慕！能够全身心地投入一件喜欢的事情中的人无疑是幸福的。

生活中，这样的人数不胜数。他们面对自己从事的工作，懂得投入其中，从而乐不思蜀，乐以忘忧，真正地享受着生活的乐趣。投入的人，总是让人感动，无论是人民群众，还是伟人英雄。农民埋头在田地里，投入地锄地；工人站立在流水线前，投入地搬运；作家静坐在房间里，投入地写作；音乐家置身自然，投入地构思；哲学家仰望星空，投入地沉思……他们是最投入的人，他们是最可爱的人。

对事情投入的人难免会流露着一丝傻气、痴气，但谁又能否认这样的傻气、痴气，也是一种福气呢？多少获得成功的人难道不是像傻子一样投入自己热爱的事业吗？

在我看来，投入是一种非常美好、格外珍贵的品质。它建立在灵魂的单纯上，它建立在对生活的热爱中。正是满怀着热爱，投入才显得更加充满魅力。

投入的人不仅拥有转瞬即逝的现实生活，也拥有一个无限广阔的心灵世界。投入的人将是生活中的宠儿、人生里的强者！面对生活，面对爱好，有谁不愿意全身心地投入呢？

读者和作者的缘分

一打开微信，我就看到一条信息：“军君老师，看了您昨天写的那篇文章很感动，我可以转载吗？”这是我的一个读者——一个大学生发来的信息。

他能够从文章中受到感动，自然是令我感到欣喜的；既然他因为感动想要转载我的文章，我也乐意成人之美。于是，我随即回复：“可以转载，麻烦全文整体转载。如果一些志同道合的读者看到了我的文章或许还能认识一下，大家相识都是缘分。”

我是注重这样的缘分的。因为缘分，我和这个陌生的大学生相识了。他真诚地对我说：“我经常看您的作品，也很喜欢，以后会常读您的作品，感觉读您的作品时，心底有一些共鸣。”作为我的读者，他能够在阅读我的文章时“心底有一些共鸣”，这是让我格外高兴的。共鸣的产生是难得的，两个陌生的人，两个不同年龄段的人，能够通过一些文字而产生心灵的共鸣是需要莫大的缘分的。

作为一个文学写作者，我常常希望我写的文章可以引起一些读者的共鸣。然而，我懂得读者和作者的缘分是可遇而不可求的。一切都交付给时间吧，时间是最亲切的月老，牵系着天南地北的过客。我只安静地写我的文章，读者是否阅读对我并不会产生什么影响。我从来都不是为读者而写作的，我的写作只是源于心灵深处不可遏制的需要。

这个世界上，既不缺读者，也不缺作者。每一个作者，总有些读者喜欢，总有些读者不喜欢，这些都是很正常的，我们不必勉强。我是相信缘分的，冥冥之中，两个有缘人总会相识的，无论他们相隔千山万水，还是近在咫尺。灵魂是自由飞翔的，灵魂是带有磁场的，两个相似灵魂的相遇往往是不期然而然的，只要相遇，就会相识。

读过了很多书，了解了很多作者，写过了很多文章，遇到了很多读者，我越来越感觉，一个读者和一个作者之间是需要极大的缘分的，而这样的缘分常常是非常奇妙的。

读大学时，每当置身图书馆，我就像一条鱼儿游到大海里，自由自在地畅游其中。面对偌大的图书馆，面对琳琅满目的图书，我并不感到无所适从的眩晕，我钟爱的书在那里静静地等待着我的“宠幸”，我只要不假思索地走到“她”的身边，就可以如愿以偿地抱得“美人”归。那些钟爱的书和我之间早已“私订终身”，我们的缘分是上天注定的。这是多么美妙的事呀！

现在，我几乎每天都在写作。我的写作一直以来都是默默无闻的，我沉浸在自己的文学世界里悠然自得，追逐着自己的文学梦想而乐此不疲。虽然读者是寥寥无几的，但是不期而遇的快乐还是让我感到生命的惊喜。一个、两个读者从天而降一般降临在我的世界里，与我莫逆于心，彼此坚守，共同追梦。难道这样的缘分不是天地间最奇幻的吗？

我们可以看到，一个读者不惜在一排排书架上，一本又一本地翻阅，只为了寻找自己喜欢的书。有时，也许只是看了一本书的封面，我们就喜欢上了这本书；有时，也许只是看了一本书的目录，我们就迷恋上了这本书；有时，也许只是浏览了这本书的首页，我们就痴爱上了这本书……有时，我们与一本书以及书的作者的缘分就是这么奇妙。

缘分维系着读者和作者之间的感情，没有奇妙的缘分，读者和作者是很难走到一起的。我对这本书总是爱不释手，你却翻一页就不屑一顾；你认为的好，我却不以为然。同样的书，不同的爱好。英国最杰出的戏剧家莎士比亚的书无疑是经典的文学著作，但是俄国大文豪托尔斯泰却嗤之以鼻。他们之间就缺少缘分——不是因为书的好坏，只是因为人的好恶。

读者和作者之间的缘分，不仅表现在对一本书的喜欢，也表现在和一本书在命运上休戚相关。有时，一本书犹如黑暗中的一盏明灯，照亮读者前进的路；有时，一本书仿佛绝望处的一双暖手，安慰读者沉沦的心；有时，一本书就像岔道口的一个标志，改变读者一生的命运……一个读者和一个作者之间的缘分深了，读者常常就把作者当作朋友，当作导师，遵循作者的指导，选择自己追求的生活。

读者和作者真正的缘分，是读者面对作者，既能读进去，又能读出来。读者不是成为作者的知识的奴隶，而是把作者的思想“吃”透了、消化了、转化为自己的，能够学以致用进行再创造。这时，读者成了作者，作者变为读者，读者和作者水乳交融，一起在人类精神文明的康庄大道上昂首阔步，耕耘撒播。这难道不是人世间最美好的缘分吗？

啊，缘分这东西，谁能说得清呢?!

微信情缘

伴随着一阵短促、尖厉的“噔噔噔”的声音，他的手机突然强烈地震动起来，放置手机的桌子紧接着开始猛然地摇晃抽搐。正沉浸在写作中的他被这突如其来的震动吓得怔住了。手机怎么会震动呢？他刚才明明关机了——为了不影响写作，他通常都是主动关机的。

惊魂甫定，他提心吊胆地拿起手机。刚一解锁手机屏幕，微信就自动登录了。一条信息赫然在目。一眼扫去，一个图像清晰地映入他的眼帘：一个清纯的女孩轻抚着一只安静的小猫。女孩的眼睛透露出娇柔的神色，让他感到浑身发颤；小猫的眼睛迸射出幽蓝的光彩，让他倏地心中一凛。这会是谁发来的信息呢？一个如此陌生的图像，他以前从来也没有见过。奇怪！他不记得曾经添加过这位好友，那她怎么可能发来信息呢？

这真是匪夷所思！他的好奇心被逗引上来，连忙仔细看信息：“我是一个追逐阳光的女孩。阳光是我的朋友。你是阳光吗？”一瞬间，仿佛阳光照耀着他的全身心，他顿时变得心醉神迷。这是多么温暖的句子呀！此时，不管她是谁，不管她怎么出现在微信里，不管他俩原本素不相识，他只愿意化作阳光，成为她的朋友。

他忙不迭地进入她的微信朋友圈，好奇地阅读着里面的文字——他总是被一些美妙的文字吸引。忽然，里面的两句对话让他深有感触："为什么有些人看起来非常友善，却总是喜欢独来独往？""待人友善是修养，独来独往是性格。"他觉得这是写他的。他赶紧向她"打招呼"："你好。"这两个字犹如石沉大海，一时没有得到回复。

正当他等待得心急如焚时，"噔噔噔"再次响彻耳畔："你好。"她发来简单的两个字，却在他的心里激起圈圈涟漪。

"不好意思，我看到你给我发来的信息，我就禁不住冒昧打扰你，也许是感动于你的一些文字……"他激动地表达，真诚地解释。

"是我打扰你了。我随意写的，你不要太在意哦。"她随即回复。

"我对文字情有独钟，一向比较敏感。"他显得有点笨拙。

"一样……"

共同的爱好让他欣喜若狂。他仿佛一下子伸手触摸到了阳光。他一时不知说些什么。她好像和他心有灵犀，也坚守着沉默。难堪的沉默让他继续欣赏她以前写的文字。突然，一张照片如同海市蜃楼一般浮现在他的眼前，发出耀眼的光芒。

他痴痴地凝望了一会儿，又缓缓地在照片下面写道："这是我见过的最美丽的一只纤纤玉手——美得惊心动魄……"

"只能说我的拍照技术太好了。"她显得格外淡定。

他表面沉默不语，内心却翻江倒海！美一下子勾住了他的三魂七魄，他沉醉在一种美好的诗意里，情不自禁地缓缓写着——

绿叶。红莓。素手。
绿得青翠，红得娇艳，素得温婉。
相映成趣，相衬装扮。妙不可言，静默如幻。
难道这只是一次意外的邂逅？它如何美得如此天然？
一缕圣洁的阳光正笑得清纯烂漫……

刚写完诗句，他又中邪一般写道：“特意在微信上看了你的一些过往记录，无意中竟然发现了你的照片。真是出乎意料而又正合心意！你犹如惊鸿一瞥，让人沉醉不已！那只绿叶旁托红莓的素手恍惚间浮现在我的眼前！哦，那是怎样美好的玉手哇！真的好美好美！每一次看，都让我禁不住心花怒放……你就像那缕圣洁的阳光，笑得清纯烂漫……”

滔滔不绝的话语从他的指间流泻出来，他陷入一种内心的狂喜里，无法自拔。他的手中紧紧地握着手机，他的目光呆呆地看着微信，似乎在期待着什么。

然而，天地间万籁俱寂，一切都沉浸在一片坟墓般的幽静里。空荡荡的房间犹如万古的洪荒，显得冷清而苍凉。他一个人正安静地坐在房间里，对着电脑的空白文档，敲打着一个个文字。

他大吃一惊，如梦方醒。不经意地一瞥，他像一个溺水者抓住一根救命稻草一般扑向沉睡的手机。手机一直都在关机状态。难道刚才的一切都是一场梦?！他惊恐地开机，打开微信，寻找那个陌生的图像。但是，他找遍了整个通讯录，也没有找到她的丝毫痕迹。什么都没有，她从来都不曾存在过。

刹那间，一股深沉的寂寞、孤独，袭击、弥漫了他的整个身心！

他绝望地注视着自己正在创作的一篇小说。小说的题目叫：《女孩与小猫》。

两个人的相聚

“李老师，今天有没有时间哪？有时间我们出来聊一聊。”

“可以。哪里？”

这是中午，手机微信里传来朱老师发来的信息。我随即欣然允诺。我和朱老师早已相识，却从未谋面。有时间能够相聚是我们所期盼的。我迫不及待地想见一见他。

我和朱老师的相遇颇具缘分。同在一个行业，各个老师之间的交流是广泛的。几个月前，一个做英语培训的朋友告诉我有一个做作文培训的老师在该领域做得很好，有机会推荐我认识一下。作为作文培训老师的我自然希望结交这样的老师，彼此切磋，取长补短，不亦快哉。朋友介绍了他的一些情况，我的心里对他产生了更多的好感。什么时候才能相见呢？随后，在教育行业的一次交流中，一位创办培训机构的校长和我在谈话时也提到了朱老师。哦，看来他久负盛名啊，想要见到他的愿望在我的心里便更加迫切了。抱着试一试的想法，我在微信上搜索了他的微信公众号，两个公众号便跳跃出来，于是，我就径直关注了这两个公众号。先了解一下他的情况吧，我愿意虚心学习。接下来的一天晚上，我的微信上忽然蹦出一个添加好友的请求，打开一看，没想到竟然是朱老师主动添加我为好友。作为同行，我们就这样开始在微信上聊天，我们开始相遇、相识。

两颗心灵在不断的交流中由陌生慢慢变得熟悉，一种相见恨晚的念头滋生在彼此的头脑里。我欣赏着他写的文章，他阅读着我写的文字，文字架起了一座友谊的桥梁，搭建起两个人心灵的交通。他关注了我的微信公众号，阅读着我的一篇篇文章；我浏览着他的个人微信页面，学习着他的一个个创意。海内存知己，天涯若比邻。惺惺相惜，相聚何日？

在我的翘首企盼下，他愉快地建议相聚梧桐山。来到深圳将近七年了，我竟然还没有拜谒过梧桐山。彼此一番协商，梧桐山成了我们相聚的见证者。喜不自禁，我准备出发，在网上搜索好出行的乘车路线。走出居住的小区，柔和的微风轻轻吹拂着我的身体，我感到一种惬意的舒坦。

公交车总爱调戏人们的情感，迟迟不肯露面。一分钟，两分钟，三分钟……时间的流逝为什么显得那么缓慢？好不容易等到“意中人”，一上车我才知道这辆公交车不上高速，那就意味着到达那里需要两个多小时的路程。等吧，等吧，一切都不是那么容易得到的。恍然如梦，一个个陌生的面孔从我的眼前消失，我陷入一种虚无缥缈的境界里，追寻着远方的足迹。

一下公交车，我站在通往梧桐山的中转站。出发前网上搜索的信息表明我要坐的车是直达梧桐山的专线，我耐着性子继续等待。它云山雾罩，始终不愿与我相见。我赶紧询问旁边的保安，保安表示肯定，并叫我多等待一会儿。我一边傻傻地等待，一边打开手机搜索专线的位置。一搜，更傻了：专线今天停运！我一下子感觉被戏耍了，慌忙联系朱老师，说明目前的情况，担心让他久等了。而朱老师已经到达梧桐山了！一种愧疚的情绪顿时弥漫我的身心。真是抱歉！朱老师热心地发来新的乘车路线，我忙不迭地乘车。愧疚让我不安，久等让我难堪。我打开手机，急忙点击滴滴快车，赶往梧桐山。汽车穿梭，内心忐忑。没有想到司机对这里的路线根本不熟悉，九曲十八弯，我的一颗激动的心早已按捺不住了！在朱老师的引导下，似乎经历了九九八十一难，我终于到达“西天”，取得“真经”，见到了朱老师——朱老师正在路边迎接我。狼狈的我感到满心的歉意。

朱老师已经订了晚餐，在一家西餐厅，我们吃着西餐。吃什么并不重要，重要的是两个人终于相聚了！一见面，两个人都不约而同地感到一种熟悉的气息。那是一种怎样的熟悉呀？两个人，两张面孔，竟然是如此的相似。“你看，我们两个人站在一起，别人还以为我们是亲兄弟呢。”朱老师笑呵呵地说道。是呀，真是上天刻意的安排呀！外在的相似已经让我惊讶，而内心的共鸣更让我惊喜！相似的感情经历，共同的思想观念，一致的人生追求……让两个心灵越发贴近。哦，这是怎样的相聚呀！我不由得惊叹人生的奇妙！

一个小时，两个小时，三个小时……我们坐在一起畅谈事业，畅谈理想，畅谈人生……这是多么契合的一次聊天啊！两个人就这么不可思议地达成了心灵的共识！

虽然生活总爱和我们开玩笑，但是生命却总能够给予我们一些意料之外的惊喜——这就是人生最妙不可言的魅力所在！

改变与坚守

昨晚我急匆匆地刚写完《两个人的相聚》这篇文章，就第一时间发给了朱老师阅读。他在阅读以后，赞赏的同时，给我发来了他以前写的一些文字。这些文字里饱含着折磨与痛苦、迷惘与追寻、改变与坚守、忏悔与反省……让我读来五内如焚，唏嘘不已。

曾经我们都是祖国的花朵，单纯洁净，年轻气盛，心怀梦想，抱负远大；我们始终拥有着扭转乾坤的雄心壮志。但是自从进入社会以后，我们历经世事，饱尝辛酸，在不知不觉中逐渐变得世故圆滑，意志消沉，梦想破灭，贪图享乐；我们一度沦为随波逐流的落叶浮萍。也许我们有过挣扎，有过抗争，然而面对坚若磐石的社会，我们常常显得那么孤立无援。一次又一次被撞得头破血流，我们才不得不改变哪！我们多么想要坚守高贵的梦想，可是我们只能堕落为庸俗的帮凶！“庸俗，它是各种主义与信仰在时光中消磨殆尽后依然实实在在地存活在世界上的最高真理。它用冷眼静候我的英雄主义燃烧殆尽后，再啃食我焦炭般的残躯，借以苟延残喘。”朱老师深谙“庸俗”的真谛，懂得它侵蚀人心的魔力，他在一种舍身饲虎的勇气下决然地“选择庸俗”。身体的死亡能否升腾灵魂的尊严呢?!

选择了庸俗，我们真的能够自我拯救吗？选择了庸俗，我们真的生活得心安理得吗?！我们曾经相信的人世间的一切真善美总是潜伏在我们的心灵深处不时窥探着、折磨着我们。现在，我们还能相信它们吗？现在，我们还能剩下什么值得相信呢?！“作为一个男人，我最后能够信仰的，只有自己的能力。难道，这就是荒凉世间的唯一回答。站在这人流涌动、来去匆匆的浪潮中，我感到一种前所未有的、足以吞噬我的空虚感。”当我们什么都不再相信时，我们只剩下了茕茕孑立的自己——这是我们最后的一根救命稻草。只剩下自己的我们感到的只是无穷无尽的荒凉和空虚……我的心感到异常的悲痛：巨大的荒凉与空虚铺天盖地，蚀骨噬心！

哦，我们真是太渺小了！我们身不由己地改变着自己！然而，我们到底得到了什么?“那时候我们有梦，关于文学，关于爱情，关于穿越世界的旅行。如今我们深夜饮酒，杯子碰到一起，都是梦破碎的声音。”中国当代诗人北岛的诗句正是对我们痛彻心扉的表述。一切的美好都让它们破碎吧！我们的明天还会有多少梦想的期待？我们的明天还会有多少奇迹的降临？我们是成熟了，还是麻木了？哦，我们这些曾经心怀梦想的可人儿啊，现在都不由自主地变得现实。我们却美其名曰：和光同尘。几乎每一个人都选择了改变，我们为什么还要选择坚守呢？哦，这到底是社会的问题，还是我们的软弱?！我们为什么要让梦想白白失去呢？我们为什么不能一辈子都坚守最初的梦想呢?！

朱老师在痛苦中思索着自己的处境：“刚进入社会时，时常悲叹遇人不淑，罕有善类，如今涉世渐深，最怕见的，就是好人。”好人是那些能够坚守住曾经的自己的人。好人像高悬的明镜般烛照着那些想要改变自己的人。他们惭愧，他们畏惧，他们痛苦，他们与世浮沉，面目全非，他们害怕见到真的人！朱老师在一种自残的反省中，对他们进行赤裸裸的解剖。他的心里时时刻刻想念着那些好人，“想他为自己的执着付出的代价，想他将要如何以自己脆弱渺小的一身来承受世界带来压力，想到他未来可能会遭受的种种，心中怎能不如同刀割”！在这种反省中，他的灵魂遭受着刻骨铭心的炙烤。在这种反省中，即使一个人想要堕落，也不会泥足深陷。就像我对朱老师一谈起我的母亲，我就禁不住热泪盈眶：“每当回到老家见到我的母亲，面对她的善良，我就反省自己这几年在深圳的表现，我就感到惭愧难当！相对于母亲的善良，我感觉自己都不是人！她太善良了！”在这种反省中，我的灵魂一直高高地飘荡于蓝天白云之上。

朱老师在微信上转载了我昨晚写的文章以后，立即在旁边写下了他的感受：“李军君老师与我同在一个片区，又都是教作文的，按理说，我们应该是相互敌视竞争的同行冤家，但是类似的性格爱好和人生经历，却使我们成了朋友。和李老师相处常常令我愧怍自惭，他总是怀着一颗赤子之心，而我，随波逐流，与世浮沉，曾经的书酸都成了今日的铜臭，心头的热泪化作了嘴角的冷笑。跻身人海，多了虚实拿捏，少了真诚纯粹；世事翻弄，丢了执着信念，只剩纷乱迷惘。只有与这样的人坐在灯前谈心，我才能感觉到，我如死水般的生活，还有一阵风……”能够写出这样的话的人，拥有着怎样大无畏的勇气呀！朱老师对内心的解剖是相当深刻的，这也是在社会上生活的一些人的生存处境，这是值得我们反省、忏悔的。我深切地感受到了他的痛感，我的内心何尝没有这样的忏悔、拷问呢？现实是残酷的，个人是渺小的，我们怎样才能在承受社会规训的同时又坚守自己内心的高洁、执着呢？这是我们每一个人面临的遭遇。作为作文培训的同行，我与他的相见是对我们彼此的一次新的认识。见与不见，我们的处境都一时难以改变。或许只有在相见里，我们才能遇到更好的自己！

其实，朱老师清醒地意识到自己的内心从未改变："走过风，走过雨，我将再一次来到你的身边，告诉你：我从未改变。你所看到的一切，只是表象，只是一层皮，我从未改变。我是一个旅客，来到一个星球，这星球的名字，叫地球。我是一个游人，来到一座孤岛，这孤岛的名字，叫人海。这里不是我的家。过去不是，现在不是，将来也不会是。走过风，走过雨，从未改变的我将再一次来到你的身边。"

哦，"我从未改变"，这是多么铿锵有力的话呀！我多么兴奋读到这样的语句！我们的内心完全可以选择不改变，选择坚守！虽然社会是一个大染缸，任何人掉进去都可能迷失方向，但是我们可以像莲花一样出淤泥而不染，濯清涟而不妖。

在昨天下午的聊天中，朱老师好奇地向我询问："你是否现在还相信爱情？"我不假思索地回答："我一直相信，从来没有改变过！"他随即向我投来羡慕的眼神。是的，我曾经相信，现在依然相信，以后更加相信！无论时间如何流逝，无论人事如何变迁，我对那些曾经相信的美好的一切都永远不会改变。我的相信是源于内心最真挚、狂热的爱！在人世间受过很多伤害，我们逐渐变得不再相信——不再相信爱情，不再相信友情，有的人甚至连亲情也不再相信。这该是怎样的悲哀呀！我们应该坚守自己，锻造内心的强大，做“蒸不烂、煮不熟、捶不扁、炒不爆、响当当一粒铜豌豆”（元代戏剧作家关汉卿的豪言壮语）。我们更应该坚守自己，不怕血雨腥风，“千锤万凿出深山，烈火焚烧若等闲。粉身碎骨浑不怕，要留清白在人间”。明代诗人于谦的《石灰吟》是我们的自白书！

哪怕伤痕累累，我们也要坚守自己最初的理想！虽然我们磕磕碰碰，一路走来，但是我们仍然更加热爱这个曾经美好、现在依然美好、未来更加美好的世界！

醉　花

一阵悠扬婉转的歌声犹如一朵朵娇艳欲滴的鲜花，在一片浓厚的黑暗里次第绽放。你静静地聆听着歌声，任凭它轻柔地抚摸着你的耳畔。一朵朵鲜花载歌载舞，漫山遍野。眼睛依然紧闭，身体仍然平躺，你只愿沉浸在黑暗里，在梦幻中欣赏着这个美妙的世界。

鲜花在舞蹈，歌声在欢笑，思绪在弥漫。你似乎在寻找着什么，然而，云山雾罩，缥缈难寻。突然，整个天地一团死寂。一切又恢复到睡眠时的状态。时间开始在你的心里“嘀嗒嘀嗒”发出声响，你赶紧从被子里伸出一只手拿起枕头边已经睡醒的手机，一看时间，竟然吓一跳。时间流逝得真是太快了！

你迅速地起床。你一边洗漱，一边想着一会儿要上网阅读一位当代学者写的一些文章。关于这位学者，你心仪已久，希望从他的身上汲取精神的力量。

电脑在启动，心灵在舞动。昨晚那位学者的一篇文章让你获益匪浅。你是在无意间发现他的文章的，当时你正在阅读其他的文字，一不小心就与他意外邂逅了——这真是上天的恩赐呀！你显得格外激动。你连忙打开昨晚保存好的网页，他的文字瞬间迸射出夺目的光彩。你如饥似渴地阅读着这些文字。一个个思想观点刺激着你的大脑，碰撞出思维的火花。你沉浸其中。这时，一个熟悉的字眼从文字里跳跃出来，一下子激活了你的思维，你忙不迭地在网上搜索这个字眼。一条条知识在你的眼前像山花般盛开。

目不暇接，你欣赏着一朵朵“山花”，从中寻找着最吸引你目光的花朵。每一次打开，就呈现出一篇陌生的文章。每一篇文章都闪烁着赏心悦目的光彩，诱惑着渴求知识的你。你流连忘返。冷不防，一个记忆中的人名浮现在你的脑海里，你又一次在网上搜索那个人的名字，顿时一篇篇关于他的文章在你的眼前仿佛雪花一般漫天飞舞。

你兴奋地迎接着一朵朵“雪花”，融入其中。每一个故事都蕴藏着动人的内容，每一个思绪都牵引来绵绵的幽思。“雪花”轻灵飘逸，如蝴蝶，如精灵，如仙女，勾魂摄魄。

春风柔柔地吹拂，天空渺渺地辽远，花儿软软地起舞。你情不自禁地欣赏着这些纷至沓来、婀娜多姿的“花儿”，沉醉不知归路。

突然，一阵悠扬婉转的歌声犹如一朵朵娇艳欲滴的鲜花，在一团浓郁的花香里次第绽放。你一惊，急忙抓起手机。一个朋友给你打来电话：“你吃晚饭了吗？”你刹那间不知道回答什么。你的头脑中只是飞溅着一朵朵烟花。哦，你沉醉花间魂不归呀。当你魂魄归位，意识到午饭还没有吃时，一看时间，傻了：时间分明是18点10分！这怎么可能?！轰的一声炸响，你醒悟到一整天又这样匆匆流逝了！

你在随心所欲的“醉花”里，忘记了现实，忘记了自己，忘记了时间……你似乎收获了许许多多的东西，但是你的心却感到异常的空虚。你一直在走马观花，花儿交相辉映，你乐不思蜀，已然忘记了刚起床时打算阅读的那位学者的文章……

黑暗骤然降临了，一生恍惚结束了……

忙碌中需要静思

面对时间的流逝，我总是显得措手不及。在悄无声息中，轰的一声炸响，我才幡然醒悟：2016 年已经逃窜得无影无踪了！时间快得惊心动魄，让人来不及回想什么、挽留什么，就彻彻底底地一去不复返。忙碌似乎主宰着生活的一切，每天我都在不断地奔波，在奔波中忘记了时间。忙碌让我感到充实，同时，更让我觉得空虚……

2016 年对我来说是一个摆脱束缚、拥抱自由的年份。牵系着教育情，怀揣着文学梦，跨出体制，迈向生活，我义无反顾地抛弃一份仰人鼻息的工作，踏上一条自主创业的道路。五年来在培训行业从事作文教学的经历，使我在增长教学能力的基础上，洞悉培训行业的运营，我渴望开创一番事业。机缘巧合，我和几个朋友一起在深圳龙岗开办了属于自己的培训机构。教作文是我最乐意、唯一会做的事情，我愿意一辈子从事这份工作；孩子们是我最喜欢、想要交往的朋友，我愿意一辈子陪伴在孩子的身边。

一切从头开始。尽管万事开头难，但是我们只要脚踏实地，就可以一点一滴地做出成绩。潜心于作文教学，用心于孩子成长，我和孩子们在一起学习。教孩子，也是在教自己，教学相长，我希望以身作则，和孩子们共同进步。一个个周末，每一个时间段我都和孩子们待在一起，沉浸在学习的氛围里。我在增强自己的实力，但仅仅依靠自己是不够的。在这期间，如果没有朋友的帮助，如果没有家长的信赖，我就难以在短期内做出现在的成绩。为了拓展自己的工作，我又和其他两个知名的培训机构合作。这样一来，我常常奔波在路上，奔赴一个又一个上课的地方，遇到一个又一个优秀的学生。虽然前期的工作是辛苦的，但是每一天都新鲜得如同初次相见的自然美景，到处都是趣味，让人目不暇接。孩子让人单纯而惊喜；时间让人舒缓而充实。

陶醉在单纯与惊喜、舒缓与充实里，我从来没有感到生活可以如此的快乐。虽然这条路布满荆棘，充满未知，但是我明确路在何方，深谙心系何处。无论如何，我都必须聆听内心的声音，遵循使命的召唤，追逐人生的梦想。虽千万人吾往矣！这是一个置身十字路口的抉择。我相信我的抉择是正确的并且是我向往的。在这一年里，我享受着这个抉择给我带来的自由与幸福。没有了体制的束缚，回归内心的深处，我荣升为自己王国的君主。时间是可以随心所欲地支配的。大部分时间，我沉醉在一个与世俗迥然相异的世界里——那是一个精神的浩渺天地，我仰望星空，我捕捉神秘，我遨游梦幻……读书与写作是我生活的主要内容，我一边狼吞虎咽地品尝着人类精神的优质食粮，一边呕心沥血地编织着自己的锦绣华章。沉默成为一种生活方式。默默无闻地劳作，从不希望哗众取宠，只要能够慰藉内心的狂热。这是我梦寐以求的生活。

在这样的生活里，我找到了存在的意义和生命的价值。我每天都处在忙碌的状态。我渴望忙碌！只有忙碌，才能安抚我的一颗狂躁的心。我仿佛奔跑的夸父，只想永不停息地追逐太阳的光辉，哪怕像飞蛾一样扑向跳跃的火焰！我宁愿生命犹如流星划过天际，绽放出璀璨的光芒。只有在熊熊燃烧里，一个人的生命才能超越小我，融入大我，走向永恒！为此，我着魔一般，一天又一天，遥望着远方，幻想着未来，坚持不懈地进行着文学创作：散文、诗歌、小说……一个个文字像一个个精灵从我的手中飞舞出来，我欣喜若狂、沉醉不已！

追逐梦想的生活是充实的。然而，生活是诡异的，我们在得到一些东西的时候，必然会失去另外一些东西。我似乎获得了许多，但我活得越来越孤独。当我忙碌得不可开交时，我在逐渐丧失着自己。每天我都在忙碌，到底收获了什么？我是否要静思一下自己目前的生活呢？

随着一天天的接触，时间与我成了熟识的老朋友。新鲜渐渐淡薄，默契慢慢浮现。时间便在不知不觉中长了翅膀翩翩飞走了，在我的面前，在我的忙碌里，在我的淡薄中。我一成不变的忙碌，却成了一天又一天的重复，习惯得让人麻木。这样的忙碌无疑是可怕的。忙碌占据了一切，人便沦为生活的机器，空虚自然产生了。

一旦想起，梦魇就会袭来。不知不觉，我已经在人世间度过了三十一个生日，我究竟做了一些什么？我的忙碌能够弥补我所失去的吗？我是应该让自己暂时休息休息了。又一个学期结束了，我和孩子们相处的时间是匆匆的。生活是真实的，我要在真实里去体验生活。2017 年 1 月 11 日，我要暂时离开深圳，奔赴那个遥远的地方，奔赴一场人生中最真实、最珍贵、最美妙、最幸福的盛宴！梦绕魂牵，归心似箭！静下心来，心灵沉潜，走出一个地方，走进一片世界。

忙碌是生活的常态，但我们不要被忙碌俘获，成了奴隶。我们需要时时跳出这个常态，在静思中去寻找一些别的什么——也许那才是生活真实的本质，那才是生命鲜活的源头……

请尊重我的信任

我正在捧着手机，玩着微信，一条信息突然出现了。这是一个表哥发来的信息。前几天过年在老家相聚，我和表哥聊了许多，虽然我俩各自在外地工作，但是彼此的情谊依然深厚——我非常珍惜这样的情谊。我迫不及待地打开他发来的信息："微信发 200 元红包借我一下，现在有事需要，明天还你。"

表哥常年在外地工作，承包国家工程建设项目，年薪四五十万。他对待亲朋好友一向慷慨大方，亲朋好友自然乐意与他交往。他年长我四岁，社会经验丰富，我和他也常常在微信里聊天。他是不缺钱的，现在怎么会借钱呢？难道是过年发红包一时发空了余额？还是有其他的原因？一些杂念刚要乘虚而入，就被我无情地扼杀。我不需要寻找任何原因！无论什么原因，既然他开口向我借了，我就要借给他，这是毋庸置疑的。况且谁都有一时急需的时候。无论怎样，我都必须信任他，这是最起码的。一想到"信任"这两个字，我的热血顿时沸腾起来，我是多么渴望"信任"哪！想到这里，我便不再多询问，只是爽快地回复："好，稍等。"紧接着，立即给他发了 200 元的红包。

不一会儿，他就接收了红包。我的心里感到淡淡的暖意。在别人需要的时候，能够帮助别人是令人愉快的。我沉浸在一种单纯的喜悦里——单纯地信任别人，是多么惬意呀！正当我享受着这样的惬意时，一条信息突如其来地侵袭过来：“再转800元借我，明天还你1000元。”

一看到这条信息，我顷刻间傻眼了。一时急需，怎么变成得寸进尺呢？他应该不是这种人。难道借钱的不是他本人？难道骗子在作祟？猜测使我沮丧，怀疑使我震惊。意识到问题的严重性，我赶紧点击视频聊天以确认对方的身份。视频一打开，就被果断拒绝。难道这真的是一场骗局？仿佛一把尖利的刀子刺中了我，我被这意料之外的欺骗刺伤了。

我随即拨打表哥的电话，他急切地告诉我微信被盗，千万不要发红包。这是我根本没有想到的事情。我以为面对的是亲人，就必须坦诚相见，给予充分的信任。没想到，我真情实意的“信任”却换来别人虚与委蛇的“勒索”。这让我愤怒！200元倒是次要的，重要的是骗子辜负了我的信任。我无法接受信任被欺凌的悲哀。“你是谁呀?!竟然骗我！”

随着在这个社会生活得越来越长久，我感觉信任似乎变得越来越稀有。我越来越不再信任别人，也许别人也越来越不再信任我。沉沦在这种信任缺失的环境里，我越来越感到生存的压抑和生活的虚无。我在内心深处越来越渴望信任！一丝一毫的信任都是对我的拯救。表哥是我的亲人，是我的朋友，无论如何，我都宁愿去信任他！如果他都不值得我信任了，那么这个世界上还有谁值得我信任呢？我的存在又该是怎样的荒寒呢?!

承受着内心的荒寒，我默默地度过了一个凄凉而漆黑的夜晚。第二天，当太阳重新降临整个世界时，当我的愤怒还未消散时，我意兴阑珊地打开微信，大义凛然地故意发信息："昨晚借我两百元，说好的今天还，你什么时候还我呢？"不为欠债还钱，只愿言而有信！钱，我是一定会借给的，我并不后悔我的行为本身。我只想请别人尊重我的信任！

难道这已经是一个骗子的微信号了吗?!缅怀曾经的亲情，我恋恋不舍地翻看表哥在微信里留下的足迹。犹如一道闪电横空劈来，他的微信朋友圈的三张照片照亮了我的双眼。那是昨晚表哥的亲朋好友给骗子发红包的记录。哦，三四十个朋友哇！上万元的红包记录！200元，800元，一个红包，又一个红包，刺痛了我的眼，同时，惊喜了我的心。是的，我不由得感到惊喜！我惊喜的是这个社会上竟然还有三四十个像我一样信任别人的人！这三四十个朋友选择了信任表哥。当骗子的信息发出以后，他们义无反顾地去信任他们的好朋友。无论他们出于何种动机，他们都选择了信任——信任一个好朋友。他们是应该拥有真正的友谊的。美国作家梭罗说："伟大的信任产生在伟大的友谊之上，友谊是信任的基础。"这种信任犹如寒冬里的炉火，温暖着我的身心。哦，这是多么单纯的信任哪！我惊喜！我欣慰！我激动！这是绝望中的希望！这是凄凉里的温暖！这是黑暗里的曙光！

在这个物欲横流的世界上，人们都活得越来越荒凉，我们的身边究竟还有多少人值得我们信任呢？我们又能够信任多少人呢？一切都被怀疑，什么才是真实的？人们生活着，人们隔膜着。我们到底需要怎样的世界呢?!我们的信任到底去哪里了呢?! 面对繁杂的社会，我们固然要提高警惕，但是我们必须要懂得信任。单纯地信任别人，这将是多么幸福的事情啊！在信任里，人类的一切情感都会像纯净的泉水一样汩汩流出。爱意奔腾，情意汹涌！

残缺的光辉

虽然她总是在追逐，但是如同难以捉摸的梦一样，那不可预测的远方似乎始终离现实中的她很远，很远。有时，这让她感到很累，很累，但与此同时，她也感到很美，很美，感到新生活一直在远方召唤着她。她是一个梦女孩。她享受那种梦一样的生活状态。

上天从来不会遗弃每一个心怀梦想并且追逐梦想的人，她毕竟是幸运的。梦想的光辉照亮了她的生活——曾经，那是与众不同、暗淡无光的生活。冥冥中，她觉察到自己来到这个世界的使命与意义——上天早已安排了一切。这个世界将会出现一位独特而优秀的心理咨询师。生命一旦觉醒，生活就被赋予了价值。她的生命之舟开始扬帆起航。

尽管曾经的生活给她的生命烙上了永不磨灭的印记，但是她可以抚平伤痛，呵护心灵，勇往直前。她懂得这需要巨大的勇气，与生俱来的伤痛是一辈子也无法完全治愈的，她必须承受伤痛，斗志昂扬。她习惯于用单纯、清爽甚至放肆的笑声来迎接生活中熟悉的人或者陌生的人，痛并快乐着。

哦，梦一样的生活呀！她从来没有想到，爱情竟然会莫名其妙地降临到她的身上。曾经的生活一次又一次地把她推进了深渊，她的心里滋长着深不见底的绝望。如今，怎么回事呢？其实，她是多么渴望爱情啊！她激动难耐，她不知所措，她满怀憧憬。这是上天对她最珍贵、最深邃的疼爱。沐浴着内心深处最圣洁、最真挚的爱情，她沉浸在一种生命的大感动中。她对生命的热爱变得越发强烈！她对梦想的追逐变得越发赤诚！她不知道应该如何感激……

一个独特的灵魂所绽放出的光芒总是能够吸引人的——同样独特的灵魂常常情不自禁地被深深吸引。她和他奇迹般走在了一起——奇迹的诞生不是偶然的，真挚的爱里孕育着生命中的所有奇迹。她和他愿意在一起生活——不，不够的，她和他愿意相亲相爱，不离不弃，一生一世。哦，这该是怎样的幸福呢？仿佛天上皎洁的明月，这原本是多么不可企及的幸福哇！她的泪水禁不住缓缓滋生、悄悄涌出……

她和他一起来到了深圳这个城市——这是属于他的城市，也将是她的梦想起飞的城市。她希望和他在这所城市里一起追逐梦想，实现梦想。她仰望天空，她瞭望远方，她迈开脚步，朝着新生活飞奔而去。呼吸着新鲜的空气，体验着自由的感觉，她沉醉在一种温馨的美梦里——多么真实呀，触手可及。

她从不害怕在众人的眼前表明自己是一个身体残缺的人。身体的残缺，是她不得不接受的事实。一个独特的生命从一出生就显示出它与众不同的标志。这成为她一辈子摆脱不掉的烙痕。这是火焰山上终年燃烧的熊熊烈火，这是西西弗斯永远推不上高山的巨石。焚烧的痛苦灼伤着身心。她从不害怕，但她总是敏感。敏感的心灵里沸腾着翻天覆地的火与冰。人世间的喜怒哀乐都肆无忌惮地汇聚在她的身上，也许这就是三千宠爱在一身哪。

“宠爱”是源源不断的，现实总给予她各种各样的压力。在别人看来司空见惯的压力，常常化作她身上危机四伏的焦虑。万事开头难，新生活是从新工作起步的，新工作对她构成了无处不在的威胁。投递简历，等待机遇，参加面试……每一个环节都像一次火与冰的洗礼。曾经的生活，工作的经历，犹如挥之不去的梦魇，她的每一根神经都饱受着折磨。

如果软弱，就只能堕落。如果自己不坚强，那么谁还能拯救自己?！她必须坚强地站立起来！哪怕刀山火海，也要毅然前进，视死如归。心灵必须强悍。战胜心灵的恐惧比战胜身体的残缺更加重要。她需要和心灵赛跑，她需要和时间赛跑，她需要和命运赛跑。调整内心的状态，她投入自己热爱的学习里，增强自身的实力。别人看她不正常，她要用自身的实力来证明自己超乎寻常！

梦想在燃烧，她的生命闪烁着璀璨的光辉。一种人格的力量所散发出的气息弥漫在空气里，让每一个接触她的人都沉醉在生命的喜悦里。身体的残缺羽化为翩翩起舞的姿态，绽放出别具一格的美，美得惊心动魄，美得超凡脱俗，美得无与伦比！

过日子

从小到大，出身农村的他看惯了父母在一起过日子的生活。柴米油盐，家长里短，日子过得平淡如水。平淡的日子久了，总会让人滋生一些非分之想。他希望日子能够过得与众不同，有滋有味。那么，什么样的日子才是他所期待的呢？

书渐渐读得多了，梦悄悄做得野了，不知何时，他的心里已经孕育了未来的生活。热爱文学的他常常阅读一些现代作家写的书，爱屋及乌，他自然而然地憧憬着像他们一样过日子。淡泊名利，沉醉文学，读遍自己喜欢的书籍，写尽自己喜欢的文字，琴瑟和鸣，相亲相爱……他喜欢的作家们的生活是多么吸引他呀！沈从文和张兆和的日子让他惊艳，朱生豪和宋清如的日子使他羡慕，钱锺书和杨绛的日子令他渴盼……如果以后的生活能够像他们那样度过，那就是他最幸福的事情了。他长期沉浸在这样的幻想里。

大学生活在幻想里消逝得无影无踪，社会生活在现实中到来得防不胜防。一无所有的他挣扎在生存的边缘，哪有时间奢谈什么过日子的浪漫?！那些憧憬的日子只是在梦中一次又一次地花开花落，旋生旋灭。一个人的日子应该怎样度过呢？

他一边想入非非地做着和情投意合的人一起过日子的美梦，一边踏踏实实地度过着属于自己的日子。只有一个人的日子过得风生水起时，两个人的日子才能指日可待。当一个人时，日子是自由的，是任凭自己独立支配的。日子很快，你不快过，它会过得飞快。他珍惜这样的日子，他必须争分夺秒地在这样的日子里充实自己。日子是最真实的，一个人的日子显露着生活最本质的东西。只有一个人逐渐变得强大时，日子才能蒸蒸日上。

时间是最无情的杀手。一个人的日子在来不及珍惜，来不及挽留的时候，就已经彻彻底底地灰飞烟灭了。生活是最巧妙的魔术师。众里寻他千百度，蓦然回首，那人却在灯火阑珊处。她像一位偷偷跑出天庭的天使，率性自然地飘进他的生活中，闯进他的日子里。他惊诧莫名，他欣喜若狂，他怅然若失。伴随着忧愁与狂喜，一个人的日子恍惚间化作两个人的日子。

梦想的生活已经在我们的身旁，当初的梦想还是当初的模样吗？时间能够改变一切，时间能够风蚀梦想吗？一直以来，他都在向往一种两个人一起过日子的生活状态。在他的梦想里，那是一种充满诗情画意、温馨快乐的氛围。现实中两个人过日子，真的如同梦想里那么美妙吗？

怀着一种美妙的心情，他希望从两个人的日子里捕捉到惊喜——一个，一个，又一个，源源不断。他懂得，这只是他一厢情愿的想法。两个人一起过日子，在他看来是天底下最简单的事情。他懂得，这也是他一厢情愿的想法。他更加懂得，以前，无论是观看父母过日子，还是欣赏作家们过日子，都是带着旁观者的心态，没有身临其境，怎能感同身受呢？现在，他和她在一起过日子了，他才冷暖自知，过日子并不总是像想象中那么诗情画意、温馨快乐——虽然这常常是难以企及的，但是他会坚持不懈地追求的！

作家冰心给朋友梁实秋的信里写过这样的话："一个人应当像一朵花，不论男人或女人。花有色香味，人有才情趣，三者缺一，便不能做人家的一个好朋友。"朋友是这样的，夫妻更是这样的。一个人只有具备了才情趣，才能与另一个人和谐共处，情投意合。无论是才，是情，还是趣，都是要讲究技巧的。两个人过日子更是要讲究诸多技巧的——它们绝对不是机关算尽的技巧，而是包容忍让的大度、难得糊涂的沉默、妙趣横生的幽默……

每一个人都是独立存在的，即使一个人身处众人中，他依然是孤独的。两个人的日子，并不能消除一个人的寂寞。他在写作，她在阅读；他在煮饭，她在炒菜；他在沉思，她在幻想……虽然他和她在一起，但是他们常常各自忙碌。他们各自为营，他们并肩同行。

两个人，各有各的性格，各有各的喜好，各有各的梦想。一份日子，让两个人亲密无间地在一起。过日子，这简单的三个字里面蕴含着并不简单的生活哲学和人生意义，值得芸芸众生中的有情人用一生一世的时间来体会和参悟……

两个沉默者

这是一间不足10平方米的房间，狭小而昏暗。它只是一栋20层楼房中的一间，毫不起眼。一排排高楼鳞次栉比，屹立在都市的车水马龙里，挣扎在都市的灯红酒绿里；它们庞大的身躯悄无声息地淹没在偌大都市的喧哗与躁动中。

一根陈旧的灯管透露着暗淡的光彩，显得年老色衰。整个房间都笼罩在一片幽深静谧的氛围里。一张低矮的床躺在房间的地面上，似乎久病不愈。一摞厚厚的书却整齐地堆放在一起，站在一张简陋的书桌上。书的旁边，一台笔记本电脑正敞开脸蛋，露出灿烂的笑容。

一个年轻男子正坐在笔记本电脑前，目不转睛地凝视着电脑屏幕，一双炯炯有神的眼睛迸射出震慑人心的魔力，高高凸起的光洁饱满的额头闪烁着幽幽的光亮。他脸上的表情是深藏不露又变幻莫测的：时而眉头紧蹙，写满忧愁；时而脸色泛红，溢满狂喜；时而眼睑耷拉，挂满落寞；时而笑颜绽放，充满幸福……他修长而白皙的手指，轻轻地抚摸着键盘，十根手指仿佛被施了魔法，灵活自如地在键盘上敲打。一个个黑色的字从他的手指尖、眉宇间活蹦乱跳地跑出来，在电脑屏幕上撒欢。不经意间，十根手指忽然不停地颤抖起来，一股无形的力量攫住了他的手指，键盘在“噼里啪啦”

的交响乐中开始尽情地演奏，犹如一场音乐盛宴。他的神情是兴奋的，他的模样是庄严的，他的内心是澎湃的。一个个黑色的字，一片片黑色的云，在仿佛白昼一样的电脑屏幕上翻腾不息。

那些文字是怎么出现的呢？他也无法说清楚。他只知道他的内心深处正掀起了一阵阵惊涛骇浪，使他浑身躁动，激动难耐，他按捺不住地想要写出文字——排山倒海的文字。那一幅幅绚烂多彩的画面在他的眼前如春花怒放，那一个个曼妙多姿的女孩在他的心里如山莺啼啭。哦，那些可爱的女孩呀，是多么天真烂漫哪！有的巧笑倩兮，憨态可掬；有的美目流盼，小家碧玉；有的端庄贤淑，大家闺秀……她们都在他的文字里惟妙惟肖地展示着最独特的自己，经历着最有趣的故事。那是一个武侠的世界。那是一个有情有义的世界。那个世界与现实的世界迥然相异。他喜欢那个世界，他在那个世界里寄托着自己的灵魂。

一个晚上，几万字，他伸展开文字的翅膀自由自在地飞翔。这是多么神奇的文字之旅呀！他热血澎湃，他斗志昂扬，他不休不眠地写作。他常常一连几个晚上，通宵达旦地写作。一部长篇武侠小说像一个无底洞一样，把他的身心都吸进去，他无法自拔，他乐此不疲。

在他创作武侠小说的时候，他的房间里同时站着另外一个人——他的朋友。朋友来到他所居住的这个都市才一个星期，是中文系的大学生，大学毕业，想要在这个都市寻找一份工作，开始新的生活。他自然希望朋友找到一份理想的工作。但是朋友却常常整天待在他的小房间里，足不出户，只是看书。有时，朋友出去找工作，回来时一脸的沮丧。

朋友是一个文学爱好者，偶尔写一些文章。朋友静静地站在这间狭小房间的一个角落里，手里紧紧地握着一本书，聚精会神地阅读。朋友的神情是专注而平静的：嘴唇紧闭，面容忧郁。他一站就是几个小时，长时间站立，沉浸在书的世界里。书中的一切深深地吸引着朋友，那是一个多姿多彩的世界，那是一个有情有味的世界，那个世界与现实的世界迥然相异。朋友喜欢那个世界，在那个世界里寄托着自己的灵魂。

他在写作——疯狂地写作，凭借着写作，逃避着现实的生活。朋友在阅读——痴迷地阅读，凭借着阅读，逃避着现实的生活。虽然他们逃避着现实，但是他们创造着未来。他们与这个世界格格不入，现在都还没什么成就。然而，他们拥有自己的梦想。他们都在默默地奋斗——一直以来，他们只是两个沉默者。

其实，他们是从小一起长大的朋友——像兄弟一样。他们热爱文学，具有写作的天赋。他们了解对方，像了解自己一样。孤僻是他们共同的性格。他们常常待在一起，但是一言不发——也许连续几天，他们都不曾说过一句话。他们可以长年累月地沉默。沉默是他们约定俗成的爱好，谁也不允许打破这样的沉默。谁也不理会谁，各自沉浸在自己的世界里，他们是满足而幸福的。

他们的沉默里，积蓄着磅礴的力量；他们的沉默里，奔腾着狂热的激情；他们的沉默里，翱翔着自由的灵魂……

罪　人

这里怎么没有开灯？光线为什么这样暗淡？这里怎么静悄悄的？上课的老师都到哪里去了？安静得让人窒息。没有老师，真好！神不知鬼不觉。他暗自窃喜。门敞开着，老师们应该在这里上课。他的心又不由得一紧。

忽然，说话声音从里面隐隐约约地传出来，一阵轻微的脚步声缓缓地响起。每一声都踩踏在他的心尖上，他顿时显得手足无措。“王老师，你来了。”一位老师迎面向他走来，向他问好，欢迎他的到来。这是一位教语文的老师，文质彬彬，俊朗的面容让他的心稍稍感到熨帖。“刘老师好。”他借说话来缓解内心的紧张。

“你怎么现在过来了？”刘老师好奇地询问。

“没什么事情，”内心的秘密仿佛被偷窥，他故作镇定，“我晚上刚接了一节课，那边的打印机坏了，我想在你这里打印资料——一份资料。可以吗？”

“不可以！”刘老师一本正经地说道。

他立即吓了一跳，不自然地哆嗦起来：“为什么不可以？”

“开玩笑。当然可以。我们这么熟悉了，你不用那么客气。”

他偷偷地舒了一口气，心中的一块石头落地了。

“你在这里打印资料吧，我去里面还有点事情。我们抽空聊。”

“好，你忙。”他谨慎地说。

迅速地点击电脑和打印机，他熟练地打开资料。看着资料，他却陷入了犹豫。刚才说好的打印一份，但是实际上他需要两份。那就打印两份资料吧。可是明明告诉别人是一份哪，这样一来就是言不由衷，就是出尔反尔，就是自欺欺人！一条鞭子从他的头顶横空劈下来，他呆呆地忍受着痛苦的袭击。干脆走进去告诉刘老师实情。这个念头刚一产生，他就哑然失笑了，就多出一份资料嘛，多打少打都是一样打，不必多此一举。自我安慰以后，他如释重负地进行打印。

一份资料一打印出来，他就满含温柔地凝视着这份资料。正当他凝视时，紧接着，第二份资料不问青红皂白地尾随而出。聆听着机器铭刻白纸发出的“嚓嚓嚓”的声音，他的眼前浮现出法场行刑砍头的场面。他禁不住伸出手摸了摸脖子，脖子一片冰凉。一股冷风“嗖”地钻进他的后背。第二份资料已经明目张胆地躺在他的眼前，向他耀武扬威。他迟迟不敢伸手去碰触。这份资料冷冰冰地躺在那里，似乎写满了他的罪状。

“嘀嗒嘀嗒”，时钟在宣读着圣旨，他黯然地闭上了眼睛。一种做贼心虚的负罪感袭上他的心头，他不由分说抓住第二份资料，头也不回地朝门外大踏步走去！

“哎，王老师——”一声欢快的呼喊毫无防备地从他背后响起。

犹如一道闪电劈来，传遍他的全身，他的身体骤然麻木，一动不动地站在外面。闷热的空气里不知何时偷袭来一股寒流。他浑身发冷。罪责难逃！他绝望地闭上了眼睛，末日审判终于到来了！

“王老师，你怎么走得那么急？”刘老师像鬼魅一般飘到他的面前，睁着炯炯有神的眼睛凝视着他。

来吧！让审判来得更猛烈一些吧！他像一只待宰的羔羊，横尸在砧板上。

“王老师，你怎么了？”刘老师的眼睛瞪得更大了，犹如两盏探照灯，逼视着他的灵魂。

“我赶时间，要去上课，还有两个孩子正在等我上课。”

“什么？两个孩子？”刘老师以为自己听错了，再一次确认，“你今晚要给两个孩子上课呀？”

“是的。”他回答得干脆利落，大义凛然，视死如归。审判就要爽快！让事实暴露在光天化日之下吧！

“你赶时间的话，我们改天再聊。”刘老师目不转睛地瞪着他，似乎要看穿他灵魂深处潜藏的罪恶。

他仍然呆呆地站立在原地。那双眼睛射出的光芒像锋利的刀子一下一下刺向他的心口，他感到疼痛难耐，他感到惶恐不安，他感到万念俱灰……

这个世界上，还有谁像他这样身负重罪、自觉有罪呢?!

他的眼前轰然陷入一片黑暗，他浑身痉挛，痛苦地面朝苍天，失声哀号——

“我是一个罪人！”

黑暗更浓重了

三天了！整整三天了！黑暗铺天盖地，一点一点吞噬着他的身心。他无力地挣扎着，陷入了深不可测、牢不可破的痛苦里。

一架硕大无比的飞机趾高气扬地屹立在空荡荡的机场上，它张开血盆大口虎视眈眈地盯着前方。一个个旅客满怀憧憬争先恐后地走进虎口。飞机露出狰狞的嘴脸，肆无忌惮地撕咬着一个一个自投罗网的旅客。她，从远处走来，一步一步缓缓地走近飞机。她走路的姿态是独特的，她脸上的神情是倔强的。她是多么特立独行，多么与众不同，人们的眼光不由得凝聚在她的身上。人们的眼光里流露着惊讶，流露着羡慕，流露着敬佩。她的出现刺痛了人们的心灵。这只是一瞬间的刺痛。人们哪有多余的时间来关注别人呢？人们匆忙地加快了脚步。她依然坚定地行走。近了，近了，飞机在召唤着她，她准备登机，却突然停住脚步，她转身注视着来时的方向，眼神是那么无助，那么幽怨，那么迷惘……她仿佛在留恋着什么，她仿佛在思念着什么，她仿佛在期待着什么……他正站在她的身后，呆呆地凝望着她，任凭她离开，任凭她走远，任凭她消失……

难道她真的消失了？她的身影越来越模糊，与此同时，她的身影却越来越清晰。她离他越来越远，她离他越来越近。他只想把她揽入怀中，哪里想得到这只是一个奢侈的美梦……他静静地站立在人群中，显得那么孤单，那么忧愁，那么绝望……他闭上了眼睛——眼睛又有什么作用？怎能够穿越遥远的距离？他合上了嘴唇——嘴唇又有什么作用？怎能够倾诉绵长的相思？他捂上了耳朵——耳朵又有什么作用？怎能够聆听浓厚的情意……他只敞开了心扉，放飞心灵，让心灵穿越遥远的距离，让心灵倾诉绵长的相思，让心灵聆听浓厚的情意……他一动不动，他只想把自己站成一座雕像，面朝她远去的方向，痴痴地凝望……

他原本就不想让她离开！但他还是义无反顾地给她买了远去的飞机票。他懂得她要远去的心情，他愿意满足她的心愿。随着时间一天一天临近，他每时每刻都处在惊慌失措的思念里。一架硕大无比的飞机像乌云一样总是笼罩在他的心头，压抑得他喘不过气来。他有时戏称机票已经退订，他常常希望奇迹能够发生。有些事情是注定不能改变的，人们就只好顺其自然地接受它们并且安慰自己。相见已是恨晚，暂别必会重逢。上天总爱捉弄有情人，但一切自有最好的安排。

快乐是短暂的。快乐是难忘的。每一天，他和她朝夕相处；每一天，他和她谈天说地；每一天，他和她相亲相爱……每一分钟，都浸满他和她的甜蜜；每一分钟，都盈满他和她的快乐；每一分钟，都弥漫他和她的幸福……他写作，她听课；他沉思，她幻想；他煮饭，她炒菜。柴米油盐，过不完的尘世生活；欢声笑语，诉不尽的梦中深情。二十天，犹如一辈子，浓缩着人世间的酸甜苦辣，演绎着人世间的悲欢离合。

快乐呀！你为什么乐得那么快呢?！人生没有永远的快乐，痛苦时时如影随形。正因为经历过快乐，痛苦才变得更加难以承受。每一天都阴云密布，每一分钟都电闪雷鸣，他究竟要躲到哪里才能避免风雨的侵袭呢？这又是怎样的风雨呢？它们是他内心的思念，它们是他情感的波澜，它们是他灵魂的海浪。它们与他融为一体，他是无处可躲了。他根本就没有想要躲！他多么愿意沉醉在这风雨的肆虐中！他沉醉，他沉沦，他沉默。他变得越来越沉默，每一分钟，每一天，都待在房间里，不要迈出脚步，他想要沉下心来，静静地感受房间里的味道，细细地呼吸房间里的气息，默默地捕捉房间里的踪迹……白天，是短暂的；黑夜，是漫长的。白天的快乐都化作了黑夜的痛苦。黑夜如辽阔的大海，痛苦似翻腾的巨浪，他像漂泊的浮萍，刚被高高掀起，又被狠狠摔下，冲刷，冲刷，冲刷……

他久久地陷入了内心的忧伤中。折磨接踵而至，痛苦绵延不绝。没有精神，不想说话，写作也失去了动力。思念犹如疯长的荒草，不可遏制，遮天蔽日。

她懂得他的忧伤，想要听他倾诉，陪他度过每一个失眠的黑夜。他默默地叮嘱她安心入睡，他只想一个人静静地待着——既然彼此远离，那就彼此珍重；既然彼此相爱，那就彼此等待。

黑夜又降临了，黑暗更浓重了。他终于走出房间，来到阳台，遥望远方。不知何时，一轮明月正在夜空中脉脉含情地守望，突然，明月里绽放出她纯真而美丽的脸庞……

温柔的陷阱

手机铃声在寂寞空荡的房间里突然响起，一直响个不停，发出刺耳的噪声，像一支没完没了的勾魂曲。独处房间的他静静地盯着来电者的姓名，不知是否接听。正在犹豫不决时，一张焦急不安的水灵秀气的面孔浮现在他的眼前，他于心不忍，果断地按下了接听键。

一个女孩子的声音轻盈地传来，温柔中释放着热情，一些关心的话缓缓地流淌进他的心里。他懂得那是女孩子的职业习惯，对待每一个客户都是如此。但是他的心里还是感到异常的温暖——一个饱尝孤独的人总是对别人的关心格外敏感。这是女孩子第二次给他打来电话，邀请他去她所在的公司洽谈合作事宜，希望他加入他们的团队，给他提供更好的创业机会。

当女孩子第一次打来电话时，他颇感意外，急忙询问她是从哪里知晓他的联系方式的。女孩子发出清脆爽朗的笑声："您在我们网站上注册过资料——虽然资料写得很简单，但是您的联系方式可以查到。"他如梦方醒，想到一年前的确在他们网站注册过资料。他们网站为像他这样的创业者提供网络上的宣传资源，可以最大限度地宣传自己，拓宽市场渠道，赚取经济利益，打造个人品牌。那时，他之所以抱着试一试的心态在他们网站上注册资料，是因为他的一个朋友给他极力推荐过这个网站——“这是一个拥有口碑和实力的平台！”朋友不仅说得斩钉截铁，也身先士卒，早在一年前就在这个网站上注册了资料，并且受到这个网站所在公司的邀请，已经与他们合作，开始一条新的创业道路。尽管朋友以亲身经历告诉他这是一条行得通的道路，但是一向处事谨慎的他还是不敢贸然效仿，他一边在这个网站上注册资料，一边以一个旁观者的姿态静观其变。时间可以证明一切，时间是检验真理的可靠保证。

两年来，朋友在这个网站上经历着世事的酸甜苦辣，品尝着创业带来的喜怒哀乐，他听在耳里，急在心里，朋友认定的事情会坚持不懈、勇往直前地做下去。他只能继续当一个旁观者。不经历风雨，怎么见彩虹？度过了创业前期筚路蓝褛日子，朋友终于迎来了阳光明媚的晴天，网络上一路冲杀，一条布满荆棘的道路被踩踏成了康庄大道。事业走上了正轨，朋友顺利实施了创业转型，足不出户就可以月入 10 万元——朋友说出这个数字时，表情是多么自豪哇！语气是多么欣喜呀！这是一件鼓舞人心的事情！他的心似乎被鼓舞了。天空中的彩虹原来是那么绚烂多姿呀！他仰望着彩虹，觉得彩虹真美——美得赏心悦目，美得缥缈虚幻，美得难以触及。不知怎么回事，直觉告诉他这是一件天上掉馅儿饼的事情。他一时无法相信这个现实。

在这个社会生活得越来越长久，他不知不觉对很多事情都滋生了怀疑——以前他总是不假思索地相信一切，现在他总是莫名其妙地怀疑一切。难道成功就这么容易？难道付出就有回报？难道眼见就是真实？在这个喧哗躁动、光怪陆离的社会里，一切都难以预料，平静的湖面下往往潜流暗涌，黑夜的笼罩下，究竟隐藏着多少不可告人的秘密呢？

一次闲聊，他和另外一个好朋友谈及朋友的发迹史。这个好朋友怀着无限憧憬对朋友的发迹史展开了深入的调查，只要真实可行，就会动手效仿。然而，好朋友的调查却带来了意想不到的收获。好朋友郑重其事地揭露着真相。这里面暗藏玄机。这可能是一个陷阱。据说合作费用高昂，有可能需要20万元的投资，而且年复一年的费用像一条摆不脱的缰绳，会把合作者束缚住。果然，天底下没有免费的午餐，免费的午餐里也许掺杂着无法抗拒的鸦片。

女孩子的笑声又清脆爽朗地回荡在他的耳畔："我们公司邀请您抽空来一趟，看您哪一天有时间过来呢？"聆听着这样的笑声，他是不好意思拒绝的。但是想到那些暗藏玄机的故事，他禁不住不寒而栗，他一本正经地回答："最近比较忙，没有时间过去。"女孩子说了一些新鲜的话语，聊了一些温暖的话题，就依依不舍地挂断了电话，静候佳音。

笑声是那么真实可亲。可是，到底什么才是真实可信的呢？他的心跌落忧伤的深渊里……

一个人的忧伤也许是会被人感知的。正当他打开手机微信时，一张水灵秀气的面孔浮现在他的眼前，一个陌生的女孩子主动添加他为好友。他不假思索地接受了。一声问候逗引来一阵笑声——哦，那清脆爽朗的笑声是多么勾魂摄魄呀！原来又是那个女孩子。女孩子俨然以亲人自居，对他嘘寒问暖，这让他感到尴尬，同时让他觉得熨帖。但他独享自己的忧伤，不愿意一个陌生的女孩子私闯进他的心房。他话语中的客套不由得加重了，她也识趣地相约再聊了……

就在他渐渐淡忘这个陌生的女孩子时，手机铃声再一次在他的寂寞空荡的房间里突然响起。女孩子的关心是他无法拒绝的，女孩子的邀请更让他无法拒绝了。“好吧，我明天上午 10 点去你们公司一趟。我们面谈。”他终于接受了女孩子的邀请。女孩子喜出望外地给他发来公司的地址。这是一个周末的晚上，夜色是那么温柔，又是那么浓厚。夜色悄无声息而又含情脉脉地把他拥入怀抱里，聆听他的伤心事，呵护他的惆怅情……

他决定奔赴这个温柔的陷阱。他想更深入地了解一下这里面潜藏的内幕。

周一大清晨，女孩子的信息早已经飘到他的眼前：“您记得吃早餐。早上人特别多，您多注意安全哦。我们 10 点见。”女孩子的笑脸依然那么水灵秀气。他不由自主地表示感谢。女孩子继续发来信息：“今天出门发现天气不算很好，您外出请注意带伞和保暖。”也许很久没有人这么关心他了，他一下子热血沸腾：“你真热心哪。”

天气是善解人意的，懂得体贴人。乌云知趣地躲回了家，阳光热情地迎接着他。女孩子温柔的笑声在他的心里活蹦乱跳。她到底是一个怎样的女孩子呢？这温柔的笑声背后是否隐藏着深邃的陷阱呢？

刚一到约定的公司附近，他就给女孩子打电话。女孩子温柔、热情地说：“您等一下，我立即下楼去接您。”他只能傻傻地接受她的盛情。他站在一排台阶上，举目四望，一幢幢高楼大厦鳞次栉比，高不可攀。每一幢高楼大厦里都住着数不胜数的工作人员，人们身居其中从早到晚忙碌着自己难以掌控的工作。这是深圳这座大都市繁华的地带，对于长期居住在深圳龙岗一个僻静地方的他来说，这里充满着深不可测的诱惑。

正当他浮想联翩的时候，远远地，一个女孩子向他走来。她身材高挑，仪态大方，白色的上衣紧紧地裹着婀娜的身姿。她的一只胳膊高高地举起，轻轻地晃动着手指。他气定神闲地向她迎面走去。一双火辣辣的眼睛像探照灯一样照射着他，他还来不及仔细端详，女孩子的一只手已经伸出来，和他握手。他没有想到这样的见面仪式，他局促不安地伸出手轻轻碰了一下女孩子的手——绵软温热的手让他触电一般赶紧缩回了自己不知所措的手。

女孩子显得镇定自若，相比较而言，他这个“80后”在一个“90后”的面前，反倒成了一个初出茅庐的小孩子。轻车熟路，女孩子带他来到一幢摩天大楼的楼下，高耸入云的大楼让他产生一种眩晕的感觉。他强装镇定，并不多看女孩子的眼睛，女孩子谈笑自如。转眼间，他置身电梯中。电梯在一层一层上升，他仿佛误闯迷宫，一种深不可测的恐惧向他袭来。

18层到了。虽然他是第一次来到这里，但是好奇心使他变得勇敢。哪怕是龙潭虎穴，他也一定要闯一回。一片宽阔的办公区映入眼帘，一个年轻的女孩在前台的办公电脑前朝他露出纯真的微笑。他的心顿感轻松。十多个西装革履的男士坐在里面的大办公室，一阵安闲静谧的氛围弥漫开来。

一张圆形玻璃桌前，他和她相对而坐。女孩子侃侃而谈，他侧耳细听。关于合作、关于项目、关于远景，女孩子从各方面给他灌输早已背得滚瓜烂熟的内容。女孩子以一个客户为例子，让他深刻了解这次合作的重要意义。那个客户是一位 60 岁的法籍华人，自从与他们公司合作以后就对自己的事业投入了巨大的热忱，可谓废寝忘食、殚精竭虑。女孩子的语气中饱蘸着仰慕与疼惜。他禁不住感动得心怀希冀——希冀马上与他们合作。但他是明智的。他话锋一转："具体怎么合作？合作费用呢？""相关细节，您进里面详谈。"女孩子突然变得严肃起来，"您请——"

他随着女孩子的指引，径直深入腹地。庭院深深，一间办公室的大门被推开了。一个领导模样的男人独自坐在一把舒适的办公椅上。男人热情地和他握手："您很面熟哇。""我们应该没有见过。"他说得很干脆。三个人相对而坐。男领导在详细地了解他的情况以后，随即滔滔不绝地讲解合作的具体细节。这是一个新鲜的领域，他听得聚精会神，从中洞悉潜藏的东西。男领导不愧是领导，滔滔不绝的话把他引入了一个奇妙的世界——光彩熠熠、希望在即。他满意地点了点头。他刚点完头，一张合同书已经摆放在他的面前。"祝我们合作愉快，你现在可以成为我们的超级用户，你签一下合同。"男领导对他虎视眈眈，他顿时感到毛骨悚然。误入藕花深处，他深感不妙。

7980 元撞进他的眼球！这是必须缴纳的合作费用！一项项合作享受的福利闪烁着光芒。他静了静心，一手拿起合同，从头到尾浏览内容。看着看着，他心中的恐惧渐渐加深。他的头脑中浮现出一幕幕合作的场景，一幕幕未知的场景刺激着他的身心。他必须掷地有声地给予自己的意见了。"从一走进你们公司，我就明确地告诉你们的客户经理（女孩子），我这次前来主要解决两个问题，现在两个问题还没有完全解决，我做一件事必须完全了解清楚整个事情的过程，我才会做出最终的决定。”他目光中含着坚定的神情，“关于合作的事情，我需要慎重考虑以后再做决定！”

“我们现在就明确一下做出决定。”坐在旁边的女孩子笑得更加温柔甜蜜了。

“不用了！时间很晚了，你们也下早班了。我们再聊！”他以一种不容置辩的口吻说道，“谢谢你们的邀请。我们保持联系。”

他起身。他们握手。他坚定地迈开脚步，扬长而去……

女孩子的温柔的笑声却久久地回荡在他的耳畔。

阳光更温柔了，天地更广阔了，生命更沉静了……

偶然的相遇

前天晚上8点30分，当我一如既往地正打算写一篇与孩子有关的文章时——整整一天，我都在给孩子们上作文课，手机微信忽然响起声音。好朋友朱有鹏发来信息：一张小小的微信个人名片。这是谁呢？昵称“杜雯”似乎显得陌生。

好奇地打开名片，轻轻地点击图像，我顷刻间惊讶不已，紧接着喜出望外：这不是宋老师吗？宋老师独自站立在木桥上，平静地凝视着前方。绿水荡漾，蓝天明朗。尽管时间匆匆流逝，但是容颜依旧驻留。仿佛16年前的模样，宋老师静静地凝视着我，一切恍若梦中。宋老师怎么这时突然出现了呢？难道我就将这样再次与宋老师相遇？这该是多么偶然的相遇呀！我一时无法接受这样的相遇！我根本没有想到竟然在此时此地以这样的方式遇到宋老师。宋老师近在眼前，却又远隔天涯。

“哎呀，难得呀，她是宋老师。”我兴奋地向好朋友表达我内心的惊喜。好朋友热情地说他刚加了宋老师的微信，和宋老师聊了聊。好朋友之所以随即把宋老师的微信分享给我，是因为宋老师是他和我共同的老师——我们初中时代的数学老师。哦，那是一个多么遥远的时代啊。

我的初中时代是在陕西渭南一个僻静的农村学校度过的。初二时，宋老师成了我的数学老师——我莫名其妙地想：为什么会是她呢？我和她偶然相遇了。她是亲切的，我是沉默的，沉默的我经常不动声色地悄悄注视着她的眼神。端坐在偌大的教室里，我犹如一只瘦弱的小鹿置身在苍茫的森林里。沉默是我保护自己的一种生存方式。虽然沉默如古井，但是我多么渴望能够感受人世间的一份关爱呀——哪怕那只是一份最细微的关爱。从宋老师的眼神中，我感受到了这份关爱——毕竟我是学习优秀的学生，宋老师自然对我给予了关爱。我常常小心翼翼地捕捉那一缕缕亲切的目光，一股股暖流就在我的内心深处缓缓流淌。那时，我总是暗自窃喜：与她的偶然相遇真好！

让我万万没有想到的是离开了初中学校以后，宋老师会再一次成为我的数学老师。升入高中，来到另外一所学校，我与一个个陌生的老师相遇了。然而，高二时，我又与宋老师相遇了——她调往高中来教我们数学。哦，这又是多么偶然的相遇呀！尽管我还是不善言辞，但是我喜不自禁。记得高二时，她教我几何。几何对我来说，变得越来越抽象。每当我在学习上遇到难题一筹莫展时，就陷入极度的焦虑，不善言辞的我几乎不会主动向宋老师请教问题。难题越积越多，学习越来越苦。每当下午第一节自习课上我们做数学作业时，宋老师都会从我的身边路过——我一般坐在第一排。宋老师路过我的身边时，总会停下脚步，静静地凝视着做作业的我，而我的心啊，早已惴惴不安起来。我的头低垂着，我的心自责着，我为自己的不思进取深感惭愧，我感到自己辜负了宋老师的殷殷期待。宋老师那亲切的眼神，不知怎么回事，却像一把把尖利的刀子一样刺向我的心。我暗暗告诫自己：必须奋发图强啊！

高中毕业了。大学毕业了。工作开始了。时间在不知不觉中阻隔了许许多多的感情，但我始终觉得在我的学习生涯中能够遇到宋老师是我的幸运。一晃，我已经工作了八年。而我与宋老师更是多年没有相遇了……

没想到现在我竟然在微信上与宋老师偶然相遇了。我不无感慨地对好朋友说道："我与宋老师相遇是多重身份：学生见老师，老乡见老乡，老师见老师……抽空聊一聊。"说完以后，我并没有立即与宋老师在微信上聊天。与其说是我忙着写文章，不如说是我不愿意这么冒昧地与宋老师相遇。我该静下心来回忆一下那如烟的往事了，我该静下心来重温一下那亲切的眼神了……

昨晚，当一切都尘埃落定时，我收拾好心情，才主动添加了宋老师为好友。沉默地等待，我期待一次相遇的盛宴。当宋老师出现在我的眼前时，我顿时变得激动起来："宋老师好。"这简单的四个字里面蕴藏着我的感恩与怀念。"好，你越来越帅了。"宋老师对我赞不绝口。百感交集，我禁不住感慨时间："时间过得很快，我们已经很久没有联系了……""印象中还是你瘦小的样子，"宋老师平静地说，"刚一看照片不敢认了。"是呀，从小到大，我一直是那么瘦小。曾经瘦小的我遇到了宋老师，现在长大的我重新遇到了宋老师。一个个关心的话题从宋老师的文字中流出，宋老师关心着我的工作和生活，对我寄予厚望，寄托祝福。随着和宋老师的聊天，我的初中以及高中生活如同电影一般在我的眼前一幕幕浮现出来。我在回忆，我在重温，我在感动……我深深地懂得，这一次偶然的相遇会让我永远铭记。

人世间所有的相遇都是偶然的，但偶然中隐藏着必然。如果好朋友朱有鹏没有给我分享宋老师的微信号，我就不会在一个普普通通的晚上与宋老师相遇。如果好朋友没有和我一起在深圳，他也许就不会给我分享宋老师的微信号。我和好朋友的相遇也是偶然的。初一时，我和好朋友才第一次相遇，偶然的相遇便开始了我们的友情。

好朋友和我自从大学毕业以后，一直都在深圳工作。本是老乡，又同处异乡，我和好朋友之间自然而然增添了许多惺惺相惜的友情。我和他的友情是颇具缘分的。整个初中时代，我和他因为学习成绩名列前茅而成为朋友。三年的同窗生涯，奠定了友情的基础；漫长的人生道路，是否能够筑起友情的楼宇？高中，我和他便已就读于不同的学校，从此，联系减少了；大学，我和他更是考取了不同的学校，从此，交往淡薄了。然而，我和他依然保持着简单的联络——君子之交淡如水。偷得浮生一日闲，我偶尔会去他的大学（西安交通大学）转悠——我也是在西安读大学的。悠闲的日子是转瞬即逝的，忙碌的生活是接踵而至的。工作是我们必将肩负的重担。因缘巧合，我和他先后来到了深圳，在深圳工作、生活，我和他的相遇就不仅仅是偶然了，友情始于偶然的相遇，但在相遇以后，更重要的是相知。

无论是宋老师，还是好朋友，他们都是我人生道路上偶然相遇的人，但是他们已经成为我生命里重要的人。在生活中，我们在不经意间，总会与一些人偶然相遇。有些人一旦与我们相遇了，就会成为我们生命不可割舍的一部分。

在我们漫长的生命中，哪些人还会与我们偶然相遇呢？

我们无从得知。偶然的相遇是缘分——缘分是多么奇妙哇！但正因为无从得知，我们才心怀期待，生活才充满趣味。

无论是师生情，友情，还是爱情，人世间的一切情感都起源于偶然的相遇。我们固然要珍惜这偶然的相遇，但是我们也不必过于纠缠命运的束缚。像诗人徐志摩在诗歌《偶然》中写的那样："你我相逢在黑夜的海上，/ 你有你的，我有我的，方向；/ 你记得也好，/ 最好你忘掉，/ 在这交会时互放的光亮。"我们偶然相遇，我们各自前行！

骗子！又来害我

清晨的曙光早就洒遍了大地，而这里却显得黑漆漆的。房间犹如古墓一般死寂。一盏昏暗的灯孤零零地垂挂在破旧的墙壁。他无力地睁着一双布满血丝的大眼睛，呆呆地凝视着躺在桌子上的手机，口中喃喃自语：“去，还是不去？”

整整一个晚上，他辗转反侧，难以入睡。如烟的往事浸熏着他的心灵，似火的未来灼烧着他的身体，这无时无刻不笼罩着磨难的生活呀，他应该怎么承受呢？那个温柔的声音在他的耳畔不时地响起，仿佛唐僧无情地念起的紧箍咒，一遍又一遍折磨着他的身心。接连几天，紧箍咒一次又一次地响起；他极力摆脱，却无处逃遁。他无法拒绝别人带给他的一丁点的温柔——那是一个女孩子的温柔哇，他最消受不了的就是女孩子的温柔。

昨晚，女孩子又给他打来电话，一番嘘寒问暖以后，邀请他参加明天上午举办的一次大型营销课程，从中学习，增进交流。他诚恳地表示感谢，婉转地询问详情。女孩子随即把他加入一个微信群，并且发来一张名片：营销活动的主讲嘉宾——一位年轻的营销人员。奶油小生的模样，让他兴致顿减——他一向讨厌男人。女孩子笑语嫣然：“这是我们的副总，经验相当丰富，你们多多交流。”紧接着一张图片发过来了，上面赫然写着这次课程需要缴纳 100 元的费用。

“骗子！原来骗我的钱！”他忽然失控地放声大喊，突兀的声音惊醒了死寂的古墓，他吓得浑身哆嗦起来，犹如一只受伤的小鹿，眼神是多么诧异，多么纯真，多么无助。曾经，他满怀热心地帮助一个个陌生人，没想到，他的善良换回的却是陌生人一次次的欺骗。啊！多么可怕的欺骗哪！手机像一个惊慌失措的孩子，闪着一双无辜的眼睛，委屈地望着他。他满含无限怜惜地拿起手机，打开微信，一条条信息手舞足蹈地跳出来——每一条信息都盛放着女孩子对他的关心以及叮嘱。他不敢多看，泪水似乎在他的眼角调皮地贪玩。不假思索，他决定去参加这次营销课程。

营销是他最薄弱的技能，他希望获得营销方面的知识以便更好地投入目前的工作。一直以来他欠缺的就是营销方面的知识。初中毕业他就在社会上独自打拼，他做过各种各样的工作，每一份工作都让他感受到生活的艰辛，都让他体会到人情的冷漠。他是一个孤僻的男孩子，只是任劳任怨地工作，借此救赎自己绝望的人生。他是一个孤儿，从小就失去父母。一个人来到深不可测的社会生活，他变得越来越自闭。他不愿意与人交往，人际关系越来越糟糕。28 岁了，他还是孤身一人。周围的人仿佛忘记了他的存在，他置身在一片荒凉的沙漠里，感受不到人世间情感的温暖——爱情，是那么遥不可及呀！在他的心目中，爱情是人世间唯一的、最神圣的情感。

他忧心忡忡地踏上了旅途——这是一条获取知识的旅途，还是一条追逐温暖的旅途呢？人们像鬼影一样从他的眼前飘过去，他屏声敛气，目不斜视，他的目光痴痴地注视着前面一个单薄的身影——那是一缕阳光幻化成的精灵。精灵在天空中载歌载舞，深情款款。

地铁在飞驰，思绪在飞舞。那几个人为什么聚在一起呢？他们一边窃窃私语，一边偷眼瞄着他。他顿时感到浑身不自在。“他们是不是想要谋害我呢？”这样的想法折磨着他的神经。以前那些欺负他的人顷刻间都站在他的身边，龇牙咧嘴，面目狰狞。弱不禁风的他常常在一阵阵拳打脚踢的暴风雨中，像一根东倒西歪的小草，倒下，挺立，倒下……他的心一点一点痛苦地撕裂开来……

旅途是那么遥远，痛苦是那么沉重。一分钟，两分钟，五分钟，十分钟，半个小时，一个小时……他在承受，他在前进。他的灵魂翱翔在一片灿烂的天地里，多么自由自在啊。“嘭！”伴随着一声尖厉的嘶鸣，他返回现实社会中。地铁不知怎么回事一动不动了。“前面出现路障，地铁需要停止一段时间，请大家谅解。”解说声传来，锤击着他的心。一段时间到底是多久呢？他忧心如焚地等待着。一分钟，两分钟，五分钟，十分钟……他在承受，他在呐喊：“骗子！又来害我！害我等了这么久！”他已经等待了这么久，他还要继续等待下去；他已经等待了28年，他还需要等待多久?!

人们都说，时间能够遗忘一切，但是他始终不明白，为什么有些东西总是恋恋难舍呢？他轻轻地抬起沉重的头，深深地凝望着那不可捉摸的远处。他的眼神是多么诧异，多么纯真，多么无助……

如何选择

朋友高伟忽然打来电话，询问我现在有没有时间去他那里一趟，他刚从湖北老家回到深圳，带了一些特产送给我。我当时正在写小说，神思缥缈，沉浸在一片虚幻里，顾不得现实的东西，于是真诚地感谢，坦诚地婉拒："明天吧，我正在写文章，现在不方便过去。"这个朋友自然理解我的做法，爽快地挂断了电话。

面对朋友的邀请，我选择了婉拒。婉拒是有理由的：一是我正在写文章；二是我当时懒得动。在这两条理由下，做出这种选择，看起来合乎常情。但是，当朋友挂断电话以后，我随即感到自责：我是不是没有重视朋友的盛情？现在快到吃晚饭的时间了，我不是打算要出去吃晚饭吗？这新的两条理由像两根尖利的针刺激着我的神经，我觉得刚才的选择是错误的。我是应该出去一趟的。这个选择掠过我的头脑时，我就产生了后悔的情绪。然而，后悔还没有蔓延开来，天空已经悲伤成河——雨"哗哗哗"地放声唱起了欢乐的歌。我不禁哑然失笑了，我的内心一下子释然了：现在我可以心安理得地再次选择不去了。

短短的时间内，三个选择轮番上演，犹如一场喜剧。这三个选择都有各自赖以存在的理由，从表面上来看都是正确的。我却在这三个选择中经历了情感的波澜起伏，一度怀疑自己的选择是错误的。哪一个选择才是真的正确呢？面对一件事情，我到底应该如何选择？

面对选择时，人们往往根据自己的情感体验，不假思索地做出最感性的行为。德国哲学家黑格尔说：“人性的选择和自决都不是出于意志的理性，而是出于偶然的动机以及这种动机对感性外在世界的依赖。”人们不自觉地活在感性中。由于感性的介入，许多选择便经不起琢磨。理性就显得重要了。所以孔子提倡三思而后行，这就是理性的选择了。

但理性的选择就容易吗？否定了肯定的，肯定了否定的，否定了否定的，肯定了肯定的，三番五次，左思右想，辗转反侧，莫衷一是；思虑太多，选择困难症诱发了。每一个选择，无论从哪方面来说，都是可以成立的。任何一个选择都有存在的合理性，我们可以寻找五花八门的理由来证明自己的一个选择是正确的，我们的确有充分的理由来说服自己选择一个适合自己当下处境的做法。这该怎么办呢？我们如何选择？

能够拥有诸多选择的权利，这是人的幸福。美国科幻作家坎贝尔说：“我发现，大多数人对生活所要求的是拥有选择的机会，这比任何其他的事情都重要得多。最坏的生活可能是没有选择的生活，对新事物没有任何希望的生活，走进死胡同的生活。相反，最愉快的生活是具有最多机会的生活。”无论怎样，人们都还有众多选择的余地，这是多么称心如意的事情啊！然而，没有料到的是，事物都具有两面性。正因为选择的余地太多了，“乱花渐欲迷人眼”，人们却无所适从了。当代文化学者于丹说：“当今社会，我们的痛苦不是没有选择，而是选择太多。这是一个繁荣时代带给我们的迷惑。”面对迷惑，我们如何选择？

这是人的社会，每个人照理来说都拥有权利选择自己的生活方式。但是，现实往往并不是这样的。人无时无处不受到社会的束缚，人们常常并不能够随心所欲地选择自己的生活方式，而是不由自主地受到命运的摆布，也许是因为家庭的羁绊，也许是因为能力的不足，也许是因为性格的缺陷……

我的另外一个情投意合的好朋友李立（从辈分上来说，他是我的侄儿），长期以来做着并不适合自己的工作，苦闷了许多年，折腾了许多年，如今到了而立之年，还在犹豫是否要选择自己喜欢的工作重新开始呢。这些天，他总向我抱怨目前从事的工作怎样不如意，我总耐心地开导他：“既然你选择了，就不要后悔，就要想方设法去做好！”他一番思量，接着反问：“你不在其位。如果是你呢？”我立即回答：“如果是我，一旦选择了，就坚持走到底！如果是我，自然只会选择自己喜欢做的去做，不喜欢的工作从一开始根本就不会去选择！如果是我，肯定先解决基本的生活问题，然后全心做自己喜欢做的事情。”他随即说道：“我也想做自己喜欢的。”这是他内心里最想要的选择——做自己喜欢做的事情。但这么多年过去了，他一直没有做出这个选择。这是为什么呢？他现在如何选择？

伴随着内心痛苦的煎熬与挣扎，他终于做出了自己喜欢的选择：“我这边安排好了就过去深圳——闯一闯。”我为他最终能够选择自己喜欢的事情而兴奋，同时加以鼓励：“如果你过来，你就要考虑周全。自己选择了，就不要后悔；以后回忆起，也不要负疚。从零做起，也不知道适不适合做，谁也不能保证能做起来。你心里要有数。你的人生你做主。每一步路既然你选择了，就是你最想要的。不要说‘本来’‘当初’‘如果’之类的话。你综合考虑好，先做你能够做好的。你已经三十而立了，你自己选择并且承担你的路吧。”

“最后一搏，做自己喜欢做的。一路到底！不成功便成仁，至少是自己喜欢的。正因为是三十而立，所以这条新的路一定要选择好……”他说得郑重其事，说得斩钉截铁，说得视死如归。

其实，在人生路上，我们每一个人的选择并不多。在人生的岔道口，我们的选择往往是非此即彼。要想做一个真正的英雄是没有选择余地的，常常是要么成功要么成仁。美国著名作家爱默生说：“上帝为每个人的灵魂提供了选择机会：或是拥有真理，或是得到安宁。你可以任选其一，但不能兼而有之。”

面对并不多的选择，我们的选择就是最艰难的。我们到底应该如何选择？我的好朋友做出了最艰难的选择——“最后一搏，做自己喜欢做的。”这样的选择是正确的，还是错误的？选择到底依据什么呢？我只知道他这最终的选择是遵循自己内心的需要。

是的，选择从来都没有对错，只在于自己喜欢与否。俄国伟大的作家列夫·托尔斯泰提醒我们：“选择你所喜欢的，爱你所选择的。”我们所喜欢的，才是我们最应该选择的。我们喜欢什么呢？那就要扪心自问了。请遵循我们的内心去生活吧！一旦我们遵循内心来选择，我们才就有可能活出真正伟大的自己！

迷失的影子

太阳睁着惺忪的睡眼，打着有气无力的哈欠，慵懒地照射着大地；汽车耐着蛮横的性子，闪着虎视眈眈的目光，迅疾地奔向远方。一切都笼罩在漫无边际的寂静中；一切都潜藏着不可捉摸的躁动……

一个黑色的影子像一张单薄的纸片被一阵突如其来的飓风吹落在道路的旁边。影子头晕目眩，无可奈何地站起身体，茫然四顾，不知道自己来自何方，不知道自己去往何处。太阳是那么无精打采。汽车是那么肆无忌惮。影子是那么失魂落魄。经受着生活日复一日的磨炼，影子的内心渐渐变得郁郁寡欢。影子一直在摆脱着什么，但是始终什么也无法摆脱。影子毕竟是影子。

哪里才是方向？影子彷徨。长期以来的追逐，换来的却是源源不断的忧伤以及无穷无尽的孤独。哪里才是尽头？影子落寞。深入骨髓的思念，剩下的却是天涯海角的别离以及变幻莫测的岔路。

走吧，路只能在脚下。影子缓缓地飘移，只是漫无目的地前行。哦，那是什么？一座人行天桥犹如一道彩虹绽般放在天空的中央，舞动着绚丽多彩的姿容。它含情脉脉地凝视着影子，似乎等待着影子的到来。仿佛一束强烈的光芒刺穿浓厚的乌云，影子的一颗沉郁的心顿时明朗起来。影子情不自禁地飘向天桥，飘向彩虹，飘向绚丽……

拾级而上，一个个台阶随着影子的脚步而延伸到远方。远方到底是什么地方？远方到底有什么风景？影子来不及思索什么，不由自主地迷失在远方。一片广阔的天地忽然打开，释放着勾魂摄魄的魅力。曲径通幽，绿意盎然。绿色，深不可测的绿色呀，一大片一大片，装扮着这里的一切。哦，难道这是世外桃源？难道这是梦寐以求的仙境？影子按捺不住内心的激动，冲向绿色的怀抱。一棵棵绿树昂首挺胸，坚定地站立着，像一位位战士恭迎影子的莅临。影子肃然起敬，向一棵棵绿树投去赞赏的眼神。这些绿树在这里站立了多久呢？谁又会在意这些默默无闻的绿树呢？影子禁不住走到一棵绿树的身边，伸出一只手，轻轻地放在绿树的身躯上，柔柔地抚摸着那裂痕斑斑的树皮，就像在抚摸自己血迹斑斑的伤口。影子静静地守在绿树的身边，默默地陪伴着寂寞的绿树。抬头仰望，影子惊喜地发现绿树已经枝繁叶茂、拔地参天。哦，绿树哇，你们忍耐住了岁月的磨砺，你们终于沐浴到了属于自己的光辉！影子略感安慰，情绪高亢，继续前行。

“亲爱的绿色呀，你是那么慷慨大方！你是那么温柔贤淑！你是那么活泼可爱！你就在我的眼前恣意跳舞！”影子一边行走，一边吟哦，一片绿色的草坪正在前面呼唤着影子。影子满怀欣喜地奔赴草坪的邀约。小草，一棵，一棵，小巧玲珑，亭亭玉立。影子怎么忍心踩踏这些可爱的小草呢？沿着草坪的边缘，影子在尽情地飘飞。影子的眼睛里流露着柔情蜜意，影子的内心洋溢着怜惜疼爱。这是大自然的钟爱呀！这里的一草一木好像都是为了影子而存在。影子欣喜若狂："这是完全属于我的世界！"

迷失在美景里，不知走了多久，正沉醉不知归路，影子的眼睛里却闪现出异样的神色。瞧！草坪那突出的地方：一袭白色的连衣裙，一条白色的修长腿，两个平躺的身体，两个年轻的情人。这里竟然还有人！影子一时难以置信，自己的世界怎么顷刻间成为他们的天地？他们静静地躺在草坪上，享受着大自然给予的寂静与清冷。影子忽然觉得自己误闯了别人的禁地，从一开始就误入了歧路。影子呆呆地凝视着他们，内心隐隐作痛。那条白色的修长腿出其不意地站了起来，一头乌黑飘逸的长发随风起舞，一抹妩媚清爽的笑容悄然怒放。啊！她！恍惚间，影子觉得那仿佛就是他朝思暮想的可人儿！影子一下子感到天旋地转，影子一下子感到撕心裂肺，影子一下子感到伤心欲绝……

逃离吧！逃离吧！既然这里已经被别人占有，那就离开这里遗忘旧的记忆；既然这里已经不属于自己，那就离开这里寻找新的世界！逃离吧！往哪里走呢？影子不知所措。岔路纵横交错，每一条岔路都充满着诱惑。哪条才是出路？当影子犹豫不决、难以取舍时，一个身穿警服的男人走了过来。影子惊讶，继而高兴，连忙上前询问："请问这是什么地方？哪条路通往出口？"男人目不转睛地盯着影子，仿佛在看一个怪物，紧接着露出了憨厚的微笑："你有没有带笔？""带笔干什么？"影子感到诧异，但更诧异的是这个男人似曾相识。"我写给你呀。""什么字呢？怎么还要写？你告诉我就好——我出来没有带笔。"男人摇了摇头，神秘地说："必须写！笔没有了，自己走吧。"男人的一只手指向一条岔路，影子赶紧道谢，顺着这条路飞奔而去。

群山环绕，绿树葱茏。小鸟啼叫，清泉叮咚。羊肠小道，绝壁高耸。影子不停地走，然而越走，越不能走。走，还是不走？一阵对话声隐隐约约地传来——孩子：“爸爸，前面的路很危险，我们不走了吧。”爸爸：“你看，前面有人，有人在走，就不危险。”孩子：“好，我们一起走。”是的，有人在走，就不危险——有人在走，就有出路。影子急忙循着对话声的方向往前疾走。走！走！走！影子的心中只吹响着“走”的号角。

影子走得飞快，一棵棵绿树列队挽留着影子。影子根本没有心思在意绿树的盛情。还有什么能够挽留影子呢？忽然，两个女人迎面向影子走来。哦，多么婀娜多姿的女人啊！影子的目光一瞬间掠过两个女人的身段，又毫不留恋地径直向前走去。影子只想逃离这里！走！走！走！影子的心中只吹响着“走”的号角。不知怎么回事，那两个女人再一次迎面向影子走来。还是刚才相遇的地方，还是刚才相遇的情形。影子顿时觉得不寒而栗。影子似乎走进了一个怪圈，无论怎么疾走，都无法走出去，无论怎么疾走，都只能重复着走过的路……

山，还是山；树，还是树；路，还是路……天空已经漆黑，乌云已经密布……影子迷失在一个始终走不出去的太虚幻境里，黑暗和绝望在一点一点吞噬着影子的内心……影子只是一如既往地疾走，只是更加疯狂地疾走！走！走！走！影子的心中只吹响着“走”的号角……

舞蹈的白莲

一袭白色的婚纱在随风飘扬，一双黑色的高跟鞋在掷地踏步，一个美丽的姑娘在尽情舞蹈。看哪，五颜六色的花儿次第绽放，向那个美丽的姑娘暗送秋波；听啊，活蹦乱跳的鸟儿不停欢唱，向那个美丽的姑娘表达爱意。美丽的姑娘啊，笑得多么纯粹，笑得多么妩媚，笑得多么爽快！

她沉醉在一种幸福的愉悦里，嘴角不由得露出了甜蜜的微笑，她情不自禁地扭动身体想要继续跳一支最喜欢的舞蹈。她的身体刚要扭动，她的脚踝突然一崴，她咣当一声跌倒在坚硬的地板上。伴随着一声撕心裂肺的呼喊声，她蓦然睁开惊喜而惊讶的眼睛，呆呆地凝视着房间上面的天花板——白得那么纯洁，像一袭白色的婚纱。她知道刚才的一切只是一场美梦——美得赏心悦目，美得难以企及。那是她心中长期以来凝聚而成的美梦啊！那是她从小到大都在朝思暮想的美梦啊！那是她潜意识里可望而不可即的美梦啊！她是多么希望自己能够像梦中的那个美丽的姑娘一样穿上一袭白色的婚纱、蹬上一双黑色的高跟鞋，自由自在地舞蹈，无拘无束地欢唱啊！但是，一切只能是一场美梦！一切都是不可能实现的！因此在生活中，泪水常悄悄地在她的一双天真无邪的眼睛里缓缓地流淌……

上天对她是残忍的。从出生的那一刻起，她就带着一只完全歪扭的小脚丫来到人世间。她的啼哭是多么伤痛而无辜，似乎是对上天的控诉：“上天哪，你为什么要让我如此与众不同呢？”父母怜惜地抚摸着这只歪扭的小脚丫，眼睛里、内心中盈满了挥之不去的忧愁——孩子呀，你怎么样才能度过漫长的人生路呢？伴随着年龄的增长，她的那只小脚丫变得越来越歪扭。和其他小朋友在一起走路，她的姿势总是显得那么独特而怪异。她渐渐发现了这个小秘密，她的内心深处慢慢笼罩上了一层浓得化不开的阴霾。她是多么希望自己能够像其他小朋友一样正常地走路哇！但是，这对她来说只能是一个奢求！这是不可能实现的！在梦中，泪水常悄悄地在她的一双天真无邪的眼睛里缓缓地流淌……

有一天，初中语文课本里的一篇文言文映入她的眼帘——宋代周敦颐写的《爱莲说》。一张图片紧紧地吸引着她的眼睛，她低着头目不转睛地凝视着它。那是一张白莲的图片。白莲怡然地站立在水中，抬头挺胸，不卑不亢，姿容是那么昂扬！刹那间，她感到异常震撼。她内心的一根死寂的弦被什么东西重重地拨动了。她一遍又一遍地诵读着这些诗句：“予独爱莲之出淤泥而不染，濯清涟而不妖，中通外直，不蔓不枝，香远益清，亭亭净植，可远观而不可亵玩焉。”她充满无限憧憬，她多么想像白莲一样“不蔓不枝，香远益清，亭亭净植”！她只想像白莲一样站得笔直，走得端正。难道这是奢望吗？从此，白莲像一个亲爱的人儿般被她不动声色地储藏在心里，她怀揣着“奢望”，遥望着远方……

世俗的冷眼铸就了她的坚强，生活的残酷锻炼着她的隐忍。经受了数不胜数的失落，熬过了漫无边际的黑夜，她始终像一朵白莲般“出淤泥而不染”。她的芳香在冥冥中飘过了千山万水，飘到了他的心灵里。缘分在情感里滋生了，奇迹在天地间诞生了。她和他，两颗独特的灵魂，两朵清洁的白莲，直面世俗的冷眼，迎接生活的残酷，穿越遥远的时空，相亲相爱，勇敢地走在了一起。她更像白莲一样盛开得斗志昂扬。

她终于迎来了生命中梦寐以求的婚礼，穿上白莲一样的婚纱是她的心愿。“我要订制一套白色的婚纱！”她单纯而固执地喊道。在她的心里，白色的婚纱就像白莲一样让她心仪。白色是她生命的颜色，她要在白色中绽放自己。虽然她不能像梦中那样蹬上一双黑色的高跟鞋，但是她依然可以穿上一袭白色的婚纱，自由自在地舞蹈哇！白色的婚纱紧紧地装扮着她的瘦弱的身体，她像一朵白莲静静地伫立在风中。这是一处风景秀丽的公园，她像奔进他的怀抱里一样奔进了大自然的胸怀中。无论周围的人如何看待她，她都毫不在意了！今天是她的新婚盛典，是她的美梦成真的节日，是她的希望实现的日子！她太兴奋了！她只愿化作一只轻盈的蝴蝶，自由自在地飞翔在蓝天白云里。她独自欢快地跑向一座石板桥，河边的垂柳随风起舞，正在欢迎她的到来，她不由自主地轻展舞姿，全神贯注地手舞足蹈起来。摄影师跟在她的身后，肩上扛着摄影机，拍摄下她那曼妙多姿的舞蹈。那是一只轻盈的蝴蝶在舞蹈！那是一个美丽的精灵在舞蹈！那是一朵纯洁的白莲在舞蹈！她用自己的整个身心在舞蹈！这是一种义无反顾的舞蹈！这是一种张扬自我的舞蹈！这是一种激情燃烧的舞蹈！哦，它美得无与伦比！它美得惊心动魄！它美得超凡脱俗！

人群簇拥着她，彩带环绕着她，灯光呵护着她，她犹如一朵白莲静静地站在舞台的中央，亭亭玉立，恣意怒放。人们目不转睛地欣赏着美丽的她，欣赏着高洁的“白莲”，欣赏着独特的舞蹈……

尖厉的鸣叫

你像一个刚刚打完胜仗的将军，带着丰硕的战果，怀着喜悦的心情，迈着轻松的脚步向外走去。一道高大的门威严地站立在你的前方，欢送你的离开——这是一道属于胜利者的凯旋门。当你抬脚走进门的一刹那，伴随着一声尖厉的鸣叫，千万根利箭从四面八方射向你……

这突如其来的鸣叫震惊了你的耳朵，这猝不及防的利箭刺伤了你的身体。喜悦的心情顿时沦为沮丧，轻松的脚步忽然变得沉重。你像一个无辜的孩子，闪烁着一双天真无邪的眼睛，流露着一副茫然无助的神情，忐忑不安地自言自语："怎么会鸣叫呢？"

手里拎着的袋子仿佛一头被惊醒的猛兽，惶恐地抖动着身躯，五本厚厚的书蜷缩在袋子里不安分地推挤着彼此。只要你稍微移动手里的袋子，尖厉的鸣叫就会大张旗鼓地响起。你如同被点了穴道，一动不动地站着，不敢随意挪动脚步。难道门出了问题？难道书没有借成功？刚才明明顺利扫描了五本书。那到底是怎么回事呢？

迅速地转身——刚转过身，你就觉得进入了另外一个陌生的地方，有什么东西悄悄发生了变化，你拎着沉重的袋子又一次走向借书机。借书机板着冷若冰霜的脸孔呆呆地睁眼盯着你的一举一动，你目不转睛贪婪地注视着借书机的屏幕，验证自己的行为。五本书的名字依次展开，风姿绰约。成功借阅了！为什么前方的门还要纠缠不休呢？

你略带愤怒又疑惑不解地再次向外走去。五本书安分守己地乖乖躺在袋子里。你心安理得地准备破门而出。“嘀嘀嘀”的尖厉的鸣叫又肆无忌惮地大声响起。与此同时，正坐在图书馆里看书的人们都不约而同地循声向你投来像利箭一般的目光。人们的目光像烈火般炙烤着你的身体，又像探照灯般窥探着你的灵魂。你的身体不由得颤抖起来，你的内心不由得烦躁起来。

一种做贼心虚的感觉不期然地袭上你的心头：糟了，你被当成了小偷。一次鸣叫或许只是善意的提醒，两次鸣叫便是残酷的警诫。天网恢恢，疏而不漏，你还能逃到哪里？“逃”这个字化作了一张网盖住了你，你不知所措地挣扎在原地，像一头困兽。

空气凝固，人们屏息凝视。你不敢迎接人们火辣辣的目光，你无法接受人们审判的谴责。你环顾左右，希望图书馆里的工作人员走过来，为你缓解燃眉之急，为你澄清不白之冤。但是，没有一个人向你伸出援助之手。眼前的借书机虎视眈眈地瞪着你。你犹如一头待宰的羔羊，绝望地躺在砧板上。你该怎么办呢？

既然没有人前来帮助或者阻止你，那你为什么不扬长而去呢？你是可以大义凛然地离开这个冷漠的地方的。然而，既然你明知这是不白之冤，那你为什么不替自己伸张正义呢？一切都暴露在光天化日之下，面对众目睽睽，难道你能够心甘情愿地满不在乎甚至逃之夭夭？不！这是绝对不能允许的丑恶行径！

你立即抬头挺胸，紧紧地握住手里的袋子，忍受着一声一声尖厉的鸣叫，全然不顾周围人们诧异的目光，大踏步径直走向图书馆前台的办事处。核实情况、澄清事实，让一切真相大白！

你已经忍受了一次一次的折磨，难道你还要继续忍受下去吗？你已经置身险境、孤立无援，难道你还要依靠别人的救赎吗?!

春色沉醉的晚上

咦！时间已经是早晨8点钟，你的房间的门怎么还紧闭不开呢？通常这个时间，你早就起床洗漱完毕，正敞开房门待在房间里看书或者写作呢。今天为什么例外？难道你还在酣睡？你是一个视时间为生命的人，怎么会辜负美好的早晨呢？

一缕缕春风正在外面的天地间自由自在地曼舞，伴随着温暖的阳光的呵护，洋溢着娇羞的温柔。你却依然躲在狭小的房间中，躺在舒适的被窝内，融入浓厚的黑暗里，无福消受那天地间的春风。如此热爱春风的你，这个早晨到底发生了什么事？

你的睡态是那么安详，你的神情是那么幸福，你的笑容是那么甜蜜。哦，这对你来说是多么难能可贵的姿容啊！现实中的你常常是另外一副模样：落寞爬满眼眸，忧愁弥漫脸庞。此刻，什么法宝在你的身上施展了魔力？什么东西攫住了你的灵魂？

一阵阵淡淡的香味在空气里氤氲，若有若无，你禁不住深深地吸了一口气。哦，那粉嫩的樱花刹那间在你的眼前绽放，一朵，一朵，犹如一个个天真无邪的小姑娘般向你露出灿烂的微笑。嗅着樱花的香味，你情不自禁地再次误入樱花深处——那是一片朦胧的云雾……

清明刚过，你怀着忧郁的心情独自漫步在郊外。一个眉清目秀的女孩子像一缕温柔的春风般吹过你的身旁，一句如出谷黄莺的话不经意间飘至你的耳畔：“我听说青龙寺的樱花实在是太美了，我们要不也去看看？”哦，声音是多么低回婉转哪！你不由得转头寻找女孩子的身影。女孩子亭亭玉立，眼睛里充满了憧憬。当你发呆的时候，一个年轻俊朗的男孩子开口说话了。你顿时感到一丝莫名的失落，毫不犹豫地转身离去——你离去得多么孤绝呀。但那句话却久久地回荡在你的心里。“樱花”，你喃喃自语，你热血激荡，她是多么诗意的花儿啊！她是你朝思暮想的安琪儿！你是应该去探访一下她。

“向晚意不适，驱车登古原。”你默念着唐代诗人李商隐的诗句。车辆在穿梭，人群在蠕动，你在相思，你的灵魂飘荡在樱花丛中，恋恋难舍。不知过了多久，你的身体便化作一股溪流汇入了汹涌澎湃的人潮中。人啊人，怎么到处都是人呢？哪里才是你的清净地？哪里才是你的桃花源？忍一忍吧，樱花在召唤你的到来。身体成了累赘，灵魂摆脱了枷锁。悠扬的钟声隐隐约约地从远方传来，涤荡着你烦躁的心。你千回百转，神思恍惚。

一条崎岖的山路忽然闪现出来，仿佛从天而降，仿佛特意在这里恭迎你。如同受到启示，你赶紧停住慌乱的脚步，目不转睛地凝视着崎岖的山路，身不由己地向它走去。这好像是一条无人问津的山路，人们从它的身边走过都不屑一顾。它像是为你而开辟，你如它所愿扑入它的怀里。一块块石头明目张胆地横亘在山路的中间，像一个个打家劫舍的强盗，企图挡住你的去路。从小到大，你是走惯崎岖路的，你一向觉得崎岖路上才能见到不凡的景色。

山路好像听到了你的心里话，你刚拐进一条岔道，一阵阵淡淡的花香就扑鼻而来。哦，这是樱花的香味呀！你静静地站立在山路上，不敢随意走动，仿佛担心惊扰了樱花的清幽；你只想不动声色地站着，全神贯注地轻嗅樱花的香味。一阵阵花香裸露着粉嫩的色彩，犹如少女粉嫩的脸蛋。你久久地沉醉在花香袭人的清幽里。樱花树像待字闺中的佳人，含情脉脉地守在远处，等待着宠幸她的良人。一阵阵花香诉说着一声声闺怨。人世间的一切柔情蜜意仿佛顷刻间都凝聚在你的身上，你满怀柔情，一步，一步，蹑手蹑脚，向樱花慢慢靠近。

一片白，一片白，犹如轻盈的蝴蝶，迎风飞翔；一棵树，一棵树，犹如娉婷的女孩，随风舞动。蝴蝶，一只，一只，漫天飞翔；女孩，一个，一个，到处曼舞。哦，眼花缭乱的美色呀，让你目不暇接，让你想入非非，让你魂牵梦萦。你正痴痴凝视的时候，一袭白衣突如其来地降临在你的眼前，一个女孩子像一阵山风，像一缕花香，像一片樱花，飘到你的身边。你无法相信这样变幻莫测的美，你呆若木鸡，任凭山风吹拂，任凭花香侵袭，任凭樱花怒放……你只是呆呆地站立在崎岖的山路上，沉醉在如梦如幻的春色里，任凭时光流逝，任凭时光驻留，任凭时光隐逸。

一个小时，两个小时，四个小时，六个小时……你只是呆呆地站立在崎岖的山路上，沉醉在如梦如幻的春色里，忘记了人世间的一切。你只愿意沉醉，享受那人世间不曾拥有的春色。

一个，一个，文字在你的手指间跳跃，犹如蝴蝶在漫天飞翔，犹如女孩在到处曼舞。你独自静静地待在一个偏僻的房间里，伴随着清冷的孤灯，从晚上10点到次日早上6点，不眠不休，不言不语，敲打着一个个心爱的文字，轻嗅着一阵阵淡淡的花香。柔情满怀，樱花何处？春色无边，佳人何处？

整个晚上，你独自沉醉在迷人的文学创作中，你独自沉醉在诱人的烂漫春色里……

青山绿树间的忧伤

哗哗哗……一股股清澈的小水流从一座高大的青山上汩汩涌出，纷纷跳下，欢快地向前奔跑。一棵树，一棵树，簇拥着小水流，摇曳着身姿，飘逸着秀发，在春风的吹拂下，争先恐后地展示着自己的舞蹈。一个女孩，又一个女孩，置身在清水绿树里，兴奋地拿起手机，拍摄出尽善尽美的景色。

不知道是什么时候，你像一股奇异的风，吹落在这尽善尽美的景色中。一袭白色的上衣绽放出熠熠光彩，一副忧愁的模样显示着落落寡合。犹如蔚蓝天空中的一抹乌云，你是如此的格格不入。你并不在意周围的人会怎样看待你，周围的人似乎也不在意你的存在。你只是静静地站立着，聆听水流的声音，欣赏绿树的舞蹈，迷恋女孩的笑容。水流诉说着无忧无虑的往事，绿树表演着婀娜多姿的舞技，女孩释放着天真烂漫的青春。他们陶醉在各自的快乐里，你沉浸在自己的忧伤里。

呱呱呱……一阵阵婉转的鸣叫声从一个宽阔的池塘中隐隐传来，悄悄散开，自由地飘向四方。一个孩子，一个孩子，手里紧紧地握着打鱼的网竿，目不转睛地凝视着池塘水面的变化，只要水面荡漾起微微的涟漪，就以迅雷不及掩耳的速度提起网竿，窥探鱼儿是否一不小心跑进了网。一对夫妻，又一对夫妻，跟在孩子的身后，心满意足地观看孩子在玩耍，仿佛在打捞失去已久的童年。

青蛙的鸣叫像童年伙伴的呼唤，你的思绪飘向了童年的时光。任凭小伙伴千呼万唤，你始终独自待在自己的小天地里，不与他们一起嬉戏。外面的世界是多么广阔呀！但是广阔的世界让你感到无所适从甚至忧心忡忡。你只愿安分守己地在一片井底仰望无限的天空。天空是那么遥远，你的心是那么舒坦。瞧！那只黑色的大雁怎么在天空飞得那么悠闲？它独自飞翔，是故意脱离了雁群，还是迷失了方向？

一棵棵陌生的绿树悄无声息地挺立在大地上，游山玩水的人们从它们身边急匆匆地走过，从来没有向它们投去关注的神色。它们早已习惯了人们的冷漠，依然默默地盛开着自己，装点着美丽。你一看到它们，却像看到亲爱的人儿，心有灵犀地走向它们，不由自主地伸出双手轻轻抚摸它们的身躯。你懂得它们，犹如懂得你——一样的沉默，一样的孤立。虽然你叫不出它们的名字，但是你敬佩它们的品质。它们拔地而起，经受风吹雨打，遮天蔽日，顽强不息地诠释着惊心动魄的生命力。你久久地徘徊在它们的周围，深深地凝望着它们。

一个年轻的小伙背着一个漂亮的女孩穿过曲折的小径向你迎面走来。你禁不住向他们投去羡慕的眼光：年轻人，愿你有情人终成眷属。你一边祝福着他们，一边向幽深的古道前进。一对对情侣从你的眼前犹如美梦一样掠过，撒下了一路驱之不散的欢声笑语。那些欢声笑语转瞬间化作天罗地网，朝你的身上砸下，你顿时陷入不能自拔的牢笼里。你绝望地闭上了眼睛，不知身在何处，不知地老天荒。

一串银铃般的声音突然传入你的耳膜——多么清脆、温柔的声音哪，你情不自禁地睁开了眼睛。一个清纯的女孩正从远方飞来，像一只白色的蝴蝶。她飞越迢迢的道路，飞越重重的绿树，飞越厚厚的牢笼，飞向你。仔细地看哪！她正站立在石桥上，彷徨又彷徨，是在等待思念的爱人，还是在品味往日的忧伤？她那曼妙的倩姿倒映在一条清澈的小河里。河水柔柔地在流淌着，仿佛她那柔柔的情怀。坚实的石桥静静地守护在小河的身边，饱经岁月的沧桑，一如既往地守护在这里，仿佛守护了千年，时间在这里静止。你满怀柔情，你痴痴地凝望着石桥，不敢贸然走向它，担心惊扰它的守护。这是诗人徐志摩心中的康桥吗？这是月下老人手上的鹊桥吗？你黯然神伤……

青山绿树相邀，你落寞地融入大自然的怀抱。一座楼阁屹立在天地间，你拾级而上，登高望远。一幢幢高楼大厦虎视眈眈地环绕着这片青山绿树。这里成了都市人的一片绿洲，像一座孤岛。你就像这座孤岛一样生活在这个偌大的都市里。

不知道是什么原因，你竟然冒昧地闯入了这片青山绿树间。你的内心为什么始终郁结着一团忧伤？难道大自然不足以让你感到生活的愉悦吗？难道生命的美好不足以激发你对生活的狂热吗?!

龙潭·少女·相思

五一节假日倏忽两天已然飘逝，我依旧忙碌于作文教学难以休息。趁着这最后的时间，趁着春意阑珊，吃过午饭，偷得浮生半日闲，我和一位刚来深圳的朋友相约一起游山玩水，但愿能够一睹春色即将远去的背影。可怜的半日呀，怎么才能尽情地释放短暂的魅力呢？

这几年，我一直居住在深圳龙岗中心城。平时，无论是忙碌于作文教学，还是沉醉于看书写作，我都是过着一种深居简出的生活。虽然大自然是我的挚爱，但我并没有常常留恋于山水。附近又有什么值得游玩的山水胜地呢？不假思索，我的脑海里立即浮现出两条秀丽的龙：深圳龙城公园和深圳龙潭公园。虽然它们也许称不上绝妙的山水胜地，但是它们毕竟拥有自己独特的风景。慰情聊胜于无，我决定带着朋友一起拜访深圳龙潭公园——这么多年，我与它只有过一面之缘。它像一位神秘的妙龄少女，扑朔迷离，尤其让我情有独钟。

步行一里路，穿过一个十字路口，龙潭公园的背影就明目张胆地裸露出来，它转身独立，悄悄地掀起了一角红盖头，犹抱琵琶半遮面，撩拨着每一个行人的春心。它引诱着我和朋友的眼睛，我们禁不住春心荡漾，想入非非，迫不及待地向它奔去。

一个宽阔的广场敞开胸怀迎接我们的到来，一条曲折的石廊伸出手臂恭候我们的光临。无法拒绝这样的盛情款待，我和朋友满怀兴奋地踏上广场，走进石廊。大妈们在广场上悠闲地跳舞，居民在石廊上慵懒地躺坐。春色在前，他们怎么如此无动于衷呢？我和朋友来不及驻足，就心急火燎地进入——哦，听！它在千呼万唤着意中人呢！

刚一登堂入室，我们的眼前就豁然开朗，别有天地。一股股清澈的小水流从一座巍然耸立的高山上相携相伴、自由自在地汩汩流淌，像一群蹦极的小孩子，从高空跳下，跌落深谷，嘴里掩饰不住地发出欢快的喊叫。一块块青色的石头呆呆地站立在高山的下面，满脸流露出羡慕的神色。谁能懂得青石的寂寞呢？几个妙龄少女不知什么时候“从天而降”，一个个依次坐在青石的身上，扭动着杨柳细腰，盛开着回眸笑靥，同伴们连忙举起手机，拍摄下她们的倩姿。少女的裙摆在春风中舞动，春风柔柔地醉了；少女的笑容在阳光里绽放，阳光痴痴地傻了。几个小孩子像从潭水中钻出的精灵，一个个光着脚丫子，在潭水中嬉戏；妈妈们一边小心翼翼地呵护着孩子们，一边和孩子们玩耍。水流声、欢笑声、嬉闹声融为一体，组成了一支优美动听的交响乐，在整个龙潭公园里演奏、回荡，陶醉了满园的游客，吸引了园外的行人。

我沐浴在阳光里，目不转睛地欣赏着水流、少女、孩子，恍惚一下子置身在人间仙境。“呱呱呱……”一声声清脆的青蛙的鸣叫从身边传来，像一首悠扬的歌谣。朋友沿着小潭水流动的方向走到一个深潭的岸边，正在俯身搜索着潭水中的东西。潭水清澈见底，杂草丛生。“快过来看，”朋友小声地喊道，担心惊扰了什么，“水藻里面虾在游动。”伴着一块块瘦小的青石，我像小潭水一样缓缓地向前“流”去。两只红色的虾隐藏在浓绿的水藻下面玩着游戏，时不时翘起细长的触角，挑逗着对方。它们是在打情骂俏吗？一阵阵巧笑声恰好响起，我疑惑地转头。一对年轻的情侣坐在小径的一张石凳上，你挠着我，我挠着你，玩得不亦乐乎。哦，可爱的情侣呀，难道你们是虾的化身？

小径曲折，不知通往什么地方。抬头处，一大片水域映入眼帘。小潭水轻轻地流淌着，汇聚成了那一大片水潭。游人如织，熙熙攘攘，好不热闹！人们围着水潭，有的驻足观望，有的闲庭信步，有的逗趣说笑……瞧！一个小男孩趴在水潭的护栏上，手里拎着一个捕鱼的网竿，使劲把网探进水潭里；年轻的爸爸、妈妈跟在小男孩的身边，每人手里拎着一个网竿，摆出捕鱼的样子，陪伴小男孩度过一个无忧无虑的节日。一家人的幸福洋溢在脸上，却刺痛了我的心。我只拥有我的孤独，这里是不属于我的，我且到别处去看看吧。

一棵棵树守护在水潭的周围，千姿百态，沉默不语，有的笔直挺立，有的旁逸斜出，有的矮小精致……朋友蹲在一丛绿叶前，仔细地观看一片青翠的绿叶，轻轻地抚摸着油光闪亮的叶面。这是什么树呢？我一时也叫不出名字。朋友眼快，发现树身上挂着一张标志牌：非洲茉莉。小小的标志牌激发了我们的兴趣。放眼望去，绿树环绕，大多是一些不知名的树。一排排笔直如竹子的树屹立在一处斜坡上，我赶紧一探究竟：标志牌上写着“三药槟榔”。原来是槟榔。一根修长的枝干几乎斜躺到地上，一簇簇枝叶细致紧密，如同一团团绿色的云朵，金黄色的花朵就像夕阳余晖下的云彩。我神秘地询问朋友："你猜这是什么树呢？"朋友摇头。"台湾相思。""相思"让我们着迷，我和朋友都如获至宝一般站在台湾相思树前，留恋不舍，仿佛遇到了心爱的人儿。朋友不由得掏出随身带来的纸笔，在白纸上记录着文字；我随即拿出手机拍摄下这为了相思而累到躺下的树。相思该有多深多重啊？相思树哇，哪一棵树才是你朝思暮想的爱侣呢？你独自陷入无边无际的相思里，承受着风吹雨打的侵袭。你是多么痛苦，但你又是多么独立呀！一棵棵独立的树展现在我的眼前：异形南洋杉挺拔俊秀，巴西野牡丹鲜艳夺目，白千层风姿绰约，散尾葵生机蓬勃；水翁让我诧异，红车使我惊喜……我和朋友踏上了一条识树之旅，不断惊叹于大自然的神奇——竟然养育了这么多千奇百怪的树。每一棵树都迸发着顽强的毅力，独自面对暴风雨的肆虐。我有什么理由不坚强呢？

我们还没有从树的惊叹中缓过神来，一座石桥便让我们欣喜若狂了。有水的地方是应该有桥的，水是柔情款款的女子，桥是含情脉脉的男子，水与桥是天造地设的爱侣。我是因为喜欢水，才喜欢上桥的。有了桥，水才变得妩媚多姿，水才让人疼爱怜惜。此时，面对晶莹的水，面对坚实的桥，我和朋友都不约而同地呆立着，思绪万千，情意绵绵。我久久地凝视着石桥，浮想联翩：那满潭的水啊，忽然化作一位婀娜娉婷、清纯妩媚的女子，从石桥的另一端轻移脚步，曼妙飘来，只要我一走到石桥的中间，她就静静地站立在我的面前，向我投来浅浅的一笑。千金难买佳人笑，有缘千里来相会，那该是人世间多么浪漫的事情啊！我一边想入非非，一边向石桥走去。这是西湖的断桥吗？这是英国的康桥吗？

我轻轻地来到了，你柔柔地在哪儿？石桥在这里守护了多久？龙潭在这里流淌了多久？龙潭任性地流淌，石桥沉默地守护。无论龙潭流淌多久，石桥都不离不弃地守护着她。这才是人世间最深最真的相思呀！我情不自禁地沉浸在爱的感动中。朋友也被石桥和龙潭的爱情感动，深情地凝望着这一对长相厮守的爱侣，似乎在思念他那远方的人儿。我和朋友各自痴痴地伫立在石桥上，思念着各自心中那亲爱的人儿。真爱若存在，孤独又何妨？

我沉默不语，朋友缄口不言，一前一后，向幽深的山林中走去。一条曲径通幽的石阶向我们招手示意。古木一样的护栏铭刻着岁月的痕迹。我们登上石阶，登上岁月，登上心灵。一个人只有攀登上心灵的高地，才能洞见自己生活的价值，才能理解自己追逐的意义。一棵紫薇树孤独地挺立在路边的荒草里，大胆地裸露着雪白的肌肤，尽管岁月已经让紫薇的枝干瘢痕累累，但是紫薇树依然勇敢地绽放着自己。难道紫薇树不怕生活的孤独吗？难道紫薇树从来不懂得相思的痛苦吗？

相思太深，哪里才是归宿？一幢高大的阁楼俯视着我，我刹那间想要登高远望，想要把那相思送到高处，送到天边，送到远方。这是人们心中的聚龙阁——龙在哪里呢？拾级而上，一层层楼梯让人犹如腾云驾雾。我和朋友静静地站在阁楼的最高层，极目远眺，各怀心事，各抱忧愁。一栋栋高楼大厦众星拱月一般把这座阁楼环绕在中间，忙碌于世俗琐事的人们终于趁着节假日在这块绿洲上体验着另外一种生活——无忧无虑的生活成为人们浮生的奢望。人们哪里还需要相思呢？就让我的相思随着那天空中飘荡的风筝无拘无束地飘远吧。

龙潭公园，你可懂得我的相思？我曾经与你匆匆而别，我现在与你相亲相近。你这个神秘的少女呀，我愿意成为你的意中人，陪伴你度过哪怕转瞬即逝的半日，我都心满意足了。一阵春风轻柔地吹拂，你的红盖头慢慢被掀起，随风飘逝，你的一笑一颦都深深地烙印在我的内心。哦，一笑倾城……

龙城公园·幽静·爱情

自从五一节假日去深圳龙潭公园游玩以后，这半个月，除了周末上作文课以外，我整天都待在家里，很少外出。近来，心情落寞，忧愁满腹，难以释怀，我便独自沉醉在书的虚幻世界里，暂时忘掉人世间的烦恼。

侄儿来到我住的地方才一个月，游山玩水的雅兴正浓。上次从龙潭公园回来，他意犹未尽，念念不忘，同时对我所说的另外一条秀丽的龙——龙城公园始终充满期待。这天一大早，他就按捺不住游兴，想要和我一起去龙城公园。我正捧着一本厚厚的书，看得神游天外、思绪恍惚，一时没有在世俗游玩的兴趣，但也不想让他扫兴，就轻描淡写地说："我们吃过午饭再一起去吧。"

一吃过午饭，恰好1点钟，我和侄儿就向龙城公园出发了。"要不要坐车？"侄儿提议。"不用，很近，就在后面。"我伸手随意向右前方一指，龙城公园赫然在目，犹如拔地而起，突然屹立在我的眼前，撞进我的眼睛，让我悚然一惊。它蔚然成荫，盛气凌人地凝视着我，仿佛在拷问我的灵魂。它竟然一直待在我的身边，我却觉得它好像远隔天涯，迟迟没有过来再探望它，难道这不是我的过错吗？

一种愧疚的感觉一点一点撕咬着我的心，我不应该长期冷落了它，我应该常来关爱它。一股温柔的风似乎懂得了我的愧疚，立即轻轻地抚摸着我的脸庞，让我一下子感到神清气爽。龙城公园，我知道你从来不曾远离我，我知道你一直静静地守候在这里，我知道你会体谅我的心灰意懒。你久等了，我归来了！

阳光热烈地释放着盛情，绿树悠然地沐浴着温暖。一只蓝色的蝴蝶在天空中百无聊赖地飞舞，越飞越低，无精打采，像一只失群的孤雁。一片宽阔的广场敞开了怀抱，迎接着人们的到来。然而，人们去哪儿了？广场上空无一人。今天是工作日，人们都忙于各自的工作；此刻正是人们午休的时间，谁又能够跨出生活的固定轨道前来这里消磨珍贵的时间呢？一切都笼罩在一片静谧里，显得神秘莫测。我和侄儿悄无声息地走过广场，这里庄严肃穆，幽静如古井，深不可测。一丝淡淡的哀愁渐渐弥漫开来……

"哗哗哗"，一阵阵流水声隐隐响起，像一首欢迎歌在吟唱。听！溪水！我和侄儿不由自主地循声走向溪水。一条蜿蜒的小溪从山间流来，流经岁月，流向远方，流向心灵。一块块青石乖巧地站立在小溪的中间，为每一个行人搭起前进的桥梁——行人哪，你们何时才能到来呢？我的双脚刚一踩在一块青石上，一种眩晕的感觉就袭上心头。每一块青石就是一艘小船，只要行人踩踏，小船就会微微地摇晃。踩过青石，走上青石板，我们迎风起航了。

一朵朵花簇拥着溪水，怒放着身姿；一棵棵树守望着溪水，挺直着脊背。溪水扭动着酥软的腰肢，摆动着婀娜的舞姿，尽情地挥洒着自己的魅力。哦，溪水怎能不兴奋呢？花儿姹紫嫣红，树儿英姿飒爽，都紧紧地陪伴在溪水的身旁！

我禁不住羡慕溪水的艳福。溪水呀，我从不奢求众星捧月的追逐，我只愿那心爱的人儿与我朝夕相处——但是，她在哪儿呢？她何时才能回到我的身边？

我和侄儿融入了这片幽静里，静静地欣赏着活泼的溪水。忽然，一声“叽叽”不知从哪里传来。我们正侧耳聆听，一声“吱吱”又闯入我们的耳膜。这真是“蝉噪林逾静，鸟鸣山更幽”！哦，多么空灵的山水呀！我情不自禁地伸开双臂，深吸一口气，环顾周围的山水，由衷地赞叹：“我喜欢这样，没有其他人，只有山水！”“没人有啥意思。”侄儿轻松地笑道，“看人嘛。”我不想多说，这些天我总在逃避着人群，独守着自己的寂寞。没有人的山水才是真正的山水！没有人的龙城公园才是我的最爱！没有人来这里欣赏，正符合我的心境：这里就是我的天地了！我可以随心所欲地欣赏、呵护每一朵花。

一簇簇白嫩的艳山姜高高地挂在枝头，低眉垂首，欲说还休——行人哪，放慢脚步，看看娇艳的花儿吧。一朵朵淡紫的野牡丹骄傲地露出笑容，清新自然，雍容华贵，为整个大地穿上了盛装。一团团鲜红的龙船花争先恐后地盛开，高低错落，色彩鲜丽，招蜂引蝶，让人不禁想到一首诗：“碧叶团花锦簇船，每逢佳节喜开颜。秋风秋雨秋阳照，彩蝶游人去复还。”一朵朵花儿多么美丽呀！它们仿佛都在为我而绽放，我深情地凝视着它们。

咦，一个女孩像从天而降般站立在我们的身后，让我们惊叹大自然的神奇。女孩一会儿抬头仰望蓝天，一会儿低首俯视池塘，一会儿举目瞭望远处。女孩不断地徘徊，徘徊，是在等待谁的到来？我的目光时而凝视女孩，时而凝视远处，时而凝视池塘。池塘一如既往地平静如镜，往日的欢声笑语到底去哪儿了？一只鳖从池塘里钻出了水面，独自游荡，我却不忍直视这只孤单的鳖。游吧，游吧，池塘犹如海洋一样广阔，一只小小的鳖究竟能够游到哪里？

曲径通幽处，我还是沿着一条曲径去山上转一转吧，也许别有一番天地呢。一棵棵樟树像一个个顶天立地的男子汉般耸立在密林里。瞧！樟树的身上缠绕着什么呢？一条条细长的蔓九节像一个个情意绵绵的女子，紧紧地缠绕在樟树的身上，风吹不动，雷打不开。这是多么坚贞不屈的爱情啊！我肃然起敬，痴痴地凝望着这对情人。

一大片，一大片，一些毫不起眼的杂草铺天盖地地躺在山上。碎米莎草、风车草、石松、地菍……一个个名不见经传的小可爱让我们目不暇接。我满怀怜惜地凝视着它们。侄儿却惊呼道："快看！哇！这么美！"一朵小巧玲珑的花儿犹如出淤泥而不染的白莲，从这堆默默无闻的杂草中间脱颖而出，深深地吸引了我们的注意力。这是怎么回事呢？这怎么可能呢？一朵桃金娘正含羞地挺立在杂草中。我们屏息凝视，担心惊扰了这朵天赐的娇花，一边拿出手机拍摄下它的美丽的姿容，一边凑近它轻嗅它的芳香。这么美的花，我们迷恋而不舍离开它。侄儿伸手想要采摘，不料刚一碰到它，它却随即跌落在地。我们大吃一惊，连忙捡起细看：哇！原来它早已被别人采摘，掐断枝颈偷偷插在这堆杂草中间。啊，骗人的伎俩啊！我犹如受到了奇耻大辱，尽管我怜惜这娇美的花，但是我无法承受爱的欺骗！

我急于摆脱被欺骗的情感，没想到更加忧心忡忡。唉，哪里才能拥有真正的爱呀?！哪管什么朱蕉，哪管什么朱瑾，哪管什么琴叶珊瑚，一片片树叶映入我的眼帘，一朵朵花儿刺激我的眼眸，我都已经无心欣赏了。正当我意兴阑珊时，一大片晶莹的蓝色扑入我的眼睛。哦，这里是蓝花草的世界！到处是蓝，蓝得纯粹，蓝得真实，蓝得火热。蓝花草上有许多蓝蝴蝶在飞舞。蓝蝴蝶围绕着蓝花草，轻轻地起舞，悠悠地沉醉，相亲相爱，不离不弃。我恍惚置身在人世间最美妙的仙境里，享受着最真挚、最浪漫、最深沉的爱情……

山野幽静，阒寂无人，妙趣横生。我久久地伫立山间、丛林，不知今夕何夕，哪管现实梦幻，无论天涯咫尺……

我只愿静静地、深深地、默默地思念着远方的那个心爱的人儿。她远在天涯，她近在咫尺。她就像这座龙城公园，神秘而梦幻。哦，龙城公园就像一个山野的姑娘，漫山遍野地疯跑着，舞蹈着，恋爱着。虽然它沦落尘世，但是它冰清玉洁。它是野性十足的，它是天真烂漫的，它是忠贞不渝的……

那些敏感的心

他的脸颊常常郁积着忧愁，他的嘴角时时闪现出微笑，他对生活中的一切总是反应得格外敏感。他是一个七年级的男孩子，我了解他的性格，平时常与他的妈妈交流，清楚他在家里的一些表现。

“我给你举个例子：你有没有过这样的感受——你心里正有点烦，你妈妈却还在你的旁边一直说个不停，你忽然大声喊道：‘别说了，烦死了！就知道说说说！’这时，你妈妈忽然就不说话了，安静地待在一边……”作文课上，我与他谈论着生活中的琐事，引导着他的思维。

他略一沉吟，看穿我的别有用心，急忙笑着说：“有哇，有过这样的事。”

“那你有没有想过你妈妈当时的心理感受？她为什么突然那么安静？”

“想过呀，安静得让我都有点不习惯了。我知道妈妈的心已经受到了一点伤害，只是我自己不愿意去承认或者道歉。”

“你能够这么敏锐地感受，非常可贵！那你觉得敏感好吗？”

“好哇。”

“为什么？”

“总能发现一些有趣的秘密。”一瞬间，他的思绪似乎飘荡到一个遥远的神秘的地方，他的目光中流露出难以捉摸的情愫。

这些简单的对话里，最吸引我的就是“敏感”一词。一颗敏感的心，总能自由而轻易地碰触一些有趣的事情。一个敏感的人，总能从心里盛开出别样的花儿，独享自己难能可贵的乐趣。

说到“敏感”，我自然而然地想到那些艺术家。真正的艺术家，都拥有最敏感的感觉器官。这也正是他们独特的地方。他们对这个世界充满着无穷无尽的好奇、热爱和柔情；他们用一颗敏感的心创造出一个个真善美的新世界。

在我的心里，诗人们无疑是最敏感的人。他们往往能从一粒沙里看出一个世界，从一朵花里瞅见一个天堂。“感时花溅泪，恨别鸟惊心”，诗人敏感的心灵，常常为一朵花儿黯然流泪，为一只鸟儿凄然惊心。他们把自己的感情丝丝缕缕地揉进细致入微的观察里，吟唱出心灵深处感人至深的珠玑字词。

丹麦著名作家安徒生就是这样一位童话诗人。他具有一颗敏感细腻的心以及由这颗心而滋生出的对一切生灵的怜爱——因为怜爱，所以敏感。他给予被众生抛弃的丑小鸭以深深的关爱，他赠予卖火柴的小女孩以深深的同情……他笔下的每一个童话故事，都流露着他那颗敏感的心所蕴藏着的深深的爱。他对人性的敏感观察，使他的文字不经意间触动我们那逐渐麻木的心弦。

画家也必须是敏感的人。荷兰大画家凡·高无疑是最敏感的画家的代表。美国作家欧文·斯通在凡·高的传记《渴望生活》里，记叙了一个完全感性的画家，他疯狂地作画，真诚地生活。他是异常敏感的，一切在他眼里幻化成最美好的追求。燃烧着敏感的激情，他度过了一个饱满而丰盈的人生。

伟大的生命无不是敏感！看哪！我不由得把目光投向那些在文学创作上获得诺贝尔文学奖的作家们——那些最敏感的人——身上。

1901 年法国诗人苏利·普吕多姆获得诺贝尔文学奖。获奖词中强调:“苏利·普吕多姆的作品展现出了一个勤于探究、敏于观察的头脑，世间的变幻令这敏感的头脑不得安宁，在道德、良心以及责任的崇高中，为人类的不可思议的命运找到了证据。”

1947 年法国作家、评论家安德烈·纪德获得诺贝尔奖。获奖词中强调:“为了他广泛的与有艺术质地的著作，他以无所畏惧的对真理的热爱，并以敏感的心理洞察力，呈现了人性的种种问题与处境。”

1962 年美国作家斯坦贝克获得诺贝尔文学奖。获奖词中强调:“通过现实主义的、寓于想象的创作，表现出富于同情的幽默和对社会的敏感观察。”

1968 年日本作家川端康成获得诺贝尔文学奖。获奖词中强调:“由于他以敏锐的感受，高超的小说技巧，表现了日本人的精神实质。”

像这样获得诺贝尔文学奖的作家不胜枚举，但他们的获奖词中无一例外地闪现着“敏感”相关的字眼。可以毫不夸张地说，他们正是以他们的“敏感”而写出举世瞩目的旷世之作。

那些天才的作家必然都是一些异常敏感的人。他们的生命从始至终都对这个世界葆有新奇的敏感。多萝西娅·布兰德的《成为作家》对天才作家的气质是这样定义的:“直到生命的最后一息,尚能保持孩童般的天性和敏感,还保有‘天真的眼神’,这对于作家至关重要。具有对新事物好奇敏捷的反应能力,对旧事物记忆犹新的能力,好像每一个生命的印迹和特征对他来说都是刚刚脱胎于造物之手一样新奇,丝毫不觉得了无新意而快速将它们归类存档,放入干巴巴的记忆里;对环境变化的感受如此迅速敏锐,枯燥乏味对他毫无意义。对于亚里士多德两千多年前说的事物之间的相互联系,他总是在悉心观察。这种新奇的反应能力对天才的作家而言至关重要。”

敏感是一切创作的源泉。创作取决于敏感,那些敏感的心以他们的“敏感”而成就了伟大。而这些敏感都源自他们对生活的真正的炽热、痴迷的爱!

母亲的生日

我正准备吃早餐，母亲忽然从房间里出来走进洗手间去洗漱。一看到母亲，我就不禁心生愧疚。“怎么起这么早，再多睡会儿吧。”似乎为了弥补歉意，我赶紧关心母亲。“睡不着，早点起。”母亲沉静地说。我更加感到自责。

又是周日，我照例定好 6 点 45 分的闹钟起床。为了不影响母亲、妻子和女儿的睡眠，我小心翼翼地洗漱。昨晚，3 岁的女儿活蹦乱跳，精力旺盛，闹腾到 11 点多总算稳稳躺好，母亲一直陪伴着、安慰着女儿缓缓睡去。母亲睡觉时，已是深夜 12 点。此时，听到母亲说“睡不着”，我心里越发不是滋味。

来不及多咀嚼个中滋味，时间太赶，我一边囫囵吞枣地吃着早餐，一边对母亲温和地说：“今天我要连续上一整天的作文课，没有时间陪你过生日。我给你买一个生日蛋糕吧。”“没事，明天再过吧。”母亲关紧正在滴水的水龙头，走了出来，对我又宽慰，“你安心上课，我是没关系的。”我还想再解释什么，但觉得什么都是多余。

“你一会儿把坨坨馍放在微波炉里热一热再吃。”我连忙叮嘱着母亲。“我一会儿吃。”母亲轻声应答。我一边收拾周日作文班所有学生的作文本，一边又提醒母亲：“不要让娃睡得太晚了，你一会儿吃完早餐就把娃叫起来。”“嗯。”“那我先去上课了，8点上课。”“嗯。”母亲简单的回答，搅动着我内心深处最柔软的角落。我的内心波涛汹涌，五味杂陈。无法多说，我逃跑似的冲出了家门。

前几天，我和母亲在一起闲聊，无意间，母亲向我询问：“今年农历二月有30天吗？”农历二月三十，这是一个多么特殊的日子，这是一个常常被时间忽略的日子，这是一个时时被人们忘记的日子。一提到这个日子，我就本能地想到这是母亲的生日——我一直知道这是母亲的生日。然而，在母亲向我询问这个问题之前，我的确忘记了这个特殊的日子即将来临。面对母亲的询问，我觉得异常尴尬。

我赶紧打开手机日历，查阅了农历二月，今年二月三十赫然在目。母亲的生日就要来临了。我兴奋起来：“妈，还有四天就是你的生日了。”但我随即又失落起来：“哎呀，不巧，农历二月三十刚好是周日，我要上一整天作文课。”母亲的脸上不经意地闪过一丝淡淡的忧愁，随即又随风飘散，“没事的，下周一过也行的。”作为母亲唯一的儿子，如果我不在家，不在母亲的身边，即使周日给母亲过生日，母亲也是难以高兴起来的。看来只能如此了，下周一我再给母亲过生日。绕过这个话题，我和母亲聊起了其他事情。

随着时光的无情流逝，母亲的年纪越来越大了。这是母亲63岁的生日。岁月的霜刀残忍地在母亲的脸上割下了一道又一道的痕迹，母亲在不知不觉中显得日益衰老。这几年，母亲都是陪伴我和妻子在深圳一起度过的。母亲专门帮我们带女儿。日复一日，母亲在家里忙得不可开交。在这单调的忙碌中，母亲似乎总在默默期待着自己生日的到来。

每当母亲生日时，我们一家人就聚在一起，在家里吃生日蛋糕，或者去外面饭店吃饭为母亲庆祝生日。每次吃蛋糕或者吃饭前，母亲都特意三番五次、郑重其事地提醒我："记得拍照——把所有菜都拍上去。"我和妻子刚开始都以为母亲爱显摆。但是母亲一本正经地说："拍照是为了发给你姐姐和你外婆看一看，让她们放心。"姐姐和外婆都住在陕西老家。听母亲这么一解释，我顿觉汗颜，同时感到母亲对她的母亲和女儿的爱——这是女人之间的关爱，这是母亲之间的关爱，这是亲情之间的关爱。母亲接着又向我悄悄说："拍照也是为了给你添荣誉，让你脸上有光彩。"母亲的这句话一下子撞击着我的混沌的心，让我茅塞顿开，让我感动不已，让我如沐春风。母亲的这句话久久地散发悠远的清香。家人们聚在一起，说说笑笑，围绕着母亲，围绕着女儿，围绕着生日。母亲沧桑的脸上禁不住绽放着异样的光彩，绽放着别样的美丽。每当这时候，母亲总是神采奕奕，绽放着自己内心的快乐；每当这时候，母亲总是喜欢拍照，分享着家人之间的温暖；每当这时候，母亲总是笑逐颜开，感受着生活带来的幸福……

然而，今年这个独特的生日，却给母亲带来了失落。母亲时时惦记着自己的生日，好不容易盼来了一个难得的生日。我却没有时间陪伴母亲一起度过。这真是我的过错！这个独特的生日，留下了遗憾，留下了关怀，留下了期待。明天就要到来，我的母亲，生日快乐，幸福美丽。

其实，母亲是一个好静的人，并不追求热闹的场面。一辈子辛苦劳作，大半生挣扎在奔波忙碌中，母亲哪里认真度过几个生日?！自从跟我来到深圳以后，生活相对安稳了，母亲才格外关注自己的生日，也许是为了补偿过去苦难的经历，也许是为了慰藉现在日益衰老的身体和远离家乡的枯寂的心灵。

母亲渴望过生日，并不是为了炫耀什么，只是为了感受家人之间的温暖，只是为了享受家人之间的爱意，只是为了增添儿子脸上的光彩。一年到头的辛苦付出，似乎在一个简单的生日中，便变得云淡风轻、趣味盎然、甜蜜幸福了。母亲的生日，诠释着生活、亲情的全部真义……

痛苦的自白书

在这个人世间，活着，活着，不知不觉中，你活得越来越痛苦！

痛苦铺天盖地，犹如天罗地网，你置身其间，还能够逃到何处？

曾经你时常暗自窃喜：生命是多么美妙哇，生活又是多么欢愉！

曾经你总是迷惑不解：一个人怎么可能会让自己活得那么痛苦？

曾经你睁着一双纯真的眼睛，好奇地欣赏着一个个奇迹的曼舞。

曾经你怀着一颗细腻的心灵，敏锐地感受着一个个梦幻的起伏。

那里盛放着大自然的优美景致，那里洋溢着乡村人的善良淳朴。

童年的时光啊，短暂得转瞬即逝，却每时每刻盈满着无忧无虑。

成长的岁月呀，漫长得经久不息，却时时刻刻笼罩着离愁别绪。

心灵一次次饱尝着莫名的煎熬，日子一天天忍受着烦琐的重复。

你掉落在深不可测的井底，广阔天地化作一个勾魂摄魄的尤物。

你遥望着无穷无尽的远方，整个世界成为一个密不透风的监狱。

你竟然还在奢求什么爱恨情仇！你竟然还在追逐什么功名利禄！

你已经彻彻底底地堕落，你已经完完全全地消沉——只剩庸俗！

为什么都变了呢？社会变了，还是你变了？这到底是什么缘故？

你如何才可以重温昔日的快乐？你怎样才可以进行自我的救赎？

生命的存在到底具有什么价值？活着的未来还能创造什么乐趣？

如果一个人什么都不曾拥有过，那么他还有什么需要害怕失去？

如果一个人从没有精彩地活过，那么他还有什么值得牵肠挂肚？

拿什么来拯救你的灵魂？你痴迷在文学的世界，沉醉不知归路。

每天能够阅读就是最好的安慰，每天能够写作就是最大的满足。

你怀揣着梦想，翱翔在蓝天白云上，一切希望都寄托给了读书。

你以为你找到了自己今生最热爱的事业，你就可以甜蜜而幸福。

生活却从来都不是轻松的，这是一条漫无边际的光荣的荆棘路！

仿佛受到某种黑暗的诅咒，你不由自主地无缘无故就忧伤满腹。

你快马加鞭，沐浴着黑夜，独自前行！你落落寡合，离群索居。

你常常陷入悲伤的旋涡，慨叹生命短暂、世事无常、人生孤独。

你时时躲进脆弱的怀抱，怜惜花儿溅泪、鸟儿惊心、风儿忧郁。

你始终处在痛苦的精神折磨里，渐渐与人世间的一切格格不入。

朋友煞费苦心地给予你告诫：走出自己、融入众人、放大格局。

老师语重心长地给你送祝福：减少烦恼、增加快乐、迎接幸福。

他们都是一片好心，你也心怀感恩，但你自恃清高，不屑一顾。

哦，失意的人哪，你哪里还拥有享受的权利！只有痛苦的义务！

沉默呵，沉默呵，沉默如影随形，是你与生俱来的亲密的伴侣。

忧愁哇，忧愁哇，忧愁如蛆附骨，是你挥之不去的缠绵的桎梏。

情何以堪！时间消磨着意志，沉默凝聚着孤独，哪里才是归宿？

生命既然赐予你独特的魅力，你就要勇敢地绽放神圣的天赋。

使命在拼命地召唤！梦想在疯狂地燃烧！自由在尽情地欢呼——

让暴风雨倾洒得更加肆无忌惮！让生命力张扬得更加惊心动魄！

任何伟大的生命都必经痛苦的千锤百炼，才能孕育璀璨的珠玉。

伴随阴森的梦魇，锻造强的灵魂，你将为未来的黑暗宇宙掘墓！

满怀狂热的爱意，创造新的世界，你将是自己精神王国的君主！